HEYNE
HARD
CORE

JACK KETCHUM

LUCKY MCKEE

SCAR

ROMAN

Aus dem Amerikanischen
von Kristof Kurz

WILHELM HEYNE VERLAG
MÜNCHEN

Die Originalausgabe
THE SECRET LIFE OF SOULS
erschien 2016 bei Pegasus Books.

Der Verlag weist ausdrücklich darauf hin, dass im Text enthaltene externe Links vom Verlag nur bis zum Zeitpunkt der Buchveröffentlichung eingesehen werden konnten. Auf spätere Veränderungen hat der Verlag keinerlei Einfluss. Eine Haftung des Verlags ist daher ausgeschlossen.

Unter www.heyne-hardcore.de finden Sie das komplette Hardcore-Programm, den monatlichen Newsletter sowie alles rund um das Hardcore-Universum.

Weitere News unter www.facebook.com/heyne.hardcore

MIX
Papier aus verantwortungsvollen Quellen
FSC® C083411

Verlagsgruppe Random House FSC® N001967

Vollständige deutsche Erstausgabe 04/2017

Neumarkter Straße 28, 81673 München
Printed in Germany
Redaktion: Marcus Jensen
Umschlaggestaltung: yellowfarm gmbh, S. Freischem,
unter Verwendung eines Motivs von © Arcangel / Margie Hurwich
Satz: Schaber Datentechnik, Austria
Druck und Bindung: CPI books GmbH, Leck

ISBN: 978-3-453-67717-3

www.heyne-hardcore.de

Wir begegnen uns erst dann selbst,
wenn wir uns in einem anderen Auge als
dem menschlichen gespiegelt sehen.

– Loren Eiseley

prolog

Es ist sechs Uhr morgens.

Delia liegt auf der Seite und schläft tief. Sie träumt nicht und ist, im Augenblick jedenfalls, zufrieden. Die Brise, die durchs offene Fenster dringt, pustet ihr eine Haarlocke in die Stirn. Sie bemerkt es nicht.

Caity hat sich neben ihr zusammengerollt. Delias Arm liegt auf ihrem Bauch. Wie bei allen Hunden sind auch ihre Sinne selbst im Schlaf hellwach. Ihre Ohren zucken. Sie erwacht blinzelnd. Hört leise Schritte von unten aus dem Arbeitszimmer. Vertraute Geräusche. Sie schläft wieder ein.

Delias Zwillingsbruder Robbie schläft in seinem eigenen Zimmer. Er träumt von einem Segelschiff, auf dem er merkwürdigerweise gleichzeitig Kapitän und Schiffsjunge ist. Wie es Träume gerne geschehen lassen, treibt er kurz darauf in einem Raumschiff durchs All. Dort gefällt es ihm, dort hat er keine Angst und keine Sorgen.

Sein Vater Bart befindet sich gerade in jenem Zwischenreich zwischen Schlaf und Wachen, zwischen Nacht und Morgen. Mittlerweile haben sich seine Augen sechs Mal geöffnet und wieder geschlossen. Er hat einen kurzen Blick auf die zerwühlte Decke auf der anderen Seite des Bettes, auf den Baldachin über sich, auf das Wasserglas und den

Aschenbecher auf dem Nachttischchen geworfen. Im Traum hat er Jack Dannski und Shiela Lake lachend bei Whiskey und Erdnüssen auf einem Klassentreffen gesehen, dann seine nagelneue '62er Corvette, mit der er im Sommerwind über den sonnendurchfluteten Parkway rast. Diese beiden Momente drohen ihm zu entgleiten, und er will sich gierig daran festklammern.

Delias Mutter – Pat, Patricia – sitzt im Arbeitszimmer und betrachtet die Fotos ihrer Tochter. Per Tastendruck wechselt sie zwischen den Aufnahmen hin und her. Porträts. Ausnahmslos gute Porträts, aber sie hatte ja auch einen guten Fotografen engagiert. Pat hat ein Auge für Details und sucht die besten Bilder heraus. Sie kennt das Gesicht ihrer Tochter so genau wie ihr eigenes, das sich gerade fahl im Bildschirm widerspiegelt – als wäre Pat selbst irgendwie in den Rechner gelangt und würde nun als fahle Reflexion aus den Augen ihrer Tochter blicken.

Ist auch nur eine Falte zu erkennen?

Nie und nimmer.

Es wird noch eineinhalb Stunden dauern, bis sie den neuen Tag in ihrer modernen, reich ausgestatteten Küche gemeinsam begrüßen, als Familie, bei Kaffee und Englischen Muffins.

Bis dahin liegt Caity wach und riecht sie alle, ob sie nun näher bei ihr sind oder weiter weg.

erster teil

eins

»Sieh's dir doch einfach mal an.«

Patricia pickt eine Olive aus ihrem kleinen griechischen Salat und tunkt sie in das dickflüssige Olivenöl und die Fetakrümel auf ihrem Teller.

Bart, der ihr gegenübersitzt, hält ein Rippchen zwischen Daumen, Zeige- und Ringfinger, während er die Gebrauchsanweisung ihres nagelneuen kirschroten Firebird studiert. Delia knabbert an einem über Holzkohle gegrillten Hähnchenflügel. Robbie beißt in einen Mozzarellastick und saugt geräuschvoll die würzige rote Soße heraus.

Das ist das Schöne am Chicken Little: Man kann dort einfach alles zum Mitnehmen bestellen, von ganzen Maiskolben über Philly Cheesesteak bis hin zu Orzo und Schokoladenpudding. Die Speisekarte ist nahezu endlos.

Das Lieblingsessen der Familie sind allerdings Rippchen – sehr zum Leidwesen Caitys, die zwischen Bart und Delia auf dem Boden liegt. Lediglich zwei Rippchen sind der traurige Rest einer dreifachen Portion.

Pat schiebt Bart das iPad über den Tisch hinweg zu. Auf dem Bildschirm ist das Foto zu sehen, das sie heute Morgen ausgesucht hat.

Gestern im Studio hat einfach alles geklappt. Der Fotograf – Scott – ist zwar erst Ende zwanzig, dafür hat er ein gutes Auge und tut, was Pat ihm sagt.

Delia war großartig.

Sie saß auf einer Obstkiste vor einem einfarbigen Musselinhintergrund, Caity zu ihren Füßen. Caity befand sich immer in Delias Nähe oder zumindest in Sichtweite, egal, ob sie mit auf dem Foto war oder nicht. Der Hund ist so eine Art Glücksbringer. Das soll Pat nur recht sein, solange die Bilder gut werden.

Sie hat Scott bei der Auswahl der Linsen und der Folienfilter geholfen, dann ging es sofort los. Delia saß kerzengerade, selbstsicher und konzentriert da. Sie war so vertraut mit der Kamera, als wären sie und die Nikon alte Freunde, als wäre die Kamera ein lebendiges Wesen. Scott brauchte bloß auf den Auslöser zu drücken. Delia veränderte gehorsam ihre Kopfhaltung, hob das Kinn ein wenig, drehte sich millimeterweise in die ideale Position, genau wie er es haben wollte. Scott war begeistert und lächelte zurück.

Pat hatte alles unter Kontrolle.

»Okay. Konzentration, Delia. Scott? Kannst du dich in einer Linie mit mir aufstellen?«

»Kein Problem, Pat.«

Sie beobachtete auf dem Kontrollmonitor, wie er heranzoomte.

»Stopp«, sagte sie. »Genau hier.«

Und da hatten sie das Foto gemacht.

Das sanfte Licht verleiht der Szene die Anmutung eines Gemäldes – das allerdings nicht mit Ölfarbe, sondern mit Acryl gemalt ist: scharfe Kanten, leuchtende Farbtöne.

Bart nimmt einen Bissen von seinem Rippchen, legt die Gebrauchsanweisung beiseite und betrachtet mit zusammengekniffenen Augen das Foto. Sie beneidet ihn um die verfluchten Rippchen, die sie sich selbst verkneift. Zu viel Fett. Zu viel Zucker.

»Hübsch«, sagt er. »Sehr schön. Aber ich verstehe immer noch nicht so recht, was du gegen Mills Fotos hast? Wir können uns das leisten. Alle anderen lassen ihre Bilder doch auch dort machen.«

»Genau deshalb«, sagt sie. »Ihres soll auffallen. Siehst du, wie er den Bildausschnitt etwas weg von der Mitte gewählt hat? Das würde denen bei Mills Fotos nie einfallen, dabei kommt das Licht auf ihrem Haar erst dadurch so richtig zur Geltung. Siehst du?«

»Ja.«

»Außerdem kennt Delia Scott inzwischen. Sie fühlt sich wohl bei ihm.«

»Stimmt. Merkt man.«

Wohlfühlen ist nicht unbedingt das richtige Wort, denkt sie. *Ungezwungen* trifft es eher. Ihre Tochter hat die geradezu unheimliche Gabe, selbst die *künstlichste* Umgebung in ihr Spiel- oder Schlafzimmer, ihr Planschbecken oder ihren Hinterhof zu verwandeln. Und zwar unmittelbar.

Pat hat sie bereits auf diese äußerst nützliche Gabe angesprochen.

»Ich sehe es einfach«, hat Delia gesagt. »Ich sehe es, und es bleibt in meinem Kopf. So lange ich will.«

Pat ahnt, dass das nicht Scotts Verdienst ist. Scott ist nur ein netter, umgänglicher, einigermaßen talentierter Fotograf. Und nicht allzu teuer.

Delia greift über den Tisch.

»Ich will auch mal sehen.«

Lächelnd hält sie ihrer Tochter das iPad hin. Wieder einmal ist sie sehr stolz auf sie. Auf ihr Talent, ihr sicheres Auftreten, ihre Begeisterungsfähigkeit.

»Ich sehe ja aus wie *du*!«, sagt Delia.

Pat lacht. »Überhaupt nicht. Du siehst aus wie *du*. In einem Erwachsenenrock und einer Bluse.«

Delia betrachtet eine Weile das Foto.

»Ganz okay. Gefällt mir. Und die mit Caity?«

Jeder Fototermin endet mit mehreren Aufnahmen von ihr und Caity.

»Die Produzenten wollen dich sehen, Schatz, nicht deinen Hund.«

»Aber die Produzenten können mich nicht vor den Geistern beschützen, oder? Caity schon. Sie soll auch ein paar gute Bilder haben.«

»Geister?«

»Ja. Wie die in meinem Puppenhaus.«

»In *meinem* Puppenhaus. Es ist nur ausgeliehen, schon vergessen?«

Pat besitzt es, seit sie elf Jahre alt ist.

»Du kannst es wiederhaben. Es ist gruselig.«

»Was meinst du, gruselig?«

»Na, *gruselig* eben.«

»Was soll das denn heißen? Du hast es doch, seit du klein warst.«

»Aber es sind Geister drin.«

Robbie schnaubt verächtlich. *Typisch für kleine Schwestern,* soll das wohl heißen. Obwohl er Pats Bauch gerade mal sieben Minuten früher verlassen hatte.

»Deal, da sind nur ein paar alte Möbel drin«, sagt er. »Mach keinen Aufstand. Isst du das Rippchen noch?«

Eines der beiden übrig gebliebenen Rippchen ist verschwunden. Pat blickt auf den Boden. Caity wirft ihr einen dieser *»Was, ich?«*-Blicke zu, der im krassen Gegensatz zu dem etwa zehn Zentimeter langen abgenagten Schweineknochen zwischen ihren Pfoten steht. Dann blickt sie ihre Mitverschwörerin Delia an.

Delia ignoriert sie geflissentlich.

»Nein, nimm ruhig.«

»Danke, Schwesterherz.« Er greift nach dem Rippchen. »Darf ich weiter an meinen Modellen bauen?«

»Klar«, sagt Bart.

»Schmeckt dir der Krautsalat nicht?«, fragt Pat.

»Ich bin satt, Mom. Darf ich?«

Robbie fragt nicht nur Bart oder Pat, ob er aufstehen darf, sondern beide. Braver Junge.

»Moment«, sagt Delia. »Ich muss euch was zeigen.«

Sie steht auf und geht ins Wohnzimmer. Robbie kaut auf seinem Rippchen. Genau wie Caity. Jetzt, wo sie aufgeflogen ist, gibt es keinen Grund mehr, das heimlich und leise zu tun. Bart wendet sich wieder der Betriebsanleitung zu.

Delia kommt mit zwei Racquetbällen aus Gummi zurück, einer violett, einer blau. Sie setzt sich und sieht Caity an.

»Im Internet steht, dass Hunde den Unterschied zwischen Violett und Blau nur schwer erkennen können. Weil sie nicht so ein großes Speckrum sehen wie …«

»Spektrum«, korrigiert Pat.

»Nicht so ein großes Spektrum wie Menschen. Aber Caity eben doch. Caity ist nicht farbenblind. Passt mal auf.«

Delia hält ihr die Bälle hin. Einen in jeder Hand. Der Hund steht auf und schnuppert daran.

»Nimm den violetten, Caity. *Den violetten.*«

Ohne zu zögern, nimmt der Hund den violetten Ball zwischen die Zähne und setzt sich wieder. Robbie seufzt. *Langweilig.* Vielleicht ist er tatsächlich gelangweilt, vielleicht auch nicht. Er ist in jenem Alter, in dem das nur schwer zu sagen ist.

»Nein, warte«, sagt Delia. »Ich will den violetten. Du kannst den blauen haben.«

Caity richtet sich auf, legt den violetten Ball in Delias Hand, nimmt den blauen ins Maul und setzt sich wieder.

Robbie seufzt noch einmal. »So ein Schwachsinn.«

»Reiß dich zusammen, Sohnemann«, sagt Bart. »War das alles?«

Lächelnd schüttelt Delia den Kopf und nimmt Caity den Ball wieder ab, auf dem nun Sabberspuren zu erkennen sind.

Sie legt die Hände hinter den Rücken, vertauscht die Bälle mehrmals und hält sie dem Hund erneut hin. Diesmal mit den Handflächen nach unten, sodass das Tier sie nicht sehen kann.

»Caity? Dad will den violetten Ball und Robbie den blauen.«

Der Hund schnüffelt und stupst mit der Schnauze gegen Delias rechte Hand. Delia dreht sie herum. *Der violette.* Caity nimmt den Ball ins Maul und lässt ihn in Barts Schoß fallen. Dann nimmt sie den blauen Ball aus Delias linker Hand und bringt ihn Robbie.

»Nicht schlecht«, sagt Bart. »Mit dem Trick sollte sie im Fernsehen auftreten, was meint ihr?«

»Wir sind noch nicht fertig«, sagt Delia.

Sie steht auf, tritt hinter Caity und legt ihr die Hände auf die Augen.

»Versteckt sie«, sagt sie.

»Hä?«, fragt Robbie.

»*Versteckt* sie.«

Dann kapiert er. Jetzt wird es interessant. Er klemmt den blauen Ball in die Achselhöhle. Bart setzt sich auf seinen.

»Caity, bring mir den blauen Ball. Holst du mir bitte den blauen Ball?«

Sie nimmt die Hände weg. Caity geht direkt auf Robbie zu und schnuppert an seiner Achselhöhle. Das kitzelt.

»Hey!«, lacht er. Der Ball fällt herunter. Caity hebt ihn auf und bringt ihn Delia.

»Vielen Dank, Caity.«

Wie zum Teufel haben sie sich das beigebracht, fragt sich Pat. Wann haben sie das geübt? Ihre Tochter steckt voller Überraschungen.

»Netter Trick, Deal«, sagt sie. »Wenn ihr mich entschuldigt, ich muss Roman und der Druckerei das Foto heute noch schicken, damit wir es gleich morgen früh haben.«

»Kannst du mir die von Caity und mir mailen?«, fragt Delia.

»Klar, Schätzchen.«

Um ehrlich zu sein, sind auch ein paar Bilder mit den beiden zusammen verflucht gut geworden. Caity ist ein roter Australian Cattle Dog und sehr fotogen. Zweieinhalb Jahre alt, siebenundzwanzig Kilo kerngesunde Hundemuskeln. Schönes rötliches Fell mit weißen Sprenkeln, dunkle intelligente Augen, eines davon mit einem markanten schwarzen Fleck. Wie ein Kind, das sich zu Halloween als Pirat verkleidet hat.

Vielleicht sollte ihr Delia noch mehr Tricks beibringen, überlegt sie. Damit sie ein Repertoire zusammenstellen können.

Wer weiß, ob das einmal nützlich wird.

Sein Vater schiebt seinen Stuhl zurück.

»Ich geh raus zum Wagen. Robbie? Willst du mitkommen?«

Der Firebird ist das neue Spielzeug seines Vaters. Wie war der Begriff gleich noch? Sein *Interesse*. So hat es Mom genannt. Dads neues *Interesse*. Hoffentlich hält es eine Weile an. Für dieses Interesse muss sich Robbie nämlich nicht übermäßig interessieren, er muss sich nicht einbringen wie beim Football oder Baseball oder – zwischendurch – Fußball. Es ist völlig in Ordnung, wenn er sich für den Firebird nur halbherzig begeistert.

Was ihn aber auch ein bisschen überrascht. Robbie hat geschickte Finger. Was sein Vater sehr wohl weiß. Also kommt es ihm etwas merkwürdig vor, dass Dad nicht darauf besteht, dass sie gemeinsam am Fahrgestell herumschrauben oder was Männer in einer Garage eben so tun.

»Ein andermal, Dad. Ich will lieber an meinen Modellen basteln.«

»Ach so, ja. Deine Modelle.«

»Willst du ein Eis?«, fragt Delia.

»Nö«, sagt er. »Vielleicht später.«

Er beobachtet, wie Vater und Tochter in die Küche gehen. Erst öffnet Delia den Gefrierschrank, dann macht sich Dad an der Hausbar einen Drink.

Caity trottet ihnen hinterher.

»Cait? Caiters?«

Sie bleibt stehen und dreht sich um.

Die beiden Racquetbälle liegen auf dem Tisch. Er nimmt sie in die Hände und versteckt sie vor ihr, genau wie es seine Schwester getan hat. Dann hält er sie Caity hin.

»Nimm den violetten«, sagt er.

Sie legt den Kopf schief und kommt ein paar Schritte auf ihn zu. Schnuppert an seiner Hand. Die linke. Er öffnet sie.

Blau.

Na ja, sie ist Delias Hund, denkt er.

Sosehr er sie auch mag – diese Tatsache wird ihm täglich bewusst. Caity gehört Delia und nicht ihm. Sie folgt seiner Schwester wie ein Pilotfisch.

Für ihn als auch für Delia war es Liebe auf den ersten Blick. Vor zwei Jahren mussten sie am Weihnachtsmorgen vor der Treppe warten. Die anderen Geschenke waren bereits ausgepackt und unter dem Christbaum gestapelt.

Mom öffnete die Tür zum Schlafzimmer, und dieses kleine Fellknäuel kam herausgestürmt, hatte sie unten stehen sehen, war losgerannt, hatte kurz vor der Kante abgebremst, sich einen Augenblick umgesehen, war mit allen vieren auf die erste Stufe gesprungen und dann auf die zweite, und schließlich hatte sie begriffen, dass die Treppe allein ihr gehörte, und war hinuntergeflitzt, als hätte sie ihr ganzes Leben lang nichts anderes getan.

Sie war erst zu Delia und dann zu Robbie gelaufen. Er hatte seine Schwester niemals zuvor oder danach so lächeln sehen.

Er spürt immer noch die Wärme ihrer Zunge. Erinnert sich an den Geruch des Welpenatems und an ihren kleinen festen Körper unter seinen Händen.

Ein faszinierendes neues Lebewesen.

Ein Hund war pure Magie.

Da machte es ihm auch fast nichts aus, dass es in erster Linie Delias und dann erst sein Hund war. Er kennt sich mit Hunden aus, hat über Hackordnungen und Rudelbildung gelesen. Robbies Rudel. Eigentlich sollten Mom oder Dad die *dominanten* Anführer sein – *Alphatiere*, so heißt das. Sie sind die Größten und Lautesten. Sie sagen, wo es langgeht.

Caity jedoch scheint das nicht besonders zu interessieren. Sie hat ihren eigenen Kopf und setzt sich erfolgreich über die Lehrmeinung hinweg. Die Stimme, die für sie an zweiter Stelle kommt, auf die sie fast immer hört, ist seine, nicht die seiner Eltern. Robbie ist zufrieden und vielleicht auch ein wenig dankbar dafür, dass sie so denkt, dass sein Platz im Rudel gesichert ist.

Er hört, wie die Tiefkühltruhe geschlossen wird. *Eiscreme.*

Caity wendet sich von ihm ab und trottet in Richtung Kühlschrank.

Damit wird er wohl nie mithalten können.

Stegosaurus, denkt sie.

Zwei Kugeln grüne Pfefferminz-Eiscreme mit Schokoladestückchen, in denen drei große gelbe geriffelte Kartoffelchips stecken. Die Panzerplatten des Sauriers. Wenn man es genau nimmt, entspricht das Verhältnis von Panzerplatten zu Körperlänge eher einem Dimetrodon, und das war ein Vorfahre der Säugetiere. Aber das weiß sie erst seit Kurzem, und Eiscreme-*Stegosauri* baut sie seit ihrer frühesten Kindheit. Also ist das wohl egal.

Sie beißt in einen nach Minze schmeckenden Kartoffelchip. Caity sitzt höflich neben ihr und leckt sich die Lefzen.

»Du kannst einen haben. Nur *einen*. Dann ist Schluss.«

Caity vertilgt den Chip und starrt dann sehnsüchtig die Tüte auf der Arbeitsfläche an.

»Na gut. Zwei.«

Sie gibt ihr noch einen Chip, rollt die Tüte zusammen und versiegelt sie mit einer Wäscheklammer vor der Feuchtigkeit. Dann macht sie sich über ihr Eis her.

Der Hund springt auf die Hinterbeine und schnappt sich die Tüte von der Arbeitsfläche. Er setzt sich unter den Tisch, blickt Delia durch die Stuhlbeine hindurch an und schlägt mit dem Schwanz auf den Boden.

»Böser Hund! Gib das wieder her …«

Caity steht auf und trabt zur Küchentheke. Sie stellt sich erneut auf die Hinterbeine und legt die Tüte zwischen die Kräcker und Kekse und anderen Knabbereien, die an der Wand zwischen Designer-Einweckgläsern mit Mehl und Zucker aufgereiht sind. Sie setzt sich und hechelt.

Delia blinzelt den Hund amüsiert und etwas verblüfft an. Man weiß nie, was er als Nächstes anstellen wird.

»Wow«, sagt sie. »Toll gemacht, Caits!«

Sie fischt einen Chip aus ihrer Schüssel und gibt ihn Caity, die ihn knirschend verschlingt.

»Na los!«

Delia nimmt die Schüssel und geht durch das Esszimmer zur Treppe im Flur.

Caity ist aufgeregt.

»Schön langsam die Treppe hoch, Wackelhintern.«

Caity gleitet auf den Vorderpfoten über die Stufen. Die Krallen klicken auf dem polierten Holz. Sie hat lange vor Delia das Ende der Treppe erreicht, dreht sich um, wartet oben.

»Wo ist Robbie?«, fragt sie. »Wo ist dein Bruder?«

Caity trottet durch den Flur zu der geschlossenen Tür neben Delias Zimmer und setzt sich.

Delia klopft.

»Ja? Einen Moment.«

Sie hört, wie er die Schranktür schließt und seinen Stuhl über den Holzboden schiebt.

»Okay, kannst reinkommen.«

Delia öffnet die Tür. Ihr Bruder sitzt an seinem Arbeitstisch unter einer hellen Schreibtischlampe. Der übrige Raum ist so dunkel, dass man das Durcheinander aus Horrorfilm- und Marvel-Actionfiguren, Flugzeugen, Raketen, Autos und Lastwagen in den Regalen hinter ihm kaum erkennen kann, ganz zu schweigen von den Clone-Wars-, Minecraft- und Elvis-Postern an den Wänden.

Gerade arbeitet er an einem Oldtimer. Er klebt etwas an den Kühlergrill.

»Willst du einen Chip?«, fragt sie.

Er sieht nicht auf. »Nein, danke.«

»Was ist das?«

»Eine fliegende Untertasse.«

Sie lacht.

»Ein Buick-Roadmaster-Cabrio aus den Fünfzigern. Hat mir Dad vor ein paar Jahren zu Weihnachten geschenkt. Seitdem liegt es rum. Das ist nicht gerade die beste Modellbaufirma der Welt – ziemlich einfach –, aber ich dachte, ich versuch's mal.«

»Sieht gut aus.«

Er zuckt mit den Achseln.

Wie so oft wird ihr bewusst, dass dies sein Zimmer, sein Reich ist. Sie würde sich zum Beispiel nie einfach auf sein Bett setzen oder in seinen Sachen wühlen. Ihr Bruder schätzt seine Privatsphäre. Das hat sogar Caity begriffen. Sie ist vor der Tür sitzen geblieben. Mom nimmt sich die Freiheit, zu jeder Tages- und Nachtzeit unangekündigt in Delias Zimmer zu platzen, um dort zu tun und zu lassen, was sie will. Doch wenn sich in Robbies Zimmer der Staub sammelt, scheint sie das nicht weiter zu stören.

Delia weiß nicht so recht, ob sie ihn dafür beneiden soll.

Dabei gibt es durchaus ein paar Dinge, auf die sie neidisch ist.

»Ich würde morgen gerne mit dir in die Schule gehen«, sagt sie.

»Na klar. Willst du tauschen?«

»Würd ich schon, falls Mom das erlaubt.«

»Glaub mir, du verpasst nicht das Geringste.«

Sie denkt an Mrs. Strawn, ihre Mathe- und Physiklehrerin.

»Ist bestimmt besser als die alte Schachtel, die nach Salamibroten riecht.«

Er lacht. »Wahrscheinlich schon.«

Mrs. Straw ist die schlimmste von ihren Lehrern. Sie hat keinen Sinn für Humor. Den Englischlehrer Mr. Jacobsen dagegen mag Delia, aber sie mag ja auch Englisch, daher kann sie nicht genau sagen, ob es am Fach oder an ihm liegt. Der Gesangsunterricht ist ganz okay, obwohl Mr. Thatcher sie immer die hohen Noten singen lässt, was sie ziemlich anstrengend findet. Erst heute musste sie wieder »I Will Always Love You« von vorne bis hinten singen. Allmählich hasst sie dieses Lied.

Ihre Mom ist ebenfalls der Meinung, dass sie sich anstrengen soll.

»Das sind auch Muskeln«, sagt sie immer. »Und die gehören trainiert. *Ich weiß*, wie das ist. Ich hab das früher auch gemacht. Du wirst schon sehen.«

Der Tanzunterricht gefällt ihr zugegebenermaßen sehr gut. So ein Training geht hundertprozentig in Ordnung. Egal, ob klassisch oder modern oder gelegentlich sogar

Volkstanz, sie genießt das Gefühl der Freiheit, das sich nach etwa einer halben Stunde einstellt, wenn sich diese Wärme im ganzen Körper ausbreitet. Und sobald sie die richtigen Schritte in der richtigen Reihenfolge hinbekommt, fühlt es sich einfach *richtig* an. Tanzen ist toll.

Sie kann also zufrieden sein.

Trotzdem – Robbie trifft jeden Tag andere Kinder. Kinder in ihrem Alter. Sie trifft nur Erwachsene. Die sich ausschließlich *um sie* kümmern, irgendwas *von ihr* wollen. Das nervt. Sie ist müde.

Ihr fällt auf, dass sie einfach nur dasteht. Nichts tut. Nicht viel zu sagen hat. Robbie streicht Klebstoff aus einer Tube auf ein kleines Plastikding.

Der hält mich jetzt sicher für bekloppt, denkt sie.

Zeit fürs Bett. Sie wird noch ein bisschen lesen. Sie ist mitten im dritten Teil der *North-Star*-Reihe.

»Gute Nacht, Robbie«, sagt sie.

»Nacht, Schwesterherz.«

Sie verlässt den Raum und schließt leise die Tür.

Okay, wo steckt Caity?

Sie war doch gerade noch hier.

Manchmal ist dieser Hund so leise wie eine Maus.

Sie geht den Flur zu ihrem Zimmer hinunter. Schaltet das Licht ein.

Keine Caity.

Ihr Blick wandert zum Puppenhaus. Dem Puppenhaus ihrer Mutter. Es ist einem alten Anwesen auf Rhode Island nachempfunden, hat Mom behauptet. Zwei Stockwerke, vier Schlafzimmer, zwei Bäder. Es ist ziemlich groß, über einen halben Meter hoch, breit und tief. Und zusammen mit dem Holztisch, auf dem es befestigt ist, auch ziemlich schwer. Sie haben es nur mühsam durch die Tür gebracht.

Sie hat seit Jahren nicht mehr mit dem Ding gespielt. Und gefallen hat es ihr noch nie. Sie findet es irgendwie *übertrieben*. Ihre Mutter hat ihr eingeschärft, dass sie die Möbel und die sonstige Einrichtung vorsichtig behandeln muss. Handgeschnitzte Holzstühle und Betten und Sofas. Ein Kamin aus echtem Backstein. Wandteppiche. Bilder an den Wänden, gemalt mit einem Pinsel mit nur einem einzigen Haar. Eine aus England importierte Küche.

Wenn es um ihre Lieblingstochter ging, hat Oma Atherton keine Kosten und Mühen gescheut.

Es ist schön anzusehen, aber ziemlich bescheuert, wenn man mit seinen imaginären Freunden spielen will und die ständig auf ihr Teeservice und ihre Teddybären achtgeben müssen.

Das macht doch keinen Spaß.

Also steht das Haus einfach nur neben ihrem Bett und verstaubt. Sie denkt kaum noch daran. Das Puppenhaus ist einfach da.

Bis auf vorletzte Nacht ...

Bis auf vorletzte Nacht, als plötzlich ...

Sie war eingenickt, im Halbschlaf. Trotzdem hätte sie Stein und Bein schwören können, ein flackerndes Licht im Obergeschoss gesehen zu haben. In dem Schlafzimmer, in dem sie sich vorgestellt hatte zu wohnen – damals, als sie noch klein war, damals, als sich ihre Fantasie noch gelegentlich dort eingerichtet hat, als sie noch mit dem Puppenhaus gespielt und die Möbel und Einrichtungsgegenstände hin und her geschoben hat.

Ein weißes Licht. Blitz, blitz, blitz. Ein unregelmäßiges Flackern wie von einem großen Glühwürmchen, das sich hineinverirrt hatte.

Es dauerte nicht lange. Höchstens zwei Minuten.

Aber es war unheimlich.

Sie wäre beinahe aufgestanden, um sich das Ganze aus der Nähe anzusehen, aber offen gestanden hatte sie zu viel Angst.

Und Angst war etwas Neues für sie. Tatsächlich konnte sie sich nicht daran erinnern, überhaupt schon einmal Angst gehabt zu haben. Nicht vor dem Vorsprechen, nicht vor dem Mindbender oder der Wildcat-Achterbahn im Frontier-City-Vergnügungspark. Verdammt, nicht mal vor Robbies DVD mit *Killer Klowns From Outer Space* hatte sie Angst gehabt. Noch nie.

Deshalb war sie auch so überrascht gewesen, als es ihr eiskalt den Rücken hinuntergelaufen war.

Sie hatte den Arm ausgestreckt, die schnarchende Caity zu ihren Füßen geweckt und sich an sie geschmiegt. Gemeinsam spähten sie ins Dunkel, doch nichts weiter geschah. Irgendwann atmete Caity leicht und regelmäßig. Delia spürte das Heben und Senken ihres kräftigen Brustkorbs unter ihrer Hand und war kurz darauf ebenfalls eingeschlafen.

Und letzte Nacht? Nichts. Dabei hatte sie sich fest vorgenommen, wach zu bleiben. Nur für den Fall. Aber der Unterricht und die Schauspielstunden und die Tanzerei hatten sie müde gemacht. Sie war auf das Kissen gefallen und sofort eingeschlafen.

Vielleicht sollte ich das Haus auseinanderbauen und nachsehen, denkt sie. Man kann die Wände an drei Seiten abnehmen. Hinter einer befindet sich die Eingangshalle, der vordere Salon und das Esszimmer, hinter der nächsten die Küche und hinter der dritten der rückwärtige Salon mit den Schlafzimmern darüber. Das Licht war aus dem ersten Stock gekommen, direkt über dem hinteren Salon.

Sie denkt darüber nach.

Dann fällt ihr etwas Komisches ein: *Sieht aus, als ob das Haus schlafen würde.*

Sie will es keinesfalls aufwecken.

Nach dem letzten Löffel Eiscreme dreht sie sich um, um nach Caity zu sehen – vielleicht ein bisschen zu schnell, weil sie plötzlich dieses Prickeln und eine Benommenheit spürt und fast das Gleichgewicht verloren hätte. Sie taumelt. Einen Augenblick lang wird alles schwarz um sie herum. Dann tauchen bunte Lichtblitze im Dunklen auf. So verschwommen wie in einem Auto in der Nacht auf einer nassen Straße.

Wie durch dichten Nebel sieht sie eine Hand nach etwas Hellem, Funkelndem vor ihr greifen. Es ist nicht ihre Hand, aber es könnte ihre sein, weil sie so nahe ist – ganz unmöglich, weil sie ja noch den Löffel in der einen und die Eiscremeschüssel in der anderen Hand hält. Das helle Funkeln verwandelt sich in so etwas wie eine Tür, nur viel zu klein, und die Tür öffnet sich, und dahinter sind kleine Fläschchen, und dann verschwinden Tür,

Fläschchen und das Licht so schnell, wie sie gekommen sind.

Kein Prickeln mehr. Keine Benommenheit. Kein Nebel.

Nur ihr Zimmer. Ihr stinknormales Zimmer.

Zum zweiten Mal innerhalb von zwei Tagen hat sie Angst. Nicht Riesenangst, aber Angst. Angst genug.

Erst das Puppenhaus, dann das hier.

Sie muss dringend Caity suchen, wenn sie auch nicht weiß, weshalb.

Sie geht in den Flur und zum Schlafzimmer ihrer Eltern hinüber – dem einzigen Zimmer im Obergeschoss, in dem sie noch nicht nachgesehen hat –, und als sie näher kommt, sieht sie Caity direkt vor der offenen Tür zum hell erleuchteten Badezimmer sitzen. Der Hund wirft ihr einen raschen Blick über die Schulter zu.

Da steckst du also, will sie sagen, doch genau in diesem Moment muss Caity niesen. Ein dicker fetter Caity-Nieser, wie sie ihn gelegentlich loslässt.

»Verflucht, Caity«, sagt Mom.

Mom steht vor dem Spiegelschrank über dem Waschbecken. Das Niesen hat sie erschreckt, das Wasser aus einem Plastikbecher ergießt sich in das muschelförmige Becken. Auf dem Marmortisch sind Tabletten verstreut. Sie sammelt sie so hektisch auf, dass zwei davon zu Boden fallen.

»Scheiße«, sagt sie.

Noch hat sie Delia nicht bemerkt. Delia ist außerhalb ihres Blickfeldes.

Caity starrt sie aufmerksam an.

»Mom, hast du Kopfschmerzen?«

Sie zuckt zusammen.

»Ja. Vielleicht hab ich zu lange vor dem Computer gesessen. Musst du ins Badezimmer?«

Sie öffnet den Spiegelschrank. Der Spiegel blitzt. Sie dreht die Tablettendose so merkwürdig in der Hand herum, als wollte sie nicht, dass Delia das Etikett liest – was aus dieser Entfernung sowieso nicht möglich wäre –, und stellt sie hinein. Dann schließt sie den Schrank wieder.

»Ich hab nur Caity gesucht«, sagt Delia.

»Nun, hier ist sie, obwohl sie hier überhaupt nichts zu suchen hat. Und du auch nicht. In einer halben Stunde bist du im Bett, junge Dame. Und kein Eis am Abend, wie oft muss ich dir das noch sagen?«

»Aber ich hab gar kein ...«

Auf dem Daumen, mit dem sie über Delias Wange fährt, ist ein grüner Fleck.

Erwischt.

Ihre Mom lächelt. Ist also nicht so schlimm.

»Hast du mir die Bilder von Caity schon gemailt?«

»Das erledige ich gleich. Noch neunundzwanzig Minuten, Fräulein, und dann will ich euch schön brav in der Heia sehen, ich schaue nach.«

»Wird gemacht.«

Sie tritt zur Seite. Ihre Mutter rauscht an ihr vorbei, und Delia riecht einen Hauch von Moms Lieblingsgetränk – Scotch. Sie und Caity gehen in den Flur, und Delia dreht sich um und sieht Mom vor der Frisierkommode, wie sie sich das lange schöne Haar bürstet.

In Barts Garage – und es ist unbestritten *seine* Garage – würden locker drei Autos passen. Doch wegen der neuen

Hebebühne und der kleinen Bar und der Werkstatt bleibt nur Platz für eines. So gefällt es ihm. Vor Jahren, als die Kinder noch klein waren, hatte Pat damit geliebäugelt, aus der Garage ein Spielzimmer zu machen. Diese Flausen hatte er ihr schnell ausgetrieben. Du willst doch die Kinder immer im Blick haben, oder?, hatte er gefragt. Und das geht schlecht, wenn sie hier in der Garage mit Gott weiß was rumspielen. Dieser Logik war nichts entgegenzusetzen.

Als Mutter zweier heranwachsender Kinder hatte Pat über einen ausgeprägten Beschützerinstinkt verfügt. Das änderte sich im Laufe der Zeit, doch da hatte er schon sein Revier abgesteckt und die Garage für sich beansprucht.

Er schenkt sich noch einen Schluck Boodles-Gin in das mit Eiswürfeln gefüllte Glas, nimmt einen Schluck und inspiziert das Fahrgestell.

Ein verdammtes Kunstwerk in Mattschwarz. Auf den Radkästen, der Aufhängung und dem Auspuff gibt es nicht den kleinsten Rostfleck oder Öltropfen. Alles ist so sauber, dass man davon essen könnte.

Der Preis hatte ihn zunächst zögern lassen. Zweiunddreißigtausend, weitere dreieinhalb für die Sonderausstattung. Die er unbedingt haben wollte, auch die Details – beheizte Ledersitze, beheizte Außenspiegel, ein automatisch abblendender Rückspiegel, Rückfahrkamera, Bluetooth, Fernbedienung. Das volle Programm.

Bis jetzt hat sich Patricia noch nicht beschwert. Delia macht gutes Geld. Und womöglich klappt es mit dieser Fernsehserie.

Sie hatten alles auf eine Karte gesetzt, das war ihm bewusst. Aber er war ja auch eine Spielernatur, oder nicht? Das lag in der Familie. Sein Vater war dreieinhalb Jahre lang als Black-Jack-Profi durch Atlantic City gezogen, bis ihm jedes Casino der Stadt Hausverbot erteilt hatte. Als Teenager hatte Bart gar nicht genug von den Geschichten seines Vaters bekommen können. Über Boni und Sonderzahlungen, über die Freikarten für die Beach Boys und die Muschis der Tänzerinnen. Einmal hatte er sich während des Parteitags der Demokraten 1964 als Rabbi verkleidet. Und im Resorts International als betrunkener Krüppel. Anschließend hatte er sich mit schnellen fünf Mille in der Tasche im Rollstuhl auf sein Zimmer schieben lassen.

Sogar wenn er erzählte, wie er durch eine Kombination aus Pechsträhne und Gratiswhiskey ein paarmal mit dem Gesicht voraus in der Gosse aufgewacht war, hörte Bart gerne zu.

Ja, das Ganze ist ein Glücksspiel. Na und? Das verleiht dem Leben doch erst die richtige Würze.

Nur bei der Qualität darf man kein Risiko eingehen. Und der Firebird hier ist definitiv ein Qualitätswagen. Vom Feinsten.

Er lässt sich gegen den Leinwandrücken seines Regisseurstuhls sinken, zündet sich mit seinem Zippo eine Winston an und betrachtet sein Auto. Sein Roter Baron.

Auch Robbie betrachtet seine Arbeit.

Auf dem echten Roadmaster aus den Fünfzigern führte ein verchromter Metallbogen, der »Sweapspear«, vom Vorderreifen in einer sanften Kurve über die Flanke bis zum Hinterrad, wo er einen verwegenen Viertelkreis bis zum Rücklicht bildete. Bei diesem beschissenen Modell dagegen besteht der Plastikstreifen aus lediglich zwei Teilen – einer führt von Rad zu Rad, der zweite umkreist das Rücklicht. Okay. Und als wäre das noch nicht schlimm genug, haben sie es auch noch falsch abgemessen, sodass Robbie das verdammte Teil beinahe zerbrochen hätte, als er es um das Hinterrad montieren wollte.

Jetzt ist er fast fertig. Der Kühlergrill sitzt, die Reifen zeigen in dieselbe Richtung.

Nur dieser Metallbogen. Dieser verfluchte Metallbogen.

Er hat ihn mit Sekundenkleber befestigt. Also wird er jetzt und für alle Ewigkeit dort haften.

Und er ... sieht beschissen aus.

Er stellt das Modellauto ab und lässt es ein paarmal über den Arbeitstisch rollen. Dann starrt er es einfach nur an. Die hellgraue Karosserie wartet auf einen Anstrich.

Da kannst du lange warten, denkt er.

Robbie hebt die Faust, holt kräftig aus und schlägt alles kaputt. Er blickt einem Weißwandreifen hinterher, der über die Tischplatte rollt.

Sobald der Reifen ausgerollt ist, öffnet er die tiefe Schublade unter dem Tisch und schiebt die Teile des Möchtegern-Buick-Roadmaster-Cabrio mit der Handfläche hinein. In diesem Papierkorb befinden sich bereits ein Viking-Kriegsschiff, eine Wolfman-Figur, das Weiße Haus, eine Boeing B-52 und die Einzelteile diverser anderer Modelle, die im Laufe der Jahre seinen Ansprüchen nicht genügt haben.

Entweder taugst du was, oder du taugst nichts, denkt er.
Er wendet sich seinem Computer zu, startet Resident Evil 4 und spielt los.

Delia lässt sich aufs Bett fallen, zieht Turnschuhe, Socken, die Jeans und das Lady-Gaga-T-Shirt aus und schlüpft in ihr kariertes L.-L.-Bean-Nachthemd. Die Socken landen im Wäschekorb. T-Shirt und Jeans legt sie über das Puppenhaus, sodass die Vorderfenster und das Sichtfenster in der Haustür verdeckt sind.

Gute Nacht, ihr Geisterlichter.

Caity steht am Fenster.

»Willst du noch mal raus?«

Schwanzwedeln.

Delia verlässt das Bett, geht zum Fenster hinüber, nimmt das dreiteilige Fliegengitter ab und legt es auf den Boden. Im Nu ist Caity aus dem Zimmer. Ihre Krallen klicken auf dem Hausdach. Delia stemmt sich aus dem Fenster.

Es ist eine warme Nacht. Eine sanfte Brise weht. Gemeinsam klettern sie über die Dachschräge, bis sie vom Fenster aus nicht mehr zu sehen sind. Dann setzen sie sich, und wie immer genießt Delia die Ruhe. Das Dach gehört ihnen allein. Niemand kann sie hier finden. Die stille Straße jenseits des Gartenzauns windet sich in gemächlichen Halbkreisen an den umliegenden Häusern entlang. Ihre Nachbarn sieht sie nur selten, wenn sie im Garten sind oder im Auto vorbeifahren. Sie wird sie wohl nie kennenlernen.

In dieser Gegend schätzt man seine Privatsphäre. Sie kennen die Gilmores und die Levys, die direkt nebenan wohnen, sowie die McBrides gegenüber, und das war's. Den Levys winken sie nur in der Einfahrt zu. Keiner sonst hier hat Kinder und niemand einen Hund.

Als sie und Robbie noch klein waren, taten sie so, als wären sie die einzigen Kinder auf der Welt. Sie suchten in dem kleinen Wäldchen hinter dem Haus nach anderen. Entdeckten imaginäre Spuren. Ein zerbrochener Ast. Eine niedergetrampelte Stelle im hohen Gras. Ein Bonbonpapier, das sie selbst vor Monaten dort weggeworfen hatten.

»Was ist denn?«, fragt Delia.

Caity stöbert in der alten, fadenscheinigen Babydecke herum, auf der sie normalerweise sitzen. Mit der Schnauze schiebt sie einen kleinen grünen Plüschdrachen aus den Falten der Decke. Ihr Lieblingsspielzeug. Sie schnauft. Delia hat nicht die leiseste Ahnung, wann und wie der Hund es hier hochgebracht hat.

Sie greift danach.

Caity senkt mürrisch das Kinn und blickt sie böse an. *Klar.* Du machst mir ja *soooo* viel Angst.

»Ich lach mich tot, Wackelhintern«, sagt sie.

Sie lehnt sich gegen die Verkleidung aus Holzimitat und betrachtet die Sterne und den zunehmenden Halbmond am wolkenlosen Himmel.

»Irgendwann«, sagt sie. »Pass nur auf. Jetzt bin ich elf und hab noch nie eine Sternschnuppe gesehen. So geht's nicht weiter. Das ist nicht fair. Aber wenn ich eine sehe, bist du meine Zeugin.«

Caity starrt in den Himmel. Der Drache liegt zwischen ihren Pfoten.

Delia krault ihr den Nacken.
»Genau«, sagt sie.

»Gefällt dir das Bild?« Patricia wartet vor der Tastatur auf den Signalton des Chatprogramms.

Ping. **»Allerdings«**, schreibt Roman. **»Geil.«**

»Geil? Spinnst du?«, schreibt sie. **»Sie ist elf.«**

Ping. **»Du weißt schon, wie das gemeint war. Sie ist extrem fotogen. Das ist geil.«**

»Natürlich ist sie fotogen.«

Sie wartet. **»Wo steckt dein Göttergatte?«**, schreibt er.

»Spielt mit seinem Auto. Ich will schlafen, kann aber nicht. Bin nicht müde.«

»Was ist mit den Wunderpillen?«

»Wann wirken die denn? Ich spüre gar nichts.«

»Abwarten, Schätzchen.«

Sie weiß nicht, woher er das Lunesta hat, und es ist ihr auch egal. Von einem seiner Kumpels aus L. A. wahrscheinlich, dem Arzt eines Klienten oder so. Fünfzig Tabletten in einer unbeschrifteten Plastikdose. Ein ordentlicher Vorrat. Jetzt müssen sie bloß noch wirken. Sie wartet schon eine halbe Stunde.

»Ich brauche meinen Schlaf«, schreibt sie.

»Ist sie bereit für morgen?«

»Ja. Ich muss nur dafür sorgen, dass sie sich konzentriert.«

»Sie macht schließlich die dicke Kohle.«

»Wir, nicht sie. Teamwork, oder?«

Sie nippt an ihrem Scotch und tippt weiter.

»Ich bring sie jetzt ins Bett. Gute Nacht.«

Pling. **»Ich bin allein in diesem verdammten Bett.«**

»Schade auch. Ich hoffe für dich, dass die Pillen wirken. Bis morgen am Set.«

Roman alias YrAgent tippt eine Antwort, aber sie hat die App bereits geschlossen.

Robbie ist in ein paar Fallen im Schuppen getappt und hat gerade einen Nicht-Zombie mit einer Mistgabel erledigt, als es ihn erwischt. Er schaltet den Computer aus, steht auf, geht zum Bett hinüber und sinkt so schwer darauf wie ein gefällter Baum. Dann lehnt er sich gegen das Kissen und starrt die geöffnete Schranktür an.

Der begehbare Einbauschrank ist riesig. Seine Mutter hat ihn eingeräumt, und diese Ordnung behält er mehr oder weniger bei. Seine Hemden, Hosen und Jacken hängen an einer Holzstange in der Mitte. In den Regalen zu beiden Seiten ist Platz für seine Schuhe, die Pullover, Jeans und Sweatshirts, daneben stehen seine Lieblingsbücher in zwei Reihen, dazu eine Reihe CDs, eine Reihe DVDs, ganz oben ein paar alte Spielsachen und seine ersten Modelle. Einfacher Kinderkram, den er nicht in seinem Zimmer ausstellen, aber auch nicht wegwerfen will.

Das Werkzeug, das er nicht täglich braucht, ist ebenfalls dort. Drei große Plastikkisten. Er weiß genau, was sich in jeder einzelnen befindet.

Er starrt den Schrank an und denkt daran, was außerdem noch in dem Schrank liegt, und wartet auf den Schlaf oder einen frischen Energieschub, wie sich sein Vater ausdrückt.

Heute Nacht? Vielleicht ja, vielleicht nein.

Er grinst.

Delia stellt das Fliegengitter wieder vor das Fenster und klettert über Caity hinweg auf ihre Seite des Bettes. Sie hat es sich gerade mit ihrem Buch bequem gemacht, als sich die Tür öffnet. Mom mit ihrem iPad.

Sie setzt sich auf die Bettkante.

»Hier hab ich die Bilder von Caity«, sagt sie. »Und jetzt gehe ich schlafen.«

»Du hättest sie doch mailen können.«

»Ich wollte eben nach meiner Tochter sehen. Was dagegen?«

»Nein.«

»Bereit für morgen?«

»Wofür soll ich denn bereit sein?« Sie seufzt. »*›Mampf mampf, knusper knusper, hol dir die leckeren Chomp-Chips, hurraaa!‹* Wie öde.«

»Du musst dir nur vorstellen, wie *lecker* und *lustig* sie sind. Das darfst du nicht vergessen.«

»Chomp-Chips schmecken wie Limabohnen.«

Mom lacht. »Deshalb heißt es ja auch schauspielern, mein Schatz. Du hast viel Talent geerbt. Du brauchst es nur einzusetzen.«

»Ja, Mom. Ich weiß.«

»Du wirst es sicher ganz toll machen. Rutsch mal rüber, sehen wir uns die Bilder an. Eins ist ganz besonders gut. Das sollten wir dieses Jahr für die Weihnachtskarten nehmen.«

Delia macht Platz. Caity stöhnt. Sie haben sie gestört.

»Hör auf, dich zu beschweren«, sagt Delia. »Hier geht's doch nur um dich.«

Auf dem Weg zum Schlafzimmer wirken die Wunderpillen endlich. Die Kombination aus Scotch und Lunesta sorgt dafür, dass sie kaum noch geradeaus gehen kann. Die grellen Deckenleuchten spiegeln sich unnatürlich hell im polierten Parkett. Sie kommt an den aufgehängten Bildern – Werbefotos, Modeshootings – vorbei. Dann erregt eines ihre Aufmerksamkeit.

Darauf ist Delia etwa vier Jahre alt. Sie sitzt da, mit dem Rücken an eine wunderbar knorrige Baumkulisse gelehnt, umklammert die Beine mit den Armen und blickt lächelnd in die Ferne. Sie trägt ein knallgrünes Elfenkostüm mit gezackten Ärmeln, spitzen Schuhen und einem ebenso spitzen Hut, unter dem ihr für diesen Anlass zu Locken gedrehtes Haar fröhlich hervorschaut.

Die Werbeanzeige eines Kaufhauses: *Treffen Sie die kleinen Helfer des Weihnachtsmanns!* Jedes Mal, wenn sie es betrachtet, denkt sie nicht an das Shooting, sondern an ihre eigene Kindheit. Wie sie eines magischen, zauberhaften Abends aufbleiben durfte, um *Peter Pan* mit Mary Martin anzusehen. Dann hat sie auch das Lied wieder im Kopf.

Peter Pan wollt' in seinem Leben ganz bestimmt nie erwachsen werden ...

Ihre Tochter als Peter Pan.

Und irgendwie auch ein Teil von ihr.

Sie sucht Halt an der Wand und taumelt durch den viel zu hellen Flur.

Sie erwacht und riecht Fremdes.

Sie kennt dieses Haus, ihre Schnauze ist mit jedem Zentimeter vertraut, mit seiner Geschichte und allem, was es ihr täglich zu berichten hat. Von den Dielenbrettern im Erdgeschoss, wo Bart vor elf Monaten auf dem Weg ins Esszimmer ein Glas Wein verschüttet hat, bis zu dem Fleck auf Robbies Matratze, wo sie als Welpe – erschreckt von einem plötzlichen Flügelschlag vor dem Fenster – peinlicherweise ein paar Tropfen Urin hinterlassen hat.

Doch dieser Geruch ist neu. Im Entstehen begriffen. Delia – ihre Person, ihre Erste Person – wälzt sich im Schlaf herum.

Es ist kein angenehmer Geruch und höchst unwillkommen in einem Zimmer, das nach Delia und ihrer Kleidung im offenen Wandschrank und ihrer Wäsche auf dem Boden und den sieben Schuhpaaren duftet. Nach dem Tau, der mit der Brise durchs Fenster weht, nach Büchern und Bettwäsche und Toilettenartikeln und einer Schüssel mit geschmolzener Eiscreme.

Der Geruch juckt in ihrer Nase.

Ein schwacher, aber beißender, bitterer Geruch. Wie die alten Bahnschwellen, auf die sie bei einem Spaziergang durch die Stadt gestoßen sind. Wie die Konservendosen in der Garage, die mal jemand wegwerfen sollte.

Metall.

Der Geruch kommt aus dem Puppenhaus zwischen Bett und Schrank.

Holz.

Sie ist nervös und wird noch nervöser, als ein Windstoß das Fell in ihrem Nacken zerzaust. Der Wind kommt nicht von draußen. Er kommt aus dem Puppenhaus.

Unmöglich. Aus dem Haus kann kein Wind kommen.

Delias unordentlich über das Puppenhaus drapiertes T-Shirt flattert.

Caity richtet sich auf und kann sich nur mit Mühe davon abhalten, durch den Raum zu tigern. Ihre Erste Person schläft. *Aber der Drang ist übermächtig.*

Ihre linke Vorderpfote hebt und senkt sich wieder, als hätte sie einen eigenen Willen. Dann die rechte Pfote. Dann wieder die linke. Zu ihrem Ärger trabt sie doch los. Und jetzt entfährt ihr ein Wimmern.

Delia wacht auf.

»Was ist denn …?«

Sie sieht Caity an und wischt sich den Schlaf aus den Augen. Dann blickt sie in die Richtung, die Caity unverwandt anstarrt. Ihr Schwanz durchschneidet das Mondlicht.

Das Puppenhaus zittert leicht. Es hört sich an wie Besteck im Spülbecken.

Delia legt fest den Arm um sie. Sie riecht nach Eiscreme und Schlaf.

Das Haus zittert noch einmal. Das T-Shirt rutscht leise vom Dach und fällt mit einem Rascheln zu Boden. Delia umklammert ihre Schultern noch fester.

»Caity …?«, sagt sie.

Ein Fenster im ersten Stock vibriert. Jetzt spürt sie, dass Delia es auch hört. Ein Summen wie von einem Insekt in einem Glas. Sie riecht Delias Furcht, scharf wie alter Käse. Ihr eigener Körper zittert vor Aufregung. Delias Hände wühlen sich in ihre Nackenfalten. Sie keucht.

Hinter dem Fenster blinkt ein kleines Licht. Zweimal, dreimal. Dann leuchtet es hell und schimmernd.

Und wird ganz langsam schwächer.

Delia ist mittlerweile zum Kopfende gerutscht. Caity steht zwischen ihr und dem Haus. Sie muss stark und mutig sein. Es ist ihre Pflicht, ihre Erste Person zu beschützen. Sie wartet und beobachtet.

Während es allmählich Morgen wird.

Endlich schläft Delia neben ihr ein. Sie atmet friedlich. Die Gefahr – falls es denn eine gab, falls es nicht nur eine merkwürdige Neuerung in dem Haus war, das sie so gut kennt – ist lange vorüber. Doch erst jetzt erlaubt sie sich, die Augen zu schließen und ihren Körper wieder im warmen Nest aus Decke, Laken und Matratze zu betten.

Erst jetzt lässt sie das Geheimnis ruhen.

Und schläft.

zwei

Wie man so früh am Morgen so munter sein kann, ist ihr schleierhaft. Sie jedenfalls hat nicht die Energie ihrer Mutter – Delia hat sich nur mühsam zum Frühstück, zu einer heißen Dusche und zum Anziehen aufraffen können. Jetzt sitzt sie auf einem Stuhl im Esszimmer, und ihre Mutter bürstet mit Feuereifer ihr Haar. Und dabei strahlt sie, bester Laune, während Delia selbst kaum die Augen offen halten kann. Es ist noch nicht mal richtig hell. Der Himmel ist so trüb wie ihre Stimmung.

Sie muss sich am Riemen reißen. Schließlich ist heute der *große Tag*. Sagt Mom jedenfalls. Ein Drehtermin für eine landesweit ausgestrahlte Reklame und danach ein Treffen mit dem Produzenten der Sitcom, die ihr vorher bei der Arbeit zusehen. Eigentlich müsste sie jetzt nervös sein. Unter Druck stehen. Doch sie verspürt nichts außer dem Drang, wieder ins Bett zu kriechen und sich neben ihrem müffelnden Hund zusammenzurollen.

Sie erzählt Mom von letzter Nacht, doch die will es nicht hören.

»Kein Eis vor dem Schlafengehen. Jetzt weißt du, warum«, sagt sie.

»Da war rotes Licht, Mom. Es hat ...«

Sie seufzt. »Schatz, im Puppenhaus ist kein Licht. Oma hat es bauen lassen, als ich noch ein Baby war. Und damals wurden bestimmt keine Stromleitungen gelegt.«

»Ich hab's gesehen. Und Caity auch.«

»Na sicher, wenn Caity es gesehen hat, muss es ja da gewesen sein.«

Robbie steht in der Tür und wischt sich den Schlaf aus den Augen.

»Robbie, wie heißt das noch, was Mom gerade mit mir macht?«

»Sie bevormundet dich?«

»Genau. Sie bevormundet mich.«

»Lass den Hund rein, Robbie«, sagt ihre Mom.

Er öffnet die Tür zur Veranda. Caity schlüpft ins Haus.

»Wieso bist du schon so früh unterwegs?«, fragt Mom. »Hast du auch Gespenster im Zimmer?«

Er nimmt sich eine Schachtel mit Frühstücksflocken von der Theke.

»Was? Nein. Ich hab Hunger.«

»Mom, ehrlich. Das war echt gruselig ...«

Ihr Haar ist fertig gebürstet. »Hol Caitys Leine, Deal. Wir müssen. Hast du deinen Text?«

Delia zieht mehrere zusammengeheftete Papierseiten aus der Gesäßtasche und wedelt damit vor ihrer Mutter herum. Der Dialog für die Sitcom. Das Vorsprechen ist zwar erst morgen, aber weil die Produzenten schon beim heutigen Drehtermin anwesend sind, will Mom, dass sie bereit wäre, Rede und Antwort zu stehen. Falls sie Fragen zu ihrer Figur haben oder so. Sie kann den Text schon praktisch auswendig.

»Ich hol noch meine Handtasche, dann geht's los.«

Mom rauscht davon. Robbie schüttet Frühstücksflocken in eine Schüssel. Delia nimmt die Leine vom Haken und befestigt sie an Caitys Halsband. Der Hund wackelt mit dem Hintern. Ein Abenteuer!

»Gespenster?«, fragt Robbie.

»In Moms blödem Puppenhaus. Es lebt.«

»Es lebt?«

»Das Fenster. Es war ...«

Mom taucht mit einer großen Handtasche über der Schulter wieder auf.

»Robbie, bevor du in den Bus steigst, weckst du bitte deinen Vater, ja? Na komm, Deal.«

»Mach's gut, Robbie«, sagt Delia.

»Mach's gut.«

Er hätte noch *Toi, toi, toi* sagen und ihr über die linke Schulter spucken müssen.

Aber er wünscht ihr trotzdem viel Erfolg. Heute ist ein wichtiger Tag für sie.

Er steht mit der Schüssel in der Hand in der Tür und beobachtet durch das Fliegengitter, wie Moms SUV durch das geöffnete Gartentor aus der Einfahrt rollt. Erst als sich das Tor hinter ihnen schließt, wendet er sich ab.

Toi, toi, toi, Schwesterherz, denkt er. Mach dein Ding. Du auch, Mom. Ich werde jetzt einfach meine Wheaties aufessen und dann Dad wecken und in den verdammten

Bus steigen, in die verdammte Schule fahren und einen weiteren Tag mit weiß Gott was verschwenden. Mehr hab ich heute nicht vor.

Toi, toi, toi.

Pat erkennt sie sofort. Ein Mann und eine Frau in maßgeschneiderten Geschäftsanzügen bahnen sich einen Weg durch die Kabel, Reflektoren, Scheinwerfer unter den gewaltigen Seidenbahnen und Blechplatten, die überall im makellos gepflegten botanischen Garten hängen. Das heutige Filmset. Ein Mann mit hochgekrempelten Hemdsärmeln folgt den beiden. Der Drehbuchschreiber, vermutet sie.

Kristy, die Produktionsassistentin, die die beiden im Schlepptau hat, bemerkt Pats Blick und winkt ihnen zu.

Die Einstellung ist gerade beendet. Ein verpatzter Take, aber das liegt nicht an Delia. Die hat alles richtig gemacht und souverän den Mittelpunkt der Choreografie à la Busby Berkeley gebildet. Die Tänzer tragen Kostüme in Form großer, grinsender Münder – die *Chompers* – und müssen ihre riesigen Lippen synchron zu diesem lächerlichen Lied bewegen. Einer hat seinen Einsatz verpasst und beinahe die ganze Formation zu Fall gebracht.

Hinzu kommt das unbeständige Wetter an diesem Morgen. Windböen zerren an den Kostümen, die Sonne verschwindet immer wieder hinter den Wolken. Noch haben sie keine brauchbare Einstellung für die Endfassung. Immerhin ist die Filmcrew ganz nett, und alle sind locker. Hoffentlich bleibt es auch so.

»Caity? Platz. Bleib, wo du bist.«

Pat tätschelt den Kopf des Hundes, wickelt die Leine um den Holzrahmen des Regiestuhls, steht auf und lächelt.

»Mrs. Cross? Sie haben einen Termin?«

»Ganz recht. Vielen Dank, Kristy.«

»Kein Problem. In fünf Minuten geht's weiter, also ...«

»Wir fassen uns kurz. Danke.«

Pat wendet sich ihren Besuchern zu. Die Assistentin entfernt sich und spricht dabei in ihr Headset.

»Hallo. Ich bin Patricia Cross.«

Sie streckt die Hand aus. Die Frau schüttelt sie zuerst.

»Polly Hendrix. Danke, dass Sie Zeit für uns haben.«

»Machen Sie Witze? Ich danke Ihnen. Und Sie müssen Sean sein.«

»Sean Morrison. Sehr erfreut, Mrs. Cross.«

»Bitte, nennen Sie mich Pat.«

»Pat.« Er reicht ihr die Hand. Von den beiden hat eindeutig er den weicheren Händedruck. »Und das hier ist Abe. Abe Joplin. Er schreibt die Serie.«

Abes Händedruck ist kaum zu spüren.

»Freut mich sehr, Abe. Das Drehbuch finde ich großartig.«

»Ach ja? Welche Version haben Sie denn gelesen?«

Sean lacht. »Abe ist etwas gereizt. Heute Morgen gab es eine Drehbuch-Sitzung. Er fühlt sich ein wenig mitgenommen.«

»Eher am Boden zerstört. Wo ist das Mädchen?«

Caity steht auf, wirft dem Drehbuchschreiber einen langen Blick zu, nähert sich und leckt seine Hand. Er zieht sie zurück.

»Caity! Aus! Böser Hund!«

Sie legt die Ohren an.

»Ihr Hund?«, fragt er.

»Er gehört Delia. Entschuldigen Sie.«

Offensichtlich ist Joplin kein großer Hundefreund. Er blickt seine Hand so angewidert an, als hätte er einen toten Fisch berührt.

»Ich muss mir die Hände waschen«, sagt er.

Er dreht sich um und geht davon.

Am Boden zerstört vielleicht. Analfixiert ganz bestimmt.

Caity bellt einmal. Sie stützt sich mit den Vorderpfoten auf dem Stuhl ab, stellt sich auf die Hinterbeine und schüttelt die Leine so lange, bis sie sich von der Lehne löst. Dann rennt sie mit einem weiteren Bellen quer über das Set auf Delia und die tanzenden Chompers zu.

»Verdammt, Caity!«

»Sollen wir sie wieder einfangen oder was?«, fragt Polly.

»Nein, nein. Die bleibt in der Nähe.«

»Machen Sie sich wegen Abe keine Sorgen. Er überreagiert. Er ist ... sensibel, verstehen Sie?«

»Kommt mir eher wie ein großes Baby vor«, sagt Sean. »Aber man kann ihm einfach nicht böse sein. Er schreibt verdammt gute Dialoge.«

»Außerdem hat er einen Narren an Delia gefressen. Das einzige Vorstellungsvideo, das er nicht vorgespult hat, war ihres«, sagt Polly.

»Das ist ... nun, freut mich zu hören«, sagt Pat.

Wir haben's geschafft, denkt sie. *Das spüre ich.*

Der Regieassistent zu ihrer Linken hebt die Hand.

»Okay! Ruhe bitte! Kamera läuft!«

Die Produktionsassistenten geben das Kommando durch ihre Headsets weiter. Dann herrscht bis auf das Rauschen des Windes Stille am Set.

»Ton ab!«, sagt er.

Manchmal spürt man es einfach, denkt sie, und dieses Gefühl ist magisch. Manchmal läuft einfach alles richtig. Und so abgrundtief dämlich dieser Werbespot unzweifelhaft auch ist, es läuft.

Die Choreografie hat Cheerleader-Niveau. Delias Tanzlehrer hätte sich totgelacht. Trotzdem haben die etwa zwanzig Tänzer um sie herum Schwierigkeiten mit ihren Schritten. Sie können kaum aus ihren klobigen Chompers-Kostümen sehen – Gott sei Dank musste Delia keines anziehen. Doch dieses Mal, von ihrem ersten perfekten Hüpfer an, hielten sie den Rhythmus und die Formation. Man konnte förmlich spüren, wie die Truppe als Einheit funktionierte. Ein großartiger Take.

Und ganz zum Schluss, als sie den Kopf für das letzte Bild hebt, damit ihr Gesicht deutlicher zu erkennen ist, wenn sie anmutig in die Arme zweier Chomper sinkt, fährt ein starker Windstoß durch die Abdeckfahnen, Diffusorfolien und Reflektorblechplatten über ihnen. Zweifellos ein dramatischer Effekt, besonders, da die Bö auch ihr Haar erreicht – was nicht so schlimm ist – und punktgenau mit dem letzten Akkord abebbt. So etwas könnte man in tausend Jahren nicht planen. Es verleiht der Szene eine frische Energie.

»... und *Schnitt!*«, ruft der Regieassistent namens Curt. Man hört ihm seine Aufregung deutlich an. »Okay, das war der erste brauchbare Take! Gute Arbeit, Leute! Gute Arbeit, Delia. War Delia nicht fantastisch?«

Applaus von Tänzern und Crew. Jubelrufe. Wie peinlich. Sie zwingt sich zu einem Lächeln.

»Mittagspause«, sagt Curt. »Chompers, ihr zieht euch vorher um, damit ihr euch nicht die Kostüme mit Nudelsoße versaut.«

Sie geht auf ihre Mom zu, die mit einigen ihr unbekannten Personen bei den Monitoren steht. Sie treffen sich ungefähr in der Mitte des Sets.

»Hi«, sagt Delia atemlos und sieht sich um. »Wo ist Caity?«

»Wahrscheinlich bettelt sie wieder die Leute um ihr Mittagessen an«, sagt Mom. »Delia? Das hier sind Polly und Sean. Sie produzieren ...«

»Lip-Lock!«, sagt sie. »Ein toller Titel.«

»Freut mich, dass er dir gefällt«, sagt Polly. »Das eben war klasse, Delia. Wirklich sehr gut.« Sean neben ihr nickt zustimmend.

»Danke«, sagt sie.

Ein großer dünner Mann mit schütterem Haar gesellt sich zu ihnen.

»Deal, das ist Abe«, sagt Mom. »Der Erfinder und Drehbuchschreiber der Sitcom.«

Sie geben sich die Hände.

»Auf dem Drehbuch steht aber ›Abraham‹«, sagt sie.

»Richtig. Und das ist mir auch lieber.«

»Abraham. Dann nenne ich Sie Abraham.«

»Ich hab dir zugesehen«, sagt er. »Du warst gut.«

»Delia, wie gefällt dir das Drehbuch?«, fragt Sean. »Wir arbeiten noch dran, daher ist uns jeder Vorschlag willkommen. Stimmt doch, Abe?«

Delia bemerkt den giftigen Blick, den Abraham seinem Produzenten zuwirft, durchaus.

»Ich würde gar nichts ändern«, sagt sie.

»Wirklich?«

»Na ja, eine Sache hab ich nicht so richtig verstanden.«

»Nur eine?«, fragt Sean.

»Irgendwie ist es komisch, dass Margaret im Bikini zur Poolparty geht. Meine ich jedenfalls. Dafür ist sie viel zu schüchtern. Das kam mir seltsam vor.«

Sean fällt die Kinnlade herunter. Abraham grinst. Anscheinend herrscht eine gewisse Rivalität zwischen den beiden. *Hollywood.*

»Exzellent beobachtet«, sagt Abraham. »Da haben wir wohl einen Fehler gemacht, was, Sean?«

Delia wendet sich einen Augenblick von ihnen ab und sieht Caity auf die Gruppe zutraben. Sie zieht die Leine hinter sich her. Das Set ist mehr oder weniger verlassen – die Crew hat sich auf das Buffet gestürzt.

Wieder eine Böe. Caity bleibt stehen und schnuppert.

»Ich freue mich schon auf die Probeaufnahmen morgen«, sagt Abraham. »Wir alle. Delias Vorstellungsvideo ist großartig. Mal sehen, wie sie mit Veronica Smalls zurechtkommt.«

»Ist das jetzt offiziell?«, fragt Mom. »Smalls übernimmt die Hauptrolle?«

»Sie hat gestern unterzeichnet«, sagt Polly.

Ihre Mom klatscht tatsächlich in die Hände. *Oberpeinlich.*

»Wow!«, sagt sie. »Delia? Morgen darfst du neben Veronica Smalls spielen!« Sie kennt Veronica Smalls aus den beiden Filmen auf Netflix, die sie sich angesehen haben, nachdem Mom erfahren hatte, dass sie für die Rolle im Gespräch war. Harmlose Komödien, in denen sie eine bezaubernd überforderte Mutter spielt. Auf diesen Part ist sie seit ihrer alten Sitcom *Apple Tree Road* anscheinend festgelegt. *Lip-Lock* ist praktisch ein Abklatsch davon.

Eine gute Schauspielerin, zweifellos. Delia hofft nur, dass sie nett ist. Was bei Stars ja nicht immer der Fall sein soll.

Caity steht inzwischen schwanzwedelnd neben ihr und leckt ihre Hand. Delia hebt die Leine auf und streichelt die Schnauze des Hundes.

Sean, der Produzent, erzählt Mom, dass sie morgen auch noch andere Kinder vorsprechen lassen, und Mom sagt, natürlich, so war es abgemacht, sie sind ja schon glücklich, dass sie es in die engere Auswahl geschafft haben, und dann sagt Abraham etwas, das sie nicht versteht, vielleicht weil der Wind so stark über den Set pfeift und die Abdeckfahnen und Blechplatten zum Knattern und Klappern bringt. Merkwürdig, denn auf einmal werden ihre Stimmen leiser und wieder lauter wie bei einer defekten Tonspur, und ihr wird leicht übel und auch etwas schwindlig. Komisch.

Sie blickt auf Caity herab und packt die Leine instinktiv fester. Schwarze Punkte tanzen vor ihren Augen. Aus dem Schwarz wird Gelb, aus dem Gelb Hellrot. *Rot für Stopp. Rot für Gefahr,* denkt sie. So ein Blödsinn. Der Dreh ist vorbei, sie braucht nicht mehr nervös zu sein. Wo liegt das Problem? Sie fühlt sich wie damals in der Tanzstunde, kurz bevor sie ohnmächtig wurde, weil sie nichts gegessen hatte. Gleich wird sie umkippen.

Caity sieht zu ihr auf. Nein, Caity sieht zu ihr auf und *durch sie hindurch.* Und jetzt ist ihr, als würde sie *ebenfalls* durch sich selbst hindurch nach oben sehen, und die Metallplatte dort zittert, und der Wind lässt sie von einer Seite zur anderen schaukeln, und *»Zurück«,* ruft sie, *»Sofort!«,* und streckt die Arme aus und stößt ihrer Mutter gegen die Brust, und alle springen weg, und die Metallplatte kracht samt Befestigungen wie eine riesige Messerklinge vor ihnen auf den Boden und fällt dann scheppernd um.

»Grundgütiger!«, sagt Abraham.

»Scheiße!«, sagt Sean. »Scheiße, Scheiße, *Scheiße*!«

Plötzlich sieht sie wieder alles deutlich vor sich. Und obwohl sie nicht weiß, wie oder weshalb, ist ihr Blick weder nach oben noch auf die Metallplatte zu ihren Füßen gerichtet, sondern auf Caity. Delia sieht aus, als hätte sie nichts von dieser Beinahe-Katastrophe mitbekommen, als hätte sie die ganze Zeit über den Hund nicht aus den Augen gelassen. Und womöglich stimmt das ja auch.

Es folgt langes, schockiertes Schweigen.

»Künstlerblech«, sagt Delia. Alle starren sie an.

Das ist nicht komisch. Gar nicht.

Aber dann doch.

Sie brechen in Gelächter aus.

drei

Sie sieht ihre Tochter samt Hund im Rückspiegel, beide in tiefem Schlaf versunken. Womöglich verarbeiten sie es so, dass sie um ein Haar erschlagen worden wären.

Ihre eigene Verarbeitungsstrategie war, allen die Hölle heißzumachen.

Sobald sie die nervösen und ängstlichen Entschuldigungen des Regisseurs, seines Assistenten und aller Übrigen entgegengenommen hatte, rief sie sofort Roman an und berichtete. Er versprach ihr, die der Situation angemessenen Maßnahmen zu ergreifen – womit er ihr durch die Blume zu verstehen gab, dass er ebenso stinksauer war wie sie. Schon eine halbe Stunde später ruft er zurück.

Jetzt, wo die *Bedeutung* des Unfalls bei ihr angekommen ist, macht sie sich keine Mühe mehr, die Wut in ihrer Stimme zu verbergen, als sie ihm noch einmal alles erzählt.

»Beruhig dich«, sagt er. »Diese sogenannten Techniker werden in dieser Stadt so schnell keine Arbeit mehr finden. Niemand wurde verletzt, das ist das Wichtigste. Die Verantwortlichen sitzen ganz schön in der Scheiße, da kannst du Gift drauf nehmen. Sie haben bereits angeboten, ihr Honorar zu verdoppeln. Ich werde ihre Anrufe erst mal nicht beantworten, das wird den Preis noch in die Höhe treiben. Sie sollen den Rest des Tages drüber nachdenken. Ich wette, wir können das Honorar mindestens verdreifachen. Die bepissen sich gerade vor Angst.«

»Exzellent.«

»Damit kannst du ihr das College bezahlen, Patsy.«

Patsy. Sie sieht darüber hinweg.

»Meine Güte«, sagt sie, »so langsam komme ich runter. Da drin war ich angespannt wie ein Flitzebogen.«

»Wirkt das Librium?«

»Roman, ich bin nicht Hunter Thompson, ich hab nicht für jede Gelegenheit eine Pille dabei. Ich hab nur meine Atemübungen.«

»Hatten Sie genug Material zusammen, bevor ihr gefahren seid?«

»Ja. Vor dem Mittagessen war alles im Kasten.«

»Prima. Und der Termin morgen steht?«

»Absolut. Dass sie heute allen das Leben gerettet hat, dürfte ihr einen gewissen Vorteil verschaffen, meinst du nicht auch? Außerdem mögen sie sie, das spüre ich. Sie war vorbereitet wie ein echter Profi.«

»Sie ist ein echter Profi. Und du eine gute Mutter, Pat. Deal kann sich glücklich schätzen. Ich meinte, ob *unser* Termin morgen noch steht.«

»Tut mir leid. Mama hat gerade ziemlich viel zu tun.«

Er seufzt. »Okay, schon klar. Eins nach dem anderen.«

Sie legt auf und biegt in den Parkplatz des Fotostudios. Der nächste Termin des Tages.

»Hoch mit dir, Schlafmütze«, sagt sie. »Zurück an die Arbeit.«

Die Fotos sind für die Tierschutzorganisation Animal Rescue. Delia sitzt auf einem einfachen Holzschemel vor einem weißen Hintergrund. Eine einäugige Katze namens George liegt schnurrend auf ihrem Schoß. Die Katze ist ebenfalls ein Profi. Caity, die wimmernd an der Leine in Moms Hand hängt, weniger. Entweder will sie mit aufs Foto oder der Katze an den Kragen.

Caitys Zwickmühle bringt Delia zum Lächeln.

Hinterher hält ihr der Fotograf – der bis dahin nur auf seine Arbeit konzentriert war – zum Dank einen Weidenkorb voller riesiger Bonbons hin.

»Darf ich Robbie einen mitbringen?«, fragt sie.

»Klar«, sagt Mom.

Robbie mag die roten mit Zimt am liebsten. Sie wühlt so lange in dem Korb, bis sie einen gefunden hat.

»Und du selbst?«

»Ich versuche Süßigkeiten möglichst zu vermeiden.«

Mom lacht. »Haben Sie ein kleines Mädchen schon mal so etwas sagen hören? Ich bin eine schreckliche Mutter.«

Dann steigen sie wieder ins Auto. Nach dem Biologieunterricht bei Miss White stehen gegen vierzehn Uhr ein spätes Mittagessen, dann Mathe und anschließend ein Vorsprechen für eine Energydrink-Werbung auf dem Programm. Delia sitzt allein zwischen einem Dutzend anderer Kinder, die nervös mit den Porträtaufnahmen in ihren Händen herumspielen, liest einen Roman – das dritte Buch der Serie – und wartet, bis sie an der Reihe ist. Mom führt Caity Gassi.

Sie rufen sie in den Proberaum, und während sie ihren Namen und ihr Alter notieren, muss sie plötzlich daran denken, wie Caity ein Eichhörnchen anstarrt, das kopfüber einen Baum hinaufklettert. Dann sagt sie ihren Text auf und spielt das süße kleine Mädchen.

Als sie nach Hause kommen, ist es bereits dunkel, und Delia fix und fertig. Ihr Dad steht mit einem Drink in der einen und – wie sich herausstellt – einem Pkw-Luftfilter in der anderen Hand hinter dem geöffneten Garagentor vor dem aufgebockten Firebird.

»Haben die Gärtner *alle* Schläuche mitgenommen?«, fragt er. »Ich finde keinen. Seit wann haben wir denn keinen Gartenschlauch mehr?«

»Gute Frage«, sagt Mom. »Irgendwo liegt sicher einer rum, aber wir selbst haben keinen. Wozu auch, den bringen doch immer die Gärtner mit. Das wäre ja Geldverschwendung.«

»Als ob wir uns keinen leisten könnten.«

»Das könnten wir allerdings.«

Sobald sie im Haus sind, ziehen sie ihre Schuhe aus. Wie üblich schnuppert Caity daran und verliert, wie üblich, schnell das Interesse.

Robbie und Dad haben schon gegessen. Ihre Mutter nimmt eine Papierserviette von einer zur Hälfte mit Käsemakkaroni gefüllten Schüssel.

»Ich mache uns einen Salat«, sagt sie.

»Für mich mit Schinken, ja?«

Ihre Mom geht zum Kühlschrank und kramt im Gemüsefach. Caity kratzt an der Glasschiebetür. Sie will noch mal raus. Delia folgt ihr.

Robbie steht am Pool und fischt mit einem Netz Kiefernnadeln und Laub von der Oberfläche.

»Hey, Bruderherz.«

»Hey, Deal.«

»Was machst du da?«

»Ich werf ein paar Körbe.«

Sie setzt sich an den Rand des Schwimmbeckens, lässt die Füße im Wasser baumeln und beobachtet, wie er das Netz mit ausholenden Bewegungen über die Oberfläche zieht.

»Wie war der Dreh?«

»Ganz okay. Irgendwie dämlich. Ich hab nur Text vorgesprochen.«

»Ja. Dämlich.«

Er schüttelt etwas nasses Laub auf den Rasen. Caity läuft hinüber und schnuppert daran.

»Du arbeitest ziemlich hart, oder?«

»Eigentlich nicht. Die meiste Zeit warte ich nur. Langweilig.«

»Warum machst du's dann?«

Sie zuckt mit den Schultern. »Weil's Spaß macht, schätze ich. Meistens.«

»Mom macht's Spaß, so viel ist sicher.«

»Denke schon. Was habt ihr heute gemacht?«

Jetzt zuckt er mit den Schultern. »Schule. Hausaufgaben. Käsemakkaroni. Dad war ständig am Computer.«

Caity setzt sich neben sie, schnaubt und legt den Kopf auf die Vorderpfoten. Ihr Blick folgt den Lichtspiegelungen auf dem Wasser.

»Hast du dich schon mal gefragt, warum Mom und Dad keine *richtige* Arbeit haben?«

»Wie meinst du das? Haben sie doch. All den Kram kann ich ja nicht allein machen.«

»Sie sitzen jedenfalls nicht den ganzen Tag vor der Kamera.«

Sie lacht. »Ich glaube, Mom hätte das bestimmt gefallen.«

»*Glaubst du? Wirklich?* Sie hat's aber nicht getan, als sie ein Mädchen war.«

»Könnte sie ja immer noch. Sie ist sehr hübsch. Die Männer am Set werden immer ganz komisch, wenn sie auftaucht. Die grinsen und lachen viel und gucken ihr auf den Hintern, wenn sie sich umdreht. Hab ich selbst gesehen.«

»Krass.«

Er schüttelt noch einmal das Netz aus.

»Warum machst du den Pool sauber?«, fragt sie. »Wir bezahlen jemanden dafür.«

»Weil ich Lust dazu habe. Und außerdem bezahlst *du* ihn. Du bringst das Geld nach Hause. Mom und Dad geben es bloß aus. Das nennt man Ausbeutung, Schwesterherz. Ist dir das noch nie aufgefallen? Was ist mit dir? Was hättest *du* gerne?«

Die Unterhaltung ist ihr unangenehm. Robbie verhält sich plötzlich ganz anders als sonst. Ernster. Welches Problem hat er, zum Teufel?

»Was ich gerne hätte?«, fragt sie. »Vielleicht einen Regenhut für Caity. Mit Löchern für ihre Ohren. So einen großen gelben.«

»Wozu braucht die denn einen Regenhut?«, fragt er grinsend.

Er taucht das Netz in den Pool und schüttelt es, sodass der arme Hund bespritzt wird. Caity prustet, springt empört auf, schüttelt sich und legt sich wieder hin. Delia lacht.

»Gemein!«

»Ich? Niemals. Caity ist meine Süße. Stimmt doch, oder?«

Delia sieht ihn an und winselt, aber nicht unglücklich.

»Siehst du?«

»Ich hab ein Geschenk für dich.«

Sie nimmt das Bonbon aus der Tasche und reicht es ihm.

»Hey! Mit Zimtgeschmack. Die mag ich am liebsten!«

»Klaro. Weiß ich.«

Er wickelt das Bonbon aus und steckt es in den Mund. Seine Zähne kratzen darauf herum. *Kreide auf einer Schiefertafel.*

»Du sollst sie lutschen«, sagt sie. »Und nicht zerbeißen. Meine Güte.«

»Ich beiße, du lutschst. Geht beides.«

»Delia? Der Salat ist fertig«, ruft ihre Mutter aus der Küche.

Das Platschen hinter ihnen lässt Caity aufspringen. Mit einem Schlag ist sie hellwach.

Es ist eine große Eidechse – mindestens ein paar Pfund schwer. Halb schwimmend, halb kletternd, versucht sie, auf den gegenüberliegenden Beckenrand zu gelangen.

»Wow!«, ruft Robbie.

»Caity, nicht!«, sagt Delia, aber es ist bereits zu spät.

Caity macht einen Bauchklatscher in den Pool und schwimmt darauf zu. Robbie greift nach dem Kescher.

»Sie darf sie nicht fressen.«

Er hat den Griff fest umklammert und taucht das Netz ins Wasser, aber es fehlt mindestens ein Meter zur Eidechse. Caity hat den Pool bereits halb durchquert und paddelt, was das Zeug hält. Robbie rennt um das Schwimmbecken herum und versucht es noch mal, mit Erfolg – jetzt werden sie wohl nie erfahren, was Caity mit der Eidechse angestellt hätte, wenn sie sie zuerst erreicht hätte. Geschickt bringt ihr Bruder das Netz unter die Eidechse und setzt das zu Tode erschrockene, tropfnasse Reptil am Beckenrand ab.

Es landet auf dem Rücken, rudert orientierungslos mit den Gliedmaßen und wirft den Kopf hin und her. Caity hat gewendet und schwimmt nun zur Leiter am flachen Ende des Beckens. Delia geht auf die Echse zu, packt sie direkt hinter den Vorderbeinen und hebt sie hoch. Wasser tropft auf ihre Arme. Caity springt aus dem Pool, niest und schüttelt sich, sodass Delia und Robbie mit Chlorwasser bespritzt werden. Aufgeregt springt sie zwischen ihren Füßen herum.

Delia hält die Eidechse von ihr weg und streichelt ihr mit dem Zeigefinger den Bauch. Genau wie in diesem Dokumentarfilm auf Discovery Channel. Und es klappt tatsächlich, die Echse beruhigt sich. Sie hört auf zu zappeln. *»Ruhig«,* sagt sie, *»ruhig.«* Sowohl Hund als auch Reptil gehorchen. Caity setzt sich auf die Hinterbeine. Robbie wischt sich das Wasser vom Hemd.

»Nimm sie, schnell.«

Robbie kniet sich hin und packt Caity am tropfnassen Kragen. Delia setzt die Eidechse ein gutes Stück vom Betonrand des Beckens entfernt auf den Rasen. Der dringend gemäht werden müsste.

»Na los, Kleiner«, sagt sie. »Hau schon ab.«

Die Echse sitzt da wie erstarrt. Dann zittert sie, beschließt offenbar, dass es für heute mit der Aufregung genug ist, und zieht Leine. Mit diesen typisch schwankenden Alligatorschritten schlägt sie sich ins Gebüsch hinter dem Rasen.

»Glaubst du, sie hätte sie wirklich gefressen?«, fragt Robbie lachend.

»Zumindest hätte sie mit ihr gespielt, wenn wir sie gelassen hätten«, sagt Delia. »Was wohl auf dasselbe rausgekommen wäre: eine tote Eidechse.«

»Delia Ann Cross! Essen ist fertig!« Jetzt brüllt ihre Mutter regelrecht.

Schon gut, denkt Delia. *Ich hab's ja gehört. Du musst nicht so schreien.*

Manchmal kann Mom echt nerven.

Delia dreht sich um, und in diesem Augenblick schüttelt sich Caity abermals und bespritzt sie mit Wasser.

Dafür kriegst du den Föhn, denkt sie. Caity hasst den Föhn. Tja, Pech gehabt. Und ich stinke nach nassem Hund.

Sie hat den Salat fast aufgegessen, als ihr Dad vor der Haustür auftaucht.

»Ein Paket!«, sagt er und hält dabei einem großen, dünnen Mann in einer Fed-Ex-Uniform die Tür auf. Dieser rollt zwei riesige Kartons auf einer Sackkarre ins Haus.

»Ab heute gucken wir in 4K!«, sagt Dad. Er unterzeichnet den Lieferschein, nimmt einen Zwanziger aus der Tasche und steckt ihn dem Mann zu.

Mom kommt rüber und liest, was auf den Kartons steht.

»Bart, was ist das?«, fragt sie. Delia bemerkt, dass sie kurz vor einem Wutausbruch steht. »Wir haben doch gerade erst zwei Fernseher gekauft, vier Monate ist das her.«

»Wenn du weiter in diese altmodischen Röhren gucken willst, geb ich die hier wieder zurück.«

Sie seufzt. »Und ich dachte, wir sind schon so hochauflösend, wie es nur geht.«

»Diese sind noch hochauflösender. Mindestens doppelt so gut. Einer für hier, einer fürs Schlafzimmer. Die Kinder können die alten haben. Das war ein Sonderangebot. Im Ernst. Ein *Schnäppchen*. Robbie? Hilfst du mir mal?«

»Klar, Dad.«

Robbie dreht sich zu Delia um und spricht so leise, dass nur sie es hören kann. Der Klang seiner Stimme verwirrt sie. Das gefällt ihr gar nicht.

»Wie nett von dir«, sagt er. »Du hast Dad einen neuen Fernseher gekauft, Deal. Toll.«

Dann geht er zu seinem Vater hinüber und hilft ihm, den gewaltigen Karton nach oben zu tragen.

vier

»Tut mir leid, Caiters. Wirklich.«

Der Hund blickt vom Boden neben dem Bett mit traurigen Augen zu ihr auf.

Sie hat sie verbrannt. Caity hasst den Föhn sowieso schon, hasst die heiße Luft, und jetzt war Delia auch noch unachtsam und hat das Gerät etwas zu lange etwas zu dicht an das dicke Fell zwischen Nacken und Schultern gehalten, bis Caity aufheulte.

Delia tätschelt das Bett neben sich.

»Na los.«

Anscheinend hat ihr Caity verziehen. Sie hüpft zu ihr hinauf und rollt sich neben ihrem Oberschenkel zusammen.

Gott sei Dank. Mom hat sie ins Bett gebracht und sie daran erinnert, dass sie morgen wieder früh aufstehen muss – *um halb sieben, gottverdammt* – und ihren Schlaf braucht. Sie muss zwar erst um elf im Studio sein, aber Mom will, dass sie den Text bis dahin auswendig kann. Und der ist fünf Seiten lang. Delia hat sie darauf hingewiesen, dass keiner den Text kann, aber Mom hat ja recht, das ist kein einfaches Vorsprechen, das sind Probeaufnahmen, und da sollte sie den Kram besser absolut beherrschen.

Also wird sie ihren Hintern aus dem Bett schwingen und in aller Frühe anfangen zu lernen. Genau wie Mom es will.

Ihre Arbeit.

Kurz fällt ihr ein, was Robbie über Mom und Dad und deren Arbeit gesagt hat. Aber so ist es nun mal, denkt sie. Und es ist ja auch nicht so schlimm.

Sie beugt sich vor, gibt Caity einen Gutenachtkuss auf die Stirn und fällt dann ins Kissen zurück. Sie sieht zum Puppenhaus hinüber.

»Wahrscheinlich haben wir das alles nur geträumt«, sagt sie.

Nach ein paar Minuten ist sie eingeschlafen.

»Brauchen unsere Kinder wirklich Fünfundfünfzigzoll-Flachbildschirme in ihren Zimmern?«, fragt Pat.

Sie schluckt eine Ambien trocken hinunter und öffnet einen Tiegel mit Feuchtigkeitscreme.

»Warum nicht?«, fragt Bart.

Er steckt das HDMI-Kabel in den Anschluss an der Seite des Apparats.

»Und wie groß ist der hier?«

»Siebzig Zoll. Als würde man durch eine geschliffene Glasplatte gucken!«

Er ist aufgeregt. Kein Wunder. Ein Junge mit einem neuen Spielzeug. Einem weiteren Spielzeug.

»Warte, bis ich den Player angeschlossen hab.«

»Den hast du auch noch gekauft?«

»Aber sicher. Keine Sorge, der war um die Hälfte reduziert.«

»Die Hälfte wovon?«

Er lächelt sein entwaffnendes Lächeln, mit dem er sie schon vor fünfzehn Jahren an den Haken bekommen hat.

»Wen interessiert's?«, fragt er.

Sie steht von der Frisierkommode auf, knöpft ihr Nachthemd zu und schlüpft ins Bett.

»Offensichtlich niemanden. Ich bin todmüde. Mach nicht zu laut, ja?«

»Natürlich, Schatz. Gute Nacht.«

Sie zieht die Schlafmaske über die Augen und hört die Grillen vor dem geöffneten Fenster. Hört, wie er leise um das Fernsehgerät herumschleicht, hört das Rascheln seines Seidenpyjamas, hört ihren sanften, regelmäßigen Herzschlag, der sie in den Schlaf wiegt.

Sie schläft auf dem Rücken, Bauch nach oben, Pfoten in der Luft.

So ist sie verletzlich. Warum auch nicht – es gibt keinen Grund für Wachsamkeit.

Zuerst riecht sie es, ein unbekannter Geruch. Einen Augenblick lang denkt sie, dass ein Sturm aufzieht. Doch das ist kein Sturm.

Eine sanfte Brise, die über das Fell auf ihrem Kopf streicht, trägt den Geruch mit sich. Die Brise kommt nicht durchs offene Fenster, sondern aus der anderen Richtung. Von über ihr, vom Kopfende des Bettes. Sie verlässt das Bett und richtet ihren Körper nach der Duftspur aus. Ihre Lider flattern. Ein Windstoß fährt über ihre Schnauze …

… und über Delias Gesicht. Das Mädchen öffnet die Augen. Sie blickt einen Moment lang auf das Mosaik aus Seide

und Glitzersteinen auf ihrem Betthimmel und sieht dann Caity an. Caity steht reglos da. Delia rollt auf den Bauch, will herausfinden, woher dieser merkwürdige Wind kommt, stützt sich auf die Ellenbogen, als plötzlich ein Heulen den Raum erfüllt, ein Kreischen, aber seltsam gedämpft wie von ganz weit weg und doch genau hier im Zimmer. Caity ist verwirrt. Der stark riechende Wind bringt das Heulen mit sich.

Mit zitternden Flanken gesellt sie sich zu Delia, die so weit zurückgerutscht ist, dass sie beinahe vom Bett fällt. Caity tritt zwischen das Mädchen und das Kopfende des Bettes. Ein tiefes Knurren steigt in ihrer Kehle auf. Dann herrscht Stille.

Sie spürt Delias Arme um sich und riecht ihre Furcht, stärker noch als in der letzten Nacht. Caity beugt sich vor. Ihre Schnauze zittert. Altes Holz, Leim, Politur, und dieser neue Geruch.

Sie durchforscht ihr Gedächtnis danach.

Brandgeruch. Aber es ist nicht der Kamin. Nicht der Herd. Nicht der Ofen. Nicht der Föhn.

Dann das nächste markerschütternde Kreischen. Lauter. Hier und weit weg. Und noch ein Windstoß, den es nicht geben dürfte. Sie kläfft. Delia stößt einen Schrei aus und rollt sich aus dem Bett. Caity stellt sich auf die Hinterbeine und trommelt mit den Vorderpfoten auf das Kopfteil, bellt dazu wütend und aus voller Kehle. Delia rennt aus dem Zimmer. Caity legt ihr ganzes Gewicht nach vorne, schlägt, kratzt. Was auch immer sie da so erschreckt hat, sie wird es finden und es vernichten …

»Mom! Daddy!«

Er schlägt die Bettdecke zurück und kann sich zur Hälfte aufrichten, dann wirft sich auch schon seine schreiende Tochter über ihn. Ihre Hände suchen seine Schultern, klammern sich an den dünnen Pyjama. Bart versucht, das Gleichgewicht nicht zu verlieren, ihm ist schwindlig, er spürt die vier oder fünf Gin Tonics noch recht gut, er greift mit der rechten Hand nach dem Nachttisch und stößt dabei das leere Glas zu Boden.

»Was zum …? Was ist los? Ist jemand hier? Ist jemand im Haus?«

Er hört Caitys scharfes, stakkatoartiges Bellen, beharrlich, unaufhörlich. Beängstigend. Was ist mit der angeblich so zuverlässigen Alarmanlage? Er schubst Delia von sich und auf die Seite seiner Frau hinüber – die, ebenfalls noch benommen von der Ambien und dem Scotch, nur halbwach ist und kaum begreift, was um sie herum vor sich geht. Dann schwingt er die Beine aus dem Bett.

Wieder hängt Delia an ihm, klammert sich an seine Schulter.

»Dad! Er ist hinter Caity her!«

»Wer?«

»Der *Geist*!« Sie streckt den Arm aus und schüttelt ihre Mutter. »Mom! Mami, wach auf! *Mom!*«

»Waaa?«, murmelt ihre Mutter und fällt aufs Kissen zurück.

Patricia ist keine Hilfe.

Caity bellt jetzt noch lauter. Er spürt, wie das Adrenalin durch seinen Körper schießt, und springt auf.

Geist? Was zum Teufel?

Ist wirklich jemand im Haus, oder sind das nur kindliche Hirngespinste?

Dann durchfährt ihn ein stechender Schmerz. Eine Glasscherbe. Sein Fuß. Das Glas.

»Scheiße!«

Eine große, mehrere Zentimeter lange Scherbe. *Mist.* Sie löst sich von seinem blutigen Fuß und fällt auf den Boden.

Er schnappt sich den schweren Glasaschenbecher vom Nachttisch. Eine Waffe, für alle Fälle. Dann humpelt er durch das Zimmer, zieht eine Blutspur hinter sich her. Eins nach dem anderen. Es ist kein allzu schlimmer Schnitt, und Caity flippt verdammt noch mal aus.

Im Flur stößt er mit seinem Sohn zusammen.

»Herrgott! Du hast mich zu Tode erschreckt, Robbie!«

»Tut mir leid«, sagt er. »Was ist los? Caity bellt, als ... wäre sie ausgeflippt.«

»Was du nicht sagst.«

Hinter ihnen ruft Delia nach ihrem Hund. *Cait! Caity!* Er hört die Tränen in ihrer Stimme. Bart rennt durch den Flur. Dann steht er in ihrer Zimmertür. Keine Ahnung, was er erwartet hat. Aber bestimmt nicht den Familienhund, der wie besessen knurrt und bellt und auf das Kopfteil von Delias Bett losgeht.

»Caity!«, ruft er. »Caity, aus! Platz! Platz!«

Als wäre er gar nicht da.

»Caits!«, ruft auch Robbie. Keine Reaktion.

Bart dreht sich zu seiner Tochter um, der die Tränen übers Gesicht laufen. »Dir gehorcht sie, Schatz. Sag ihr, dass sie aufhören soll, Deal. Bitte.«

Offen gestanden, macht ihm der Hund allmählich Angst.

»Caity«, sagt sie. »Bitte ...«

Delia geht auf sie zu und hebt die Hände, als hätte sie einen Hundekuchen darin versteckt, aber Caity ignoriert sie einfach, attackiert weiter das Kopfteil, als wollte sie sich nicht nur durch das verdammte Brett, sondern auch die Wand dahinter bohren. Ihre Klauen reißen lange, tiefe Spuren ins Holz.

»... aus, Caits ... Platz ... aus ...«

Sie wiederholt es immer wieder. *Aus, aus, aus*. Bis der Hund sie endlich ansieht. Innehält. Länger innehält.

Dann setzt Caity sich keuchend auf die Hinterbeine und starrt die vor ihr Versammelten an, als wäre sie selbst überrascht davon, was gerade in sie gefahren ist. Schließlich blickt sie Delia – und nur Delia – aus traurigen Augen an und winselt. Delia geht auf sie zu und umarmt sie fest.

»Ist schon gut«, sagt sie.

Bart steht in seinem klebrigen Blut. Eine Spur aus roter Schmiere und Tropfen zieht sich durch den Flur. *Was soll das, Delia?,* will er fragen, als wüsste seine Tochter, was im Kopf ihres Hundes vor sich geht. Ein lächerlicher Gedanke.

»Geister«, sagt sie.

fünf

Um zwei Uhr morgens noch eine Ambien zu nehmen war ein Fehler. Die Weckfunktion des Handys auf halb sieben zu stellen ein weiterer. Sie muss sich regelrecht aus dem Bett quälen. Ihr Kopf fühlt sich an, als hätte man Pappmaschee hineingestopft. Ihr Mund schmeckt nach alten, trockenen Stiefeln. Sie versucht, etwas Speichel zu sammeln. Unmöglich.

Aus irgendeinem Grund liegt Delia zusammengerollt in Barts Armbeuge und Caity in Fötusstellung zu ihren Füßen. Sie schnarcht leise.

Jetzt fällt ihr ein, dass heute Nacht irgendetwas los war.

Aber ... was zum Geier?

Barts Füße ragen unter der Decke hervor. Die linke Fußsohle ist mit Mullbinden umwickelt, auf denen getrocknetes Blut zu erkennen ist. Er hat sie mit einem halben Dutzend Heftpflastern fixiert.

Schlampig gemacht, denkt sie.

Und dann noch einmal: *Hä? Was zum Geier?*

Sie beugt sich vor und nimmt den Fuß genauer in Augenschein. Hebt die Ecke einer Mullbinde hoch. Offenbar hat der verkrustete Schnitt aufgehört zu bluten, sodass zumindest keine Flecken auf dem Bettlaken sind.

Sie will ihn schon wecken und zur Rede stellen, doch das hat Zeit. Blasendruck schlägt Neugier.

Eine Spur aus Blutstropfen führt über das Parkett um das Bett herum zu den Badezimmerfliesen. Er hat nicht mal sauber gemacht. Sie seufzt.

Bart war schon immer stinkfaul.

Nein, denkt sie, eigentlich nicht. Er übersieht einfach nur, was anderen Leuten sofort auffallen würde. Oder was *ihr* jedenfalls auffällt. Schlammige Fußspuren nach einem heftigen Regen. Fehlendes Toilettenpapier. Essensreste in der Spüle, nachdem er das Geschirr in die Maschine gestellt hat. Öl- oder Butterspritzer auf den Herdplatten, wenn er sich mal wieder als Meisterkoch versucht hat.

Na ja, sie sollte froh sein, dass Bart im Gegensatz zu den meisten anderen Ehemännern überhaupt kochen kann. Doch der Dreck in der Küche nervt sie. Sie hat es satt, hinter ihm herzuputzen, obwohl er angeblich schon geputzt hat.

Allerdings ist er ein recht guter Koch, besonders, was norditalienische Soßen oder generell die italienische Küche angeht. Ein Überbleibsel seiner Zeit als Souschef im Lombardia, wo sie sich – *siehe, so viele Jahre* – kennengelernt haben. Pat hatte sich ihr Studium durch Kellnern verdient und, gute Güte, einen Abschluss in Literaturwissenschaft gemacht, mit dem Ziel, irgendwann Lehrerin zu werden. Als Nebenfach hatte sie natürlich Schauspielerei belegt – und währenddessen arbeitete sich Bart von der Küchenhilfe über den Kellner zum Geschäftsführer hoch. Damals besaß er noch einen gewissen Ehrgeiz.

Er behielt diesen Posten bis zwei Jahre nach ihrer Heirat bei. Dann kamen die Erbschaft und das Haus. Sein Dad hatte enorm vom Immobilienboom der Achtziger und Neunziger profitiert und sich gleich an ihrer Wohnsiedlung beteiligt. Ein glänzendes Geschäft.

Er hatte so viel auf so vielen verschiedenen Baustellen zu tun, dass er für Bart mehr oder weniger ein Fremder war, der am Wochenende zufällig im Bett seiner Mutter schlief. Als ihn ein Kopf-Hals-Karzinom von all dem Alkohol und den Zigaretten mit zweiundfünfzig dahinraffte, war das Haus bereits abbezahlt. Durch die hunderttausend Dollar von der Lebensversicherung hatten sich weder er noch seine Mutter finanzielle Sorgen machen müssen. Als sie dann schließlich drei Tage vor seinem einundzwanzigsten Geburtstag starb – an Brustkrebs, da sie nichts von Vorsorgeuntersuchungen hielt –, erbte er als einziger Nachkomme das Haus und hundertfünfzigtausend Dollar. In dieser Hinsicht war seine Mom ebenso konservativ wie sein Dad gewesen und hatte immer brav die Versicherungsbeiträge bezahlt.

Das junge Ehepaar spekulierte mit Aktien, ohne nennenswerte Gewinne oder Verluste zu machen. Dann bekamen sie Delia, ein süßes und wahnsinnig fotogenes Mädchen mit einem praktisch von Geburt an strahlenden Lächeln. Ihren ersten Auftrag erhielt sie im Alter von vier Monaten für HuggleBug-Wickelauflagen. Seitdem ging es ständig aufwärts.

Warum also schläft ihre inzwischen elfjährige Tochter samt ihrem Hund im elterlichen Ehebett?

Darüber denkt sie nach, als sie die Pyjamahose runterzieht und sich selbst beim Pinkeln zuhört.

Mom glaubt natürlich kein Wort von Geistern und Gespenstern. Obwohl er laute Stimmen und Gesprächsfetzen aus Delias Zimmer hört, wird er den Teufel tun und sich einmischen. Der Wecker klingelt erst in einer Stunde, also zieht er sich das Kissen über den Kopf und schläft weiter.

Als er nach unten kommt, proben sie am Küchentisch und bemerken ihn kaum. Er macht sich Frühstücksflocken und ein getoastetes Rosinenbrötchen mit Butter und setzt sich. Delia winkt ihm zu, während sie von Mom aus der Tür und zum Auto gescheucht wird, und dann sind sie weg.

Er hat gerade fertig gegessen, als er Caity von außen an der Doppelschiebetür kratzen hört. Anscheinend wurde sie heute in den Garten verbannt und durfte nicht mitfahren. Ein weiteres Indiz dafür, wie wichtig Mom dieses Vorsprechen ist.

Ohne Caity keine Ablenkung.

»Willst du rein?«

Will sie. Ungefähr fünf Minuten lang. Sie schlabbert das restliche Trockenfutter aus ihrem Napf, säuft etwas Wasser und kratzt wieder an der Tür.

Typisch.

»Bis später, du Nervensäge«, sagt er, zieht die Tür hinter sich zu und geht nach oben, um für die Schule zu packen.

Bart hat sich gerade einen Kaffee in der Mikrowelle heiß gemacht, als das Telefon klingelt.

»Könnte ich bitte mit Bartholomew Cross sprechen?«
»Am Apparat.«
»Mr. Cross?«
»Ja?«
»Hier ist Bob von Krzykowski Audio. Sie haben kürzlich einen Helix-Verstärker für Ihr Auto bei uns bestellt?«
»Ja. Ist er da?«
»Ja, er ist eingetroffen. Bedauerlicherweise gibt es ein kleines Problem. Ihr Scheck war nicht gedeckt.«
»Wirklich?«
»Ja. Tut mir leid.«
»Kein Problem.« *Ist doch kein Problem, oder?* »Dann nehmen wir meine Platin-Karte.«
»Sicher. Selbstverständlich.«
»Einen Augenblick. Ich bin gerade erst aufgestanden.«
Er geht ins Wohnzimmer. Robbie ist mit dem Rucksack auf dem Rücken unterwegs zur Tür.
»Hey, Robbie, warte mal. Lauf schnell nach oben, und hol meinen Geldbeutel vom Nachttisch, ja?«
»Der Bus kommt gleich, Dad.«
»Wenn du ihn verpasst, ruf ich dir ein Taxi.«
»Im Ernst?«
»Im Ernst.«
Sein Sohn schüttelt grinsend den Kopf, als wollte er *Dad spinnt, aber das ist völlig okay* sagen, und rennt die Treppe rauf.

»Einen Augenblick, Deal«, sagt Miss Hinsey. »Da muss ich rangehen.«

Die Tanzlehrerin klappt das Handy auf. Delia trottet zu Pat hinüber, die auf einem harten Studiostuhl sitzt und ihr ein Handtuch reicht. Sie geht vor ihr in die Hocke und trocknet ihr den Hals über dem Trikotanzug ab.

»Mom, ich verstehe nicht, was das um Himmels willen mit der Poolparty-Szene zu tun haben soll.«

Delia quengelt. Schon den ganzen Morgen über, seit sie ihr *Bitte hör auf mit diesem Gespenster-Schwachsinn* gesagt und sie daran erinnert hat, dass sie sich um Wichtigeres kümmern muss.

Um die Probeaufnahmen mit Veronica Smalls nämlich.

»Körpersprache ist das A und O, Delia«, sagt sie. »Du musst nicht nur den Text können, du musst mit deinem ganzen Körper schauspielern. Caroline soll dich locker machen. Und du willst doch locker sein, oder?«

Sie packt sie an den Oberarmen und schüttelt sie kräftig durch. Gegen ihren Willen muss Delia lachen.

»Siehst du? Locker vom Hocker.«

»Mo-om!« Aber sie lächelt.

Miss Hinsey lässt das Handy zuschnappen. »Okay, Deal, *hoch mit dir*«, sagt sie. »Machen wir etwas Schulter- und Nackenarbeit. Du bist ja *sooo* verspannt …«

Pat setzt sich gerade auf den Stuhl, rollt ebenfalls mit den Schultern und macht die Atemübungen mit, was die anderen beiden jedoch nicht bemerken oder sich nicht dafür interessieren. Eigentlich macht sie immer mit. Warum auch nicht?, denkt sie. Zwei zum Preis von einer.

Dean Kaltsas und Billy Tambour werfen gerade Körbe, als Robbie aus dem Taxi steigt. Seiner Uhr zufolge hat der Unterricht vor fünf Minuten begonnen, aber wie üblich haben es Dean und Billy nicht besonders eilig. Er überquert den Schotterplatz.

»Hey!«, sagt Dean. »Was? Ist der Chauffeur heute krank? Du solltest das Arschloch feuern.«

»Leck mich«, sagt Robbie lachend. Die beiden machen ständig blöde Bemerkungen.

»Ach, Scheiße, gib den Ball rüber!«, sagt er.

Sie haben alle Zeit der Welt. Dean jedenfalls.

Caity streckt sich zu voller Länge auf dem Rasen aus, riecht das frisch gemähte Gras, die Bäume dahinter, die Hinterlassenschaften der Vögel und Kaninchen. Trotz der frühen Stunde ist der Erdboden unter ihrem Bauch warm. Sie gähnt.

Die Ketten der alten Kinderschaukeln knarren, die Sonne spiegelt sich auf der angelaufenen Metallrutsche.

Die Rutsche. Gute Idee.

In einer Sekunde ist sie aufgesprungen und läuft darauf zu, in der nächsten prescht sie die Rutsche hoch. Ihre Pfoten gleiten von der glatten Oberfläche ab, doch ihr Schwung und ihre Masse tragen sie bis nach oben. Dort setzt sie sich und lauscht der Brise, die um und in ihre empfindlichen Ohren rauscht, ein sanftes Murmeln, die lebendige Welt ist von einfacher Schönheit.

Sie beobachtet den vertrauten und doch jedes Mal leicht veränderten Horizont. Den Schwung eines Zweiges, den Schatten eines Blattes, Blüten, Vogelgezwitscher, das Sum-

men von Bienen und Libellen, eine Kastanie oder ein Kieferzapfen, die vom Baum fallen und über den Boden rollen und springen.

Und dann riecht sie plötzlich taufeuchtes Fell.

Ihr Schwanz zuckt und wedelt.

Da draußen ist etwas.

Bart sitzt am Computer und überweist Geld von seinem Depotkonto auf das Girokonto. *Zweitausend? Fünf?* Was soll's, denkt er, nehmen wir fünf. Damit so etwas nicht mehr vorkommt.

Dummerweise war er immer schlecht in Mathe. *Dyskalkulie* heißt das, wie Dyslexie, nur mit Zahlen. Das war schon in der Grundschule so. Er bringt die Ziffern durcheinander oder vergisst sie gleich ganz. Und doch kümmert er sich um die Familienfinanzen.

Es liegt eine gewisse Ironie darin, dass Pat viel besser in diesen Dingen ist, sich aber nicht dafür interessiert. Auf der Highschool und auf dem College war sie in erster Linie Schauspielerin, eine Leidenschaft, die sie nie abgelegt hat. Damit kennt sie sich aus. Und obwohl sie nicht besonders gut war und ihr die Absagen irgendwann so zusetzten, dass sie nach jedem Vorsprechen am liebsten ihren Therapeuten angerufen hätte, ist es ihr Fachgebiet und der Bereich, in dem sie am meisten für die Familie tun kann.

Also muss er die Finanzen regeln, eine Aufgabe, die ihm gelegentlich über den Kopf wächst. Dennoch, das gewisse Risiko dabei gefällt ihm, die Möglichkeit, dass er Scheiße baut, aber auch, dass er sich gegen jede Wahrscheinlichkeit behaupten kann. Genau wie im Spekulationsgeschäft.

Warum nicht gleich zehn?, denkt er und klickt auf *Bestätigen*.

Mom hatte recht, nach dem Unterricht fühlt sie sich wirklich besser und gelenkiger. Es hält sogar noch an, während Joyce sie im Rose-Blanche-Schönheitssalon endlos frisiert und schminkt. Das kann Delia an dieser Branche am wenigsten leiden.

»Die haben im Studio Leute dafür«, hat sie gesagt, als sie den Parkplatz des Schönheitssalons überquerten. Ein zum Scheitern verurteilter letzter Fluchtversuch.

»Du sollst doch hübsch aussehen, wenn du durch die Tür kommst und die erste Hand schüttelst, Schätzchen«, hat Mom gesagt.

Also rein ins Rose Blanche.

Delia stellt fest, dass ihre Mutter schon wieder recht hatte. Sobald sie das Studio betreten und von den vielen dunkel gekleideten Leuten begrüßt werden – darunter auch Sean und Polly –, kommt es ihr so vor, als wäre bereits jetzt ein greller Scheinwerfer auf sie gerichtet.

Selbst Abraham, der Drehbuchschreiber, trägt heute Schwarz – allerdings weder Anzug noch Kostüm, sondern einen Rollkragenpullover und ausgewaschene Jeans. Er scheint sich aufrichtig zu freuen, sie zu sehen, und begleitet sie zu Veronica Smalls.

Smalls erhebt sich sogar von ihrem Klappstuhl, um ihr die Hand zu reichen. Anscheinend hat sich die Geschichte von dem Beinahe-Unfall herumgesprochen. Smalls ist, nun ja ... *kleiner* und sieht älter aus, als Delia erwartet hat. Ein Netz aus Fältchen zieht sich um ihre Augen, und Delia könnte schwören, dass sie Wangenknochenimplantate hat.

So was wird sie sich nie machen lassen. Nie im Leben.

Sie unterhalten sich während des Schminkens – *noch mal* Schminken, wenn auch sehr zurückhaltend. Smalls ist sehr nett. Sie weiß, wie man mit Kindern umgeht, und redet mit Delia wie mit einer erwachsenen Kollegin. Großartig. Delia ist entspannt und bereit.

Sie hat die Rolle praktisch schon in der Tasche.

Irgendwas ist im Gebüsch hinter dem stabilen Drahtzaun. Ihre Schnauze zuckt. Sie lässt ihren Schwanz ein paar Sekunden lang im Eins-zwei-, Eins-zwei-drei-Rhythmus wedeln, dann hält sie inne, spannt die Muskeln an, schätzt die Entfernung ab und springt geschmeidig von der Rutsche aus über den Zaun. Sie landet mit allen vieren auf dem alten Stumpf einer von einem Blitz gefällten Eiche, der nach Fäulnis und verbranntem Holz und Schimmel riecht. Sie hüpft vom Baumstumpf auf den Waldboden.

Ein Rascheln. Dort, *zwischen den Beeren.*

Die Beeren hat sie schon vor langer Zeit versucht. Ihr wurde übel davon. Sie schleicht darauf zu.

Jetzt hat sie den Geruch erkannt. Oder, besser gesagt: alle anderen Gerüche ausgeschlossen. Es ist kein Hund, kein Hase und keine Katze. Kein Eichhörnchen, kein Maulwurf, kein Streifenhörnchen. Ihr olfaktorisches Gedächtnis tickt die Möglichkeiten herunter wie eine Uhr die Minuten. Und dann schlägt es zwölf.

Fuchs. Es riecht nach Fuchs.

Nun ist Vorsicht geboten.

Sie späht ins Gebüsch, schnuppert konzentriert, hat den Kopf aber nach unten und leicht zur Seite gerichtet. Keine Gefahr. Sie sieht sich noch einmal um, dann entspannt sie sich, und ihre Augen bestätigen, was ihre Nase bereits weiß. Ein kleiner grauer Kopf mit winzigen Knopfaugen taucht auf. Ein Junges, keine wachsame Mutter mit scharfen Zähnen und Klauen, sondern ein Junges.

Zwei sogar!

Sie muss wachsam bleiben. Die Mutter wird in der Nähe sein.

Doch bis dahin ...

Drei Schnauzen berühren sich und schnuppern aneinander, ziehen sich zurück und nähern sich wieder. Das Junge, das ihr am nächsten ist – das Männchen –, markiert sie mit seinen Duftdrüsen, er reibt seine kleine feuchte Wange an ihrer und berührt vorsichtig ihre Schnauze mit seiner Pfote. Dann rollt er sich auf den Rücken und streckt ihnen seinen rot-weißen Bauch entgegen. Sofort stürzt sich seine Schwester auf ihn, und bei der folgenden Balgerei ist Caity bald völlig vergessen.

Sie stupst die beiden mit der Schnauze an.

Sie lösen sich voneinander und starren sie blinzelnd an, als würden sie sie zum ersten Mal sehen. Was ist das für eine riesige Kreatur? Allein ihr Kopf ist größer als sie beide zusammen. Doch davon lassen sie sich nicht einschüchtern. Wie die Frösche springen sie aus dem Gebüsch, und im nächsten Augenblick fallen sie über Caity her, beißen spielerisch in ihr Genick, krallen sich in das dicke Fell, klet-

tern auf ihre Schultern, fallen herunter und versuchen es erneut. Caity rollt sich herum, und die beiden strecken sich auf ihrem Bauch aus. Das Weibchen stößt gegen eine Zitze.

Ein Riesenspaß!

Delia hat die Rolle bekommen, das war auch nicht anders zu erwarten. Der Werbespot gestern, heute die Rolle, es läuft wie geschmiert. Am Ende der Szene soll sie Veronica Smalls fest in die Arme nehmen. Herzzerreißend, aber nicht zu traurig. Ein *Oooooh*-Augenblick fürs Publikum. Kitschig ohne Ende. Eine Sitcom eben.

Doch als sie sich dann umarmen, fühlt es sich ganz natürlich an, vollkommen real, wie im wahren Leben. Als wären sie tatsächlich Mutter und Tochter, die einen ganz besonderen Moment teilen. Der Regisseur lächelt, sagt leise *Schnitt*, und Veronica Smalls gibt ihr einen Kuss auf die Stirn, der nicht im Drehbuch steht.

Vielen Dank, soll das wohl bedeuten.

Und *Mädel, jetzt gehörst du zu uns.*

Sie wird in einer *landesweit* ausgestrahlten Sitcom mitspielen. Na ja, zumindest in der Pilotfolge. Mit einem echten Star, bekannt aus Film und Fernsehen. Der sie für so gut hält, dass er ihr sogar einen liebevollen Kuss gegeben hat.

Sie ist die zweite Hauptdarstellerin! Unglaublich.

Delia durchquert das Studio und umarmt ihre *richtige* Mutter ganz fest.

Robbie und Daddy werden stolz auf sie sein. Wenn es doch nur noch andere Leute gäbe, denen sie es erzählen könnte. Klassenkameraden zum Beispiel. Sie scheucht den Gedanken schnell beiseite.

Sie wird eben Caity umarmen müssen. Das tut's auch.

Der Baumstumpf ist das ideale Sprungbrett, von dem aus sie mühelos über den Zaun gelangen kann, sobald sie den SUV in die Einfahrt biegen hört. Das hat sie schon oft so gemacht – nur dass ihr diesmal zwei Fuchsbabys dabei zusehen.

Sie wartet vor der Glasschiebetür, beobachtet, wie sie das Haus betreten. Ungeduldig rutscht sie auf dem Hinterteil herum, das es kaum erwarten kann, ihrer Aufregung Ausdruck zu verleihen.

Delia rennt auf sie zu, öffnet die Glastür und lässt sie ins Haus. Sie wirft sich in die Arme des Mädchens.

»Du wirst nicht glauben, was heute passiert ist«, sagt Delia.

Caitys Schwanzwedeln besagt dasselbe.

Nach dem Abendessen sitzt Delia mit Caity auf dem Dach. Es ist leicht bewölkt, sodass nur wenige Sterne zu sehen sind. Sie kann den Großen Wagen und Beteigeuze im Sternbild Orion ausmachen. Rigel links darunter wird von Schäfchenwolken verdeckt.

Delia seufzt. »Ich bin müde«, sagt sie.

Caity legt den Kopf schief, als hätte sie sie nicht richtig verstanden. Delia streichelt ihre Schulter.

»Aber angenehm müde, verstehst du?«

Sie blickt auf die von Gaslampenimitationen beleuchtete Straße unter ihr. Aus einer Einfahrt zwei Sackgassen weiter nähern sich unverkennbare superhelle Scheinwerfer.

»Mr. K kommt vorbei, siehst du?«

Sie deutet auf das Auto. Caity blickt nur ihre ausgestreckte Hand an. Delia deutet noch mal.

»Nein, da.«

Dieses Mal kapiert sie es. Sie beobachten, wie der Wagen auf die Straße biegt und langsam in ihre Richtung kommt.

»Gehen wir lieber runter. Und sei brav, hörst du?«

Das ist sie nicht immer. Irgendetwas an Mr. K – Roman – scheint sie zu stören, und dann schmollt sie oder zieht sich zurück. Delia hat keine Ahnung, weshalb. Er ist doch ein netter Kerl.

Vielleicht liegt es an seinem Rasierwasser. Oder an dem schleppenden Oklahoma-Akzent.

Delia steht auf, seufzt noch einmal und wirft einen letzten Blick auf den Sichelmond am Nachthimmel. Caity folgt ihrem Beispiel.

»Irgendwann sehen wir schon noch eine«, sagt sie. »Wart's nur ab.«

Sie gehen zum Fenster zurück.

Delia wirft einen prüfenden Blick in den Spiegel. Ihr Haar muss gekämmt werden, außerdem muss sie aufs Klo. Caity wartet geduldig, bis sie beides erledigt hat und aus dem Badezimmer kommt.

Als sie die Treppe hinuntergehen, klingelt es an der Tür.

Mom sitzt auf dem Sofa und guckt CNN. Robbie neben ihr drückt wie wild auf seiner PSP herum.

»Machst du auf, Deal?«, fragt Mom.

Sie öffnet. Roman steht vor ihr und lächelt sein Tausend-Watt-Lächeln. Er hat eine kleine, in braunes Papier gewickelte Schachtel unter dem Arm.

»Hallo, hübsches Mädchen.«

Er fährt durch ihr Haar. *Das sie sich gerade gekämmt hat!*

»Hallo, Mr. K.«

»Hab gehört, du hast dich heute großartig geschlagen.«

»Stimmt«, sagt sie lachend.

Sie macht einen Schritt zur Seite, damit er eintreten kann. Aus den Augenwinkeln sieht sie, wie sich Caity mit angelegten Ohren zurückzieht. Sie knurrt leise, es ist fast ein Schnurren.

Aber nur fast.

»Caits«, sagt sie. »Lass das. Sei brav.«

»Böser Hund!«, sagt Mom, die inzwischen aufgestanden ist und Roman entgegengeht. Sie tätschelt seinen Arm, gibt ihm einen Kuss auf die Wange und führt ihn ins Wohnzimmer.

»Ich wollte eigentlich anrufen«, sagt er, »aber bestimmte Sachen sollte man lieber persönlich erledigen.«

»Zum Beispiel?«, fragt Mom.

»Zum Beispiel das.« Er überreicht ihr die Schachtel. »Hey, Rob«, sagt er. »Wie steht's, Partner?«

Robbie lächelt, winkt und spielt weiter. Delia deutet auf den Platz auf dem Sofa, den Mom gerade verlassen hat, und Caity springt darauf. Robbie bemerkt sie kaum. Er ist ganz in sein Spiel vertieft.

»Mom, was ist das?«, fragt sie.

Mom wickelt die Schachtel aus und öffnet sie. Ihr Grinsen wird breiter und breiter.

»Meine Güte! Der Vertrag! Roman!«

»Herzlichen Glückwunsch, Delia Anne Cross«, sagt er. »Jetzt bist du ein Fernsehstar. Gleich morgen ist die Anprobe.«

»Schon? Oh Gott. Schatz, du hast es geschafft.«

Also ist es jetzt offiziell. Delia wird bewusst, dass sich ihr Leben in diesem Augenblick geändert hat. Ob zum Guten oder zum Schlechten, wird sich zeigen. Mom nimmt sie fest in die Arme.

»Cool«, sagt sie.

Was selbst in ihren Ohren ziemlich matt klingt. Cool. Aber was soll sie sonst sagen? Zum Glück bemerkt es Mom nicht.

»Fantastisch! Robbie? Glaubst du, du kommst damit klar, dass ein Fernsehstar unter unserem Dach wohnt?«

»Wird schon gehen.« Er lächelt, zuckt mit den Schultern und wendet sich wieder seinem Spiel zu.

»Na, wir überschlagen uns ja alle vor Begeisterung!«, sagt Pat.

»Glückwunsch, Schwester«, sagt Robbie.

»Wo ist der Herr des Hauses?«, fragt Roman.

»Bei seiner anderen. In der Garage.«

»Er muss sein Autogramm druntersetzen. Willst du den Vertrag vorher mal durchlesen?«

»Nicht meine Zuständigkeit. Geh einfach zu ihm. Er freut sich bestimmt. Willst du einen Drink?«

»Na sicher.«

Roman hat an Bart Cross – im Gegensatz zu dessen Gattin – noch kaum einen Gedanken verschwendet. Er kommt ihm wie ein gemütlicher Kerl vor, der möglicherweise zu viel trinkt, aber nicht so viel, dass er beleidigend wird oder man sich Sorgen um ihn machen müsste. Er ist nicht besonders ehrgeizig und hat auch kein großes Interesse an ehrgeizigen Typen, beispielsweise an Roman. Das Geld nimmt er natürlich gern. Schließlich kann er sich damit seine heiß geliebten Spielsachen kaufen.

Seine letzte Erwerbung steht vor ihm. Ein hübscher nagelneuer Firebird. Nicht schlecht.

Bart steht mit einem Ölmessstab in der einen und einem Lappen in der anderen Hand vor der geöffneten Motorhaube.

Roman streicht über den glänzenden Kotflügel, auf dem kein Staubkörnchen zu entdecken ist.

»Bist du Hengst genug für diese Stute, Kumpel?«

Bart grinst. »Aber hallo.«

Roman wedelt mit dem Vertrag. Verdutzt legt Bart den Stab auf seine Werkbank und wischt sich die Hände am Lappen ab. Dann fällt der Groschen.

»Im Ernst? Sie ist dabei?«

»Ich brauche nur noch deine Unterschrift, mein Freund.«

»Ich werd verrückt.«

Roman deutet auf das Getriebe. »Du weißt schon, dass man das bei laufendem Motor prüfen muss, oder?«

»Klar weiß ich das.«

Weiß er nicht. Roman kann in ihm lesen wie in einem Buch. Er reicht ihm die Unterlagen und einen Stift.

»Verflucht, ja!«, sagt Bart. »Unterzeichnen wir den Wisch, und genehmigen wir uns einen Drink. Das muss gefeiert werden. Haben die Mädels schon den Siegestanz getanzt?«

»Siegestanz?«

Bart lacht. »Wart's ab.« Er unterschreibt.

Aus dem Haus dröhnt Musik. Donna Summer, »Love to Love You, Baby«. In der gut isolierten Garage ist es kaum zu hören.

»Ist ja irre«, sagt Roman.

Pat und Delia stehen mitten im Wohnzimmer. Ach du liebe Zeit, denkt Roman. *Disco. Rhythmus 4-to-the-floor.* Das hat er seit dem Ende der Babyboomer-Ära nicht mehr gesehen. Robbie beobachtet seine Mom und seine Schwester mit der Nachsicht eines weisen, altersmilden Onkels. Caity umkreist die beiden wie eine Hilfestellerin bei Gymnastikübungen, damit niemand hinfällt und sich den Hals bricht.

Patricia bemerkt ihn und deutet auf ein Glas auf dem Tresen. Sein Scotch. Bart schenkt sich auch einen ein. Roman entgeht nicht, dass Pats Glas bereits zur Hälfte geleert ist.

»Wer ist der Star?«, schreit Pat über die Musik hinweg.

»Das bist du!«, ruft Delia zurück.

»Nein, *du*. Wer ist der Star?«

»Das bin ich!«

»Das bist du!«

Dann zusammen: *»Du bist der Star!«*

Roman räuspert sich. »Ähem, machen die das öfter?«, fragt er.

»Das ist ein Ritual.« Bart lacht. »Jedes Mal, wenn sie einen dicken Auftrag an Land ziehen ...«

Der Hund schaut Roman an.

Der verdammte Hund hat aufgehört, um die Tanzenden zu kreisen, und schaut ihn an. Dann kommt er mit angelegten Ohren auf ihn zu.

Roman läuft es kalt den Rücken herunter. Er hat für Hunde nicht viel übrig, besonders nicht für große. Dafür gibt es keinen bestimmten Grund wie etwa ein Kindheitstrauma. Es ist eben so. Hunde sind ... fremd.

Bart bemerkt sein Unbehagen.

»Hey, Roman, sie kann dich ja fast so gut leiden wie ich.«

»Vielen Dank für die Blumen, Bartholomew. Würde es dir was ausmachen, wenn du ...«

»Klar.«

Bart beugt sich vor und krault ihren Nacken.

»Hey, Caity«, sagt er. »Willst du einen Hundekuchen?«

Das Wort kennt sie, und im Nu hat sie ihn vergessen und konzentriert sich nur noch auf Bart. Ihr Schwanz pendelt hin und her wie ein wild gewordenes Metronom. Roman tritt trotzdem einen Schritt zurück. Bart schnippt mit den Fingern.

»Na los, Caits. Hundekuchen! Hey, Rob, hilf mir mal, ja?«, ruft er über die Schulter hinweg. »Holen wir uns auch was zu knabbern.«

Der Junge lässt die Konsole auf das Sofa fallen und folgt seinem Dad und dem Hund in die Küche.

Robbie nimmt einen Teller mit Gemüsehäppchen aus dem Kühlschrank. Als Bart sich vorbeugt, weicht Robbie zurück. Wahrscheinlich hat er den Schnaps gerochen, aber egal. Immerhin hat er die Aufmerksamkeit seines Sohnes. Er zwinkert. *Mitverschwörer.*

»Hör mal«, sagt er. »Mom soll heute so richtig feiern. Also nehmen wir ihr die Arbeit ab, alles klar?«

Robbie lächelt. Guter Junge.

»Klar, Dad.«

Caity rennt im Kreis.

»Wo hat Deal die Hundekuchen?«, fragt er.

Robbie deutet auf den Schrank über der Geschirrspülmaschine.

»Caity soll auch feiern, oder, meine Süße?«

Wuff!, sagt sie.

Delia lässt sich völlig außer Atem in den weichen Sessel fallen. Ihre Mom landet neben Roman auf dem Sofa.

»Was meinst du, wird die Sitcom ein Erfolg?«, fragt sie.

»Wenn Veronica Smalls dabei ist? Sie verhandeln schon über die nächste Staffel, obwohl sie noch nicht eine Szene im Kasten haben. Die Pilotfolge drehen sie eigentlich nur pro forma.«

Er wischt ihr eine Haarsträhne aus dem Gesicht.

»Das war ja eine irre Vorstellung«, sagt er. »Tanzt ihr immer so, wenn ihr einen Job bekommen habt?«

»Immer.«

Roman fährt mit der Hand ihr Haar entlang bis zu ihrem Hals. Delia beobachtet die Geste und runzelt die Stirn. Ist das nicht ein bisschen zu viel ... *Intimität* zwischen Agent und Klientin? Jedenfalls gefällt es ihr gar nicht. Aber hey, woher soll sie schon wissen, wie diese Theaterleute ticken?

Und dann verschwimmt alles vor ihren Augen.

Sie blinzelt und sieht dieselbe Geste noch einmal, nur in Nahaufnahme. Seine Hand, die über das Haar fährt. Seine Fingerspitzen. Die weiche Haut auf dem Hals ihrer Mutter.

Mit einem Mal ist Caity im Raum. Bellend schlittert sie über den Boden und kracht in den Beistelltisch vor Roman. Zeitschriften fliegen durch die Gegend, der Aschenbecher wackelt. Caity baut sich vor ihm auf und bellt, während Roman im Sofa zu verschwinden versucht. Er hat keine Fluchtmöglichkeit, und dieses große wütende Ungeheuer ist erschreckend nahe.

»Caity!«, ruft Delia schockiert.

Ihr Vater taucht mit einer Tüte voller Hundekuchen in der Küchentür auf.

»Scheiße noch mal ... sie ist einfach *losgerannt*!«

»Caity!« Mom packt den Hund am Kragen und reißt ihn wütend vom Tisch weg. Caitys Pfoten suchen verzweifelt nach Halt. Sie kläfft einmal und steht dann einfach nur da, sieht zu Pat auf, bevor sie mit eingezogenem Schwanz das Weite sucht. Delia will ihr nachlaufen. Sie hat Angst. Pat drückt sie wieder in den Sessel zurück.

»Mom! Du hast ihr wehgetan! Das war so *gemein*!«

»Gemein? Hast du nicht gesehen, wie sie sich gerade aufgeführt hat? Sie ist völlig durchgedreht. Heute Nacht schläft sie im Zwinger, und damit basta.«

»Was? Das kannst du nicht machen!«

»Kann ich nicht? Du wirst schon sehen, junges Fräulein.«

»Das ist nicht fair. Sie wollte uns nur ... *beschützen*.«

Warum ihr gerade dieses Wort in den Sinn kommt, weiß sie nicht.

Noch nicht.

Pat leert ihr Glas. Es war ihr dritter Drink, aber das können die anderen ja nicht wissen.

Sie ist außer sich.

Gottverdammter Köter, denkt sie. Der gottverdammte Köter ist einfach überall. Und jedes Mal im Weg. Muss immer mit, muss ständig dabei sein. Bei Dreharbeiten, beim Vorsprechen. Delia besteht darauf. Manchmal bereut es Pat, das verfluchte Vieh überhaupt gekauft zu haben.

Scheiße, die beiden können sie mal.

Beschützen?

Was sollte das denn heißen? Der Hund war doch die Gefahr, so sieht's aus.

Und jetzt sehen alle sie an, als wäre sie hier die Böse. Ihr Ehemann. Robbie, der hinter ihm steht. Ihre Tochter. Und der arme Roman, der gerade sein eigenes Glas leert.

Alle.

Sie wendet sich ihrer Tochter zu. Die es gewagt hat, ihr zu widersprechen.

Herrgott!

»Putz dir die Zähne, und mach dich bettfertig«, sagt sie.

»Halb neun! Ist das dein Ernst?«

»Allerdings. Na los. Du hast morgen eine Anprobe. Um ... wann noch mal, Roman?«

»Um sieben.«

»Um sieben. Und heute Nacht wird *geschlafen*, verstanden? Keine Spielchen mehr. Du ... wir haben jetzt eine große Verantwortung zu tragen. Ab mit dir, Zähne putzen.«

Delia bleibt sitzen. Sie verschränkt die Arme vor der Brust und starrt sie an.

Will sie sich etwa widersetzen?

Ruhig, denkt sie. *Bleib ruhig*. Sie holt tief Luft.

»Jungs, bringt den Hund in den Zwinger, und trinkt in Ruhe aus. Delia und ich haben was zu klären. Nicht wahr, Delia?«

»Pat ... das ist doch kein Drama ...«, sagt Roman.

»Komm mit, Delia.« Sie packt nicht gerade sanft den Arm ihrer Tochter. Zieht sie aus dem Sessel. Wahrscheinlich muss sie sie auch noch zur Treppe schleifen. Delia will sich losreißen.

»Aua! Ich hasse dich.«

»Du wirst es überleben.«

Im Badezimmer im ersten Stock muss sie sie förmlich vor das Waschbecken schieben. Pat klatscht ihr die Bürste in die Handfläche.

»Kämm dich«, sagt sie.

»Mom, bitte. Tut mir wirklich leid. Ehrlich. Bitte sperr Caity nicht in diesen Käfig. Sie hasst den Käfig!«

»Darüber hätte sie nachdenken sollen, bevor sie vor unserem Gast zu Cujo mutiert ist.«

»Hunde können nicht nachdenken.«

»Du schon. Und jetzt denkst du drüber nach, wie du spätestens in zwei Minuten im Bett bist. Kämm dich.«

Wo steckt dieser verdammte Köter, und wie kommt er, Roman, überhaupt dazu, nach ihm zu suchen? Sein Vater hat immer gesagt, er soll gute Miene zum bösen Spiel machen, aber das geht dann doch etwas zu weit. Caity ist nicht in der Küche. Sie haben unter dem Tisch nachgesehen und im begehbaren Wandschrank. Auch in der Toilette im Erdgeschoss ist sie nicht.

Die Vorratskammer. Das verrät ihm das tiefe Knurren.

Zwischen der Küche und dem Hinterausgang. Die Tür steht einen Spalt weit offen, gerade breit genug für einen Hund. Und Licht brennt auch nicht.

Er weicht zurück. Zum dritten Mal heute, wenn man die Episode auf dem Sofa mitzählt. Und das tut er definitiv.

»Äh, Bart? Robbie? Sie ist hier drin.«

»Dein Drink steht auf dem Tresen«, sagt Bart. »Ich kümmere mich um sie.«

»Besser ist das, mein Freund«, sagt er.

Delia steht vor ihrer Zimmertür. Sie will nicht hineingehen. Nicht ohne Caity. Schlafenszeit? Wieder Geister? Schon möglich. Aber Geister hin oder her, Caity schläft immer in ihrem Bett. So ein Mist. Sie hört die schweren Schritte ihrer Mutter hinter sich und dreht sich um. Mom hält ein großes Glas mit Wasser in der Hand.

»Mom? Da drin kann ich nicht schlafen. Nicht ohne ...«

»Das kannst du sehr wohl.«

»... nicht ohne Caity. Mom, es tut mir leid. Caity tut's leid. Können wir nicht ...«

Ihre Mom gibt ihr einen Schubs. Nicht fest, aber bestimmt. Sie führt Delia zum Bett. Legt eine Hand auf ihre

Schulter und drückt sie darauf. Dann hält sie ihr die Handfläche hin.

»Nimm die. Spül sie runter.«

Eine Tablette. Delia nimmt *nie* Tabletten. Eine Aspirin für Kinder ab und zu, nur selten. Sonst nichts.

»Warum? Was ist das?«

»Damit du besser schlafen kannst. Runter damit.«

»Nein.«

»Delia Ann Cross. Als ich dir zum letzten Mal den Hintern versohlt habe, warst du vier Jahre alt.«

Ach du meine Güte, denkt Delia. Sie meint es ernst.

Das würde sie tatsächlich machen. Oder es wenigstens versuchen.

Sie nimmt die Tablette. So ein winziges Ding, und es *sieht* ungefährlich aus. Aber sie ist aus Moms Vorrat.

»Schluck sie runter.«

»Mom, wirklich, ich will keine ...«

»Interessiert mich im Moment nicht, was du willst, Delia. Morgen ist ein *wichtiger Tag*. Vielleicht der wichtigste Tag deines Lebens. Verstehst du das? Ja? Du brauchst deinen Schlaf. Hier.«

Sie nimmt die Tablette aus Delias Fingern und hält sie wenige Zentimeter vor ihre Lippen.

»Mund auf.«

Furchtbar, denkt Delia. Und falsch. Wichtig oder nicht, sie darf mich nicht zu so was zwingen. Plötzlich ist sie den Tränen nahe. Wo ist Caity, wenn ich sie brauche? Verdammt! Sie öffnet den Mund. Nimmt die Tablette, die Mom ihr hinhält, und spült sie mit einem großen Schluck Wasser hinunter. *Bitte schön.*

Ihre Mom setzt sich neben sie und streichelt ihre Schulter. Will sie trösten.

»Tut mir leid, Schatz«, sagt sie. »Aber du musst bei der Sache bleiben.«

Mom streichelt sie weiter, was Delia weder tröstet noch beruhigt.

»Um Himmels willen, eigentlich solltest du dich freuen. Das morgen ist was ganz Neues für dich. Wir sind so stolz auf dich, meine Kleine.«

Delia freut sich nicht. Morgen vielleicht. Heute Nacht bestimmt nicht.

Sie starrt das Puppenhaus intensiv an.

»Ich will Caity bei mir haben«, sagt sie.

sechs

Was ist denn jetzt?, denkt Bart. Knurrt sie jetzt etwa *mich* an?

Sie hat sich mit dem Rücken zur Wand zwischen Staubsauger und Wäschekorb gezwängt, sitzt auf ihrem Hintern und stemmt die Vorderpfoten in das Parkett. Funkelt ihn böse an. *Fordert ihn heraus.* Er zieht vorsichtig an ihrem Halsband.

»Also, komm jetzt mit«, sagt er. »Braver Hund. Komm …«

Er schleift sie etwa zwanzig Zentimeter über den Boden. Sie will einfach nicht aufstehen.

Was ist nur in sie gefahren? Verdammt, sonst ist sie doch ein ganz friedliches Tier.

Er zieht weiter an ihr. Sie kläfft, obwohl er bezweifelt, dass er ihr wirklich wehtut.

So ein Scheiß.

»Schon gut, Caits, schon gut. Es tut mir leid, okay? Hoch mit dir, ja?«

Endlich richtet sie sich auf. Gott sei Dank, denn allmählich kommt er ins Schwitzen. Er führt sie am Halsband zur Tür, wo sie wie angewurzelt stehen bleibt. Wieder stemmt sie Vorderpfoten und Hinterteil in den Boden. Von hier aus kann er den Zwinger vor der Haustür sehen, und sie offensichtlich auch. Sie blickt zu ihm auf. Mit traurigen Augen.

Lieber traurig als wütend, denkt er. Weiß Gott.

»Jetzt komm, du Riesenbaby. Ist ja nur für eine Nacht.«

Er öffnet die Tür. Sie lässt sich zu dem großen Maschendrahtzwinger gleich neben der Schaukel und der Rutsche führen. Er schiebt sie hinein, schließt die Tür und sperrt ab. Winselnd kratzt sie am Draht.

»Tut mir leid, Befehl von oben. Um ehrlich zu sein, ich kann dieses Hinterwäldler-Schlitzohr auch nicht besonders leiden.«

Cait bellt. Anscheinend pflichtet sie ihm bei.

Sie liegt auf der Decke, die über das staubige alte Stroh auf dem Boden des Zwingers gebreitet ist. Beides riecht angenehm vertraut – nach ihr, nach Schlaf –, doch der scharfe Metallgestank des Zwingers selbst ist widerlich wie eh und je. Bart schließt die Glastür hinter sich und greift nach einer Flasche auf dem Küchentresen. Sie kennt den Duft, den die Flasche verströmt, er ist ebenfalls angenehm und vertraut, es sei denn, zu viel davon strömt durch Barts Körper und vermischt sich mit seinen anderen Gerüchen, überdeckt diese Gerüche mit dem Gestank der Angst. Wie so oft. Wie gerade eben.

Sie weiß, dass sie bis zu einem gewissen Grad für diese Angst verantwortlich ist. Sie hasst den Zwinger, aber sie ist froh, Bart hier draußen los zu sein. Keine Verantwortung für ihn tragen zu müssen. Denn sie ist für sie alle verantwortlich.

Sie wird inmitten ihres eigenen Geruchs und den Düften der Nacht liegen, zwischen dem Zirpen der Insekten und dem Flattern der Fledermausflügel. Sie hat keine andere Wahl und fügt sich in ihr Schicksal.

Roman hat ausgetrunken und sich verabschiedet. Jetzt sitzen die drei allein im Wohnzimmer. Das Haus wirkt sehr still.

»Rob, was meinst du dazu?«, fragt sie.

Er sieht von der Konsole auf. »Wozu?«

»Die Sitcom. Deine Schwester.«

»Super, Mom. Wirklich super.«

»Ja, nicht wahr?« Sie nippt an ihrem Drink, der inzwischen zum Großteil aus geschmolzenem Eis besteht.

»Ich war nicht zu hart zu ihr?«

»Zu wem? Zu Deal?«

»Ja.«

Er sieht sie sehr merkwürdig an. Als hätte er die Frage nicht verstanden. Dabei hat sie sich doch klar und deutlich ausgedrückt.

»Eigentlich nicht. Caity hat sich unmöglich aufgeführt. Und Delia ...«

»... kann manchmal eine echte Nervensäge sein, oder?«

Er runzelt die Stirn, dann lächelt er. »Keine Ahnung. Vielleicht war sie bloß müde.«

»Müde. Ja.«

Pat steht auf, um sich nachzuschenken. Nur einen kleinen. Sie streckt den Arm aus und wuschelt seinen Haarschopf.

»Du bist ein guter Bruder, Robbie«, sagt sie. »Wir haben dich lieb.«

»Und ich euch, Mom.« Er gähnt. »Ich bin auch müde. Ich geh ins Bett.«

Caity sieht.

Das ist nichts Neues. Das kann sie, so lange sie sich erinnern kann, seit der ersten Berührung einer kleinen Kinderhand auf ihrem Rücken, seit sie zum ersten Mal den salzigen Geschmack von Delias Wange und ihrem Kinn auf ihrer Zunge hatte, seit sie zum ersten Mal ihr seidiges Haar gerochen hat. Sie umfängt Delia mit all diesen Sinnen und sieht. Wie sie es immer tut. Wenn sie es will.

Delia schläft. In einem kleinen Fenster des Hauses neben ihrem Bett erwacht ein rotes Licht zum Leben und geht nicht mehr aus. Wird heller und heller. Ein Windstoß fährt durch ihr Haar, streicht über ihr Gesicht. Caity spürt seine unnatürliche Liebkosung. Sie schnuppert den feuchten Metallgeruch des Zwingers. Sucht nach einer Schwachstelle.

Aus Caitys Zimmer kommt ein gedämpftes, jaulendes Kreischen, genau wie in der Nacht zuvor. Es wird lauter, der Wind um Delias Gesicht stärker. Warum wacht sie nicht auf? Das Licht im kleinen Fenster des kleinen Puppenhauses schlägt Funken. Dies alles zusammen treibt sie zu verzweifelter Eile an. Sie hämmert mit den Pfoten gegen den Draht. Delia wacht nicht auf. Caity will sie aus dem Schlaf reißen, sucht nach einem Ausweg aus dem Käfig. Das Licht flackert. Funken sprühen.

Dann entdeckt Caity etwas. In der oberen rechten Ecke des Zwingers ist der Draht nicht richtig befestigt. Sie bearbeitet die Stelle mit den Zähnen, hört dabei ihr Herz wie wild klopfen. Sie geht mit den Pfoten darauf los. Eine Kralle splittert und bricht ab. Wieder reißt sie mit ihrem kräftigen Gebiss an den Maschen. Die Muskeln in Nacken und Schultern treten hervor. Sie löst den Draht von der Ecke. Schmeckt rohes Metall. Schmeckt ihr Blut.

Das kleine Fenster zersplittert.

Sie kann es sehen, riechen und selbst durch das gespenstische Heulen hindurch hören. Funken fliegen. Eine Rauchfahne steigt auf, verwirbelt und verweht durch den Luftstoß, der vom Kopfende des Bettes her durchs Zimmer weht.

Im Puppenhaus hinter Delias gemütlichem Himmelbett erblüht eine Flamme.

Caity vergrößert das Loch, zieht das Geflecht mit den Kiefern nach unten, steckt eine Pfote hindurch und reißt daran. Blut und Speichel spritzen. Sie gerät in Panik – die Zeit drängt, sowohl hier im Käfig als auch in Delias Zimmer. Sie wimmert, bäumt sich auf und zerrt wieder am Draht, wirft sich mit beiden Vorderpfoten, mit allem Gewicht und aller Muskelkraft gegen das Loch.

Das kleine Haus brennt.

Ihr Kopf steckt in der Öffnung. Er passt nicht hindurch. Noch mal. Sie zieht sich zurück, schließt die Kiefer um das Drahtstück, das sich bereits gelöst hat, zerrt daran, schüttelt den Kopf. Der Draht zerreißt ihr Maul, blutiger Schaum quillt daraus hervor.

Das kleine Haus brennt. Ein Stück vom Dach fällt direkt vor Delias Himmelbett auf den Boden.

Sie zwängt sich in das Loch. Kopf und Schultern passen hindurch, aber dann steckt sie etwa dreißig Zenti-

meter über dem Rasen und dem Zwingerboden hinter ihr fest. Der Draht bohrt sich in ihren Bauch. Sie zappelt und kämpft mit zum Bersten angespannten Muskeln. Endlich gibt der Zwinger ihr Hinterteil, ihre Hüfte frei. Sie hat es geschafft.

Sie rennt auf die Glasschiebetür zu, wirft sich wieder und wieder dagegen, bellt und heult ihre Verzweiflung in die Nacht.

»Himmel noch mal, was hat sie denn *jetzt*?«, sagt Bart.

Er hat gerade eine volle Flasche sieben Jahre alten Widow Jane Kentucky Bourbon, einen gefüllten Eiskübel und zwei saubere Gläser vor Pat auf den Wohnzimmertisch gestellt. Sie sitzt auf dem Sofa und formuliert die Ankündigungen, die sie auf Delias Website, auf Twitter und Facebook stellen will. Sein Anblick ist ihr höchst willkommen.

»Der blöde Köter führt sich schon den ganzen Abend so komisch auf«, sagt sie. »Von mir aus soll er sich die Seele aus dem Leib bellen. Schenkst du ein?«

»Mit Vergnügen.«

Er drückt seine Winston in dem unförmigen Keramikaschenbecher aus, den ihnen Robbie in der vierten Klasse getöpfert hat.

Aber woher kommt dieses Klopfen?, fragt er sich. Was ist das? Was geht hier vor?

Licht flackert, tanzt hinter dem Fenster hoch über ihr. Feuer. Sie tritt von der Tür zurück, dreht sich um und rennt über den Rasen, vorbei an dem Tisch und den Stühlen, wo sie oft gemeinsam zu Mittag essen. Rennt auf den Baum zu. Eine Pinyon-Kiefer. Sie kennt den Geschmack seiner Rinde und seiner süßen Samen. Die Äste reichen bis fast zu dem Dach, auf dem sie mit Delia gerne sitzt. Sie prallt so heftig gegen den Baum, dass es ihr die Luft aus der Lunge drückt, klettert wie ein Eichhörnchen am Stamm hoch, schafft es bis zur Hälfte, verliert den Halt, stürzt und landet eineinhalb Meter tiefer auf der Seite.

Sie spürt den Schmerz in ihren Rippen, ihrer Hüfte, ihren Schenkeln, er pulsiert in ihrem Körper. Sie ist benommen. Die Flammen in Delias Zimmer haben den Betthimmel erreicht, breiten sich gleichmäßig darauf aus, färben das Weiß schwarz. Sie riecht versengtes Walnussholz, Blasen werfenden Lack, verbrannte Baumwolle. Sie rappelt sich auf, schüttelt den Kopf, rennt wieder über den Rasen, dreht sich um, nimmt Anlauf und erwischt den Baum im richtigen Winkel.

Die linke Vorderpfote bekommt einen Ast zu fassen, dann die rechte. Sie zieht sich hoch, klettert mit akrobatischer Sicherheit daran entlang, springt aufs Dach, ihr Dach, erreicht das Fenster mit dem Fliegengitter, das sie von Delia trennt. Endlich, endlich ist Delia aufgewacht, sie hustet, schlägt nach den brennenden Resten des Betthimmels, die auf sie herabregnen. Ihr Iiiiiiih *gellt durch das Fliegengitter. Sie ist in Gefahr.*

Caity tritt zum Rand des Daches zurück. Der Himmel löst sich von seiner Befestigung und fällt herunter. Instinktiv hebt Delia die Hände, um ihr Gesicht zu schützen, und der Himmel landet direkt darauf, auf ihren aufs Gesicht gepressten Händen, auf ihren nackten Armen, auf ihrem Hals, ihrem Kopf. Der dünne Draht des Fliegengitters reißt und fliegt klappernd aus dem Rahmen, sobald sich Caity mit ihrem ganzen Gewicht dagegenwirft. Sie kommt unsanft neben ihr auf dem Bett auf. Die Flammen klettern an Delias zuckendem, herumrollendem Körper entlang. Caity springt auf sie zu, in die Flammen, legt sich flach auf Delia und riecht ihr eigenes brennendes Fell und Delias brennendes Haar und ihre brennende Haut. Rauch steigt zwischen ihnen auf, als sie fest in Delias Arm beißt und ihr die Hand vom Gesicht reißt – es muss sein! – *und das schreiende Mädchen aus dem Bett zerrt.*

Rob steht in der offenen Tür. Sofort begreift er, was vor sich geht: Das Puppenhaus steht in Flammen, das Bettlaken steht in Flammen, seine Schwester und der Hund rollen sich brennend über den Boden. *Ogottogottogott. Was hab ich getan?*

Augenblicke vorher war es noch ... *Spaß* gewesen. Nur ein Spaß! Er hat in seinem Schrank gestanden und unheimliche Geräusche gemacht und kräftig in den Gartenschlauch geblasen, den er durch den Wandschrank und hinter das Kopfteil geführt hatte. Dazu hat er an dem Dimmschalter gespielt, der mit den im Puppenhaus versteckten Lichtern verbunden ist. Es war ein Riesenspaß, sie in den vergangenen vier Nächten immer heftiger zu erschrecken – mit perfektem Timing, so viel Eigenlob muss sein. Aus reiner Bosheit selbstverständlich, aber dabei ist das Ganze auch furchtbar bescheuert, wie in einem billigen Horrorfilm, sodass er selbst kaum glauben konnte, dass sie tatsächlich darauf hereingefallen ist – ein Heidenspaß bis gerade eben, als er den Dimmer voll aufgedreht hat und der plötzlich in seiner Hand Funken schlug und er ihn auf den Schrankboden fallen ließ, ihn weg von seinen Klamotten und Schuhen ins Zimmer getreten und so lange auf ihm herumgetrampelt hat, bis das verdammte Ding endlich Ruhe gab.

Er hat verschmorte Kabel gerochen. Und dann noch mehr Brandgestank.

Nicht von den Kabeln. Von woanders her. Aus ihrem Zimmer!

Er hat die Tür aufgerissen und ist in den Flur gelaufen.

»Mom! Dad! Es brennt!«

Dann hat er die Schreie gehört.

Und stand plötzlich in ihrem Schlafzimmer. Vor Schreck erstarrt darüber, was er angerichtet hat, und er weiß nicht, wohin oder was tun, *der Hund, seine Schwester, das Bett* und *Wasser, Wasser!*, denkt er absurderweise, bis ihn sein Vater zur Seite schubst und *Herr im Himmel!* schreit und sich das Hemd vom Leib reißt und auf Caity und Delia springt und sie herumrollt, die restlichen Flammen erstickt, und da endlich erwacht er aus seiner Starre. Er rupft die Überreste des brennenden Betthimmels von den Pfosten und tritt die Flammen aus, während seine Mutter schreiend die Laken vom Bett zerrt und ebenfalls darauf herumtrampelt.

Und dann ist es bis auf ihr schweres Atmen ganz ruhig.

Es stinkt nach Rauch.

Und nach anderen verbrannten Dingen, die er sich nicht einmal vorstellen will.

sieben

Er schlüpft in den Raum, in dem sein Vater behandelt wird, und schließt leise die Tür hinter sich. Die Schwester nickt ihm zu, schneidet den Verband ab, der um den Unterarm seines Vaters gewickelt ist, und befestigt ihn vorsichtig mit beigem Klebeband. Es ist eine hübsche, junge Schwester, wahrscheinlich kaum zehn Jahre älter als er.

»Na bitte«, sagt sie. »So gut wie neu.«

»Wo ist meine Frau?«, fragt Bart. »Ist sie bei Delia? Meiner Tochter?«

Er wirkt etwas verwirrt. Schwer lehnt er sich gegen den hohen Behandlungstisch.

Die Schwester tippt etwas in den Computer auf dem Stehpult.

»Ich denke schon, ja. Entspannen Sie sich, Mr. Cross. Regen Sie sich nicht auf. Kann ich Ihnen etwas bringen? Ein Glas Wasser? Eine Decke?«

»Nein. Nein, vielen Dank.«

»Ich melde mich bei Ihnen, sobald es Neues von den Ärzten gibt.«

Robbie macht ihr Platz. Sie verlässt den Raum. Sein Vater scheint ihn erst jetzt zu bemerken. Er seufzt und schüttelt den Kopf.

»Verflucht, Robbie, was sollte das denn? Wie konntest du nur ... also, was zum Teufel hast du dir dabei gedacht?«

Ich hab an mich gedacht. Und an Delia. Nein, ich weiß nicht, was ich gedacht hab.

»Sind die Polizisten ... sind sie noch da draußen? Das will mir einfach nicht in den Kopf, Rob. Das ist eine ernste Sache. Sehr ernst.«

»Sie sind weg. Erst mal sollen wir zusammenbleiben, haben sie gesagt ... wegen Delia. Aber es gibt eine ... eine Anhörung. Später. Eine Gerichtsverhandlung. Oh Gott, Dad, es tut mir ...«

»Leid? Ja. Das sollte es auch, verdammt.«

Seinem Vater entgeht nicht, dass er das Gesicht verzieht.

»Wie geht's deiner Schwester?«, fragt er mit etwas sanfterer Stimme. »Wie geht's Delia?«

»Keine Ahnung. Mom spricht nicht mit mir. Kein einziges Wort. Nichts. Anscheinend haben sie sie in eine ... Röhre ... gesteckt. Um ihre Wunden zu säubern. Mehr weiß ich nicht.«

Er hat die Wunden gesehen. Die Wunden sind rot und schwarz.

»Grundgütiger, Rob. Grundgütiger.«

Sie steht vor der Notaufnahme, in der hektische Aktivität herrscht. Hinter ihr eilen Krankenschwestern, Ärzte und anderes Personal durcheinander. Sie bemerkt sie kaum und ballt die Hände, die jetzt nicht mehr zittern, zu Fäusten und entspannt sie wieder. *Faust, Entspannung.*

Faust, Entspannung. Sie konzentriert sich auf ihre Atmung. Tief, aus dem Bauch heraus. Lange Atemzüge.

Bring das Gelernte zum Einsatz.

Die Schwingtür öffnet sich. Dr. Ludlow läuft an ihr vorbei zum Stationszimmer. *An ihr vorbei? Hat er sie nicht hier stehen sehen? Ignoriert er sie etwa absichtlich?*

Er hält eine Krankenakte in die Höhe und redet mit einer Schwester. Mit der hübschen Blondine, die sich um Bart gekümmert hat.

»Dr. Ludlow? Dr. Ludlow, bitte ...«

Er reicht der Schwester die Krankenakte, die daraufhin mit einem höchst professionellen Lächeln den Flur hinuntergeht.

»Hallo, Mrs. Cross. Die Schwester holt gerade Ihren Mann und Ihren Sohn. Sie werden gleich hier sein.«

»Bitte ...« *Sagen Sie mir, dass alles in Ordnung kommt. Dass es nicht schlimm ist.*

Und dann ergreift sie tatsächlich seinen Ärmel, obwohl sie das sonst nie tun würde, niemals, nicht in tausend Jahren, und die Tür zur Notaufnahme öffnet sich wieder, und drei Pfleger in Krankenhauskluft schieben eine Transportliege hindurch und schleppen eine Sauerstoffflasche und Bildschirme und einen Tropf mit sich, die alle mit der Liege verbunden sind, und auf der Polsterfläche liegt eine winzige Gestalt, bei der es sich um ihre Tochter Delia handelt, intubiert und bewusstlos auf sauberen weißen Laken. Sterile Verbände bedecken ihr Gesicht und ihren Kopf. Mit geübten Bewegungen schwenken die Pfleger an ihr vorbei.

Sie hält die Luft an. Taumelt. Der Arzt stützt ihren Arm.

»Hey, hey. Vorsichtig.«

Er führt sie rückwärts zu einem Stuhl, setzt sie hinein und nimmt neben ihr Platz. Seiner Stimme ist deutlich anzuhören, dass er mächtig sauer ist.

»Ich hatte um ein paar Minuten mit Ihnen allein gebeten, bevor man sie auf die Intensivstation verlegt. Anscheinend hat man nicht auf mich gehört. Das tut mir leid, Mrs. Cross. Wirklich. Ich weiß, es ist kein schöner Anblick.«

Warum sagen Ärzte immer *Ich weiß?*, fragt sie sich. Sie wissen *gar nichts*. Sie wissen nicht, was man durchmacht. Was man tief in seinem Innersten empfindet.

Sie konzentriert sich auf das, was sie weiß. Was Gewissheit ist und Wahrheit.

Ihre Atmung.

Robbie folgt der Schwester und seinem Vater den Flur hinunter, blinzelt ins grelle Licht und zittert vor Kälte. Ihr Kühlschrank zu Hause, denkt er, ist nichts gegen das Krankenhaus.

Ein Stück Fleisch könnte man hier lange aufbewahren.

Seine Mom ist bei dem Arzt. Sie sieht blass aus und hat die Hände im Schoß gefaltet. Sie sitzt kerzengerade da. Hart. Kalt. Die Lippen fest zusammengepresst. Er bemerkt die dünnen Fältchen um ihren Mund.

Der Arzt lächelt nicht.

»Mr. Cross. Robbie. Setzen Sie sich.« Er beugt sich vor. »Delia hat eine Rauchvergiftung und Verbrennungen zweiten und dritten Grades an etwa fünfundzwanzig Prozent ihres Körpers erlitten. Die meisten sind glücklicherweise nur zweiten Grades. Sie erhält Sauerstoff unter leichtem Druck, um die Atemwege offen zu halten, und Flüssigkeit, um einem Verbrennungsschock vorzubeugen, außerdem Antibiotika gegen eine mögliche Infektion. Gott sei Dank war sie geistesgegenwärtig genug, ihre Augen zu schützen, sodass diese mehr oder weniger unversehrt sind. Aber um die Wahrheit zu sagen: Ihr Gesicht wurde stark in Mitleidenschaft gezogen. Dort sowie an Schultern und Armen werden umfangreiche Hauttransplantationen notwendig sein.«

Seine Mutter sinkt in sich zusammen, als ob sie sich entspannen würde.

Sein Dad räuspert sich. »Wird sie wieder gesund?«

»Ja. Auf jeden Fall. Man lässt die Haut zunächst trocknen, sodass sich Schorf auf den Verbrennungen bildet. Diesen zieht man nach einigen Wochen ab, und die gesunde Haut kommt darunter zum Vorschein. Mit Kochsalzlösung wird die abgestorbene Haut aufgeweicht und dieser Prozess beschleunigt.«

»Die Verbrennungen ... verheilen doch wieder, oder?«

»Ja. Aber es werden Narben zurückbleiben. Noch können wir das Ausmaß nicht abschätzen. Auf jeden Fall braucht es viel Zeit und liebevolle Pflege von Ihrer Seite. Bedauerlicherweise müssen Sie sich auf eine Reihe sehr komplizierter und langwieriger Eingriffe einstellen.«

Er hält inne und blickt jedem in die Augen. Damit sie seine Worte verarbeiten können, vermutet Robbie.

»Außerdem hat sie eine Fraktur am Unterarm.«

»Der Hund«, sagt sein Vater. »Caity. Sie hat sie aus ... vom Bett gezerrt.«

»Das hat man mir bereits berichtet. Leider hat sie ihr dabei den Arm gebrochen. Zum Glück ist das leicht zu behandeln. Mr. Cross, Mrs. Cross, der Hund hat Ihrer kleinen Tochter womöglich das Leben gerettet.«

Seine Mutter wirft Robbie einen Blick zu. *Du bist schuld,* sagt dieser Blick. Er blinzelt die Tränen aus den Augen und wendet sich ab. Irgendetwas in seiner Brust zieht sich zusammen. Es schmerzt.

»Vorerst behalten wir Delia auf der Intensivstation«, sagt der Arzt. »Wegen der Infektionsgefahr müssen wir sie isolieren. Aber Sie dürfen sie natürlich sehen. Die Station verfügt über Beobachtungsfenster.«

»Sie sehen?«, fragt Dad.

»Ja. Wenn Sie sicher sind, dass Sie sich das zumuten wollen. Ihre Frau hat bereits darum gebeten, so weit wie möglich in ihrer Nähe zu sein.«

Dad schaut erst Mom, dann Dr. Ludlow und dann wieder Mom an.

»Ach ja? Nun, sicher. Ich meine ... selbstverständlich. Robbie?«

»Nein«, sagt seine Mutter. »Keiner von euch wird sie zu Gesicht bekommen.«

Nein, versteht Robbie, *Robbie nicht. Der nicht.*

Innerhalb einer Sekunde ist aus ihrer Eiseskälte brodelnde Wut geworden. Es würde ihn nicht wundern, wenn sie aufstehen und ihn hier und jetzt ohrfeigen würde.

Selbst dem Arzt scheint die Situation unangenehm zu sein.

Und Robbie hat keine Entschuldigung. Gar keine. Sie hätte alles Recht, ihn zu schlagen. Ihn windelweich zu prügeln. Jetzt kämpft er wirklich mit den Tränen. Scham, Trauer und Angst brechen gleichzeitig über ihn herein. Er wendet den Blick ab.

»Ihr beide fahrt nach Hause«, sagt sie. »Seht nach dem Hund. Ich bleibe bei Delia.«

»Schatz ... meinst du nicht ...?«

»Fahrt. Nach. Hause.«

Das war ein Befehl.

Im Flur werden sie von einer lächelnden und dennoch gequält dreinblickenden Frau angesprochen. Sie trägt eine Brille, ein Kostüm und drückt ein Klemmbrett gegen ihre üppigen Brüste. *Was würden die Krankenhäuser ohne diese Klemmbretter nur machen?,* denkt Bart und wird sofort argwöhnisch.

Sie stellt sich als Annie Gilbert vor. Sie geben sich die Hand.

»Mr. Cross, hätten Sie einen Augenblick Zeit? Es geht um die Versicherung.«

Bart schickt Robbie ins Wartezimmer und folgt ihr.

Ihr Büro ist hell und aufgeräumt, der Computer ist mitten auf dem Tisch platziert, an den Wänden stehen hölzerne Buchregale und verstaubte Aktenschränke. Eine traurige Topfpflanze hält auf dem Fensterbrett durch. Die löchrigen weißen Wände wurden schon seit Längerem nicht mehr gestrichen.

Ein dringend renovierungsbedürftiges Geschäftsbüro. Als ginge es hier gar nicht so richtig ums Geschäft.

Was er aber irgendwie bezweifelt.

Sie kommt sofort auf den Punkt.

»Ich habe bereits bei Ihrer Krankenversicherung angerufen«, sagt sie. »Ihr Versicherungsschutz ist leider vor zwei Monaten abgelaufen.«

»Nun, wir wollten ... wir haben vor, eine neue Versicherung mit der SAG abzuschließen, daher ...«

»Der SAG?«

»Die Screen Actors Guild. Die Schauspielergewerkschaft.«

»Aha. Sie sind Schauspieler?«

»Ich nicht, sondern meine ... unsere Tochter.«

»Verstehe. Ich bedaure, Mr. Cross, und ich weiß, dass das jetzt das Letzte ist, worum Sie sich augenblicklich kümmern wollen, aber ...«

»Nein. Kein Problem. Kein Problem.« *Scheiße, es ist doch ein Problem. Und wie.* »Können Sie mir nicht einfach eine Rechnung schreiben?«

»Selbstverständlich. Aber wir brauchen eine Garantie, dass Sie sich die Behandlung leisten können. Sie verstehen.«

»Natürlich kann ich mir die leisten.«

Er zückt seine Platinkarte und reicht sie ihr – nicht ohne eine gewisse Beklommenheit.

»Was schulden wir Ihnen?«, fragt er. »Also bisher, meine ich. Für die Behandlung und so weiter? Das möchte ich gerne sofort bezahlen. Für meine Tochter, für Delia, ist mir nichts zu teuer.«

Sie hebt einen Finger. *Augenblick.* Tippt etwas in den Computer.

Sie dreht ihm den Bildschirm zu.

Er liest die Zahl darauf. Heilige Scheiße, denkt er.

Während sein Vater aus dem Krankenhausparkplatz fährt, wählt Robbie die Nummer der Tierklinik. Dad sieht müde aus. Fast so schlimm wie Mom vorhin, auch so ein eingefallenes, müdes Gesicht. Und das alles ist seine Schuld. Nur seine. Wegen dieses dämlichen, dämlichen Streichs. Inzwischen hat er seiner Schwester hundert Mal gesagt, dass es ihm leidtut. Nur dass weder sie noch sonst jemand zugehört hat.

»Wir sind auf dem Weg«, teilt er der Empfangsdame mit. »Wir kommen ... Dad, wann sind wir dort?«

»Keine Ahnung. In einer halben Stunde? Vierzig Minuten?«

»In dreißig Minuten. Wie geht es ihr? Ist sie ...«

Die Frau will ihn zu einem Tierarzthelfer durchstellen und legt ihn in die Warteschleife. Er wartet. Dann versichert ihm eine fröhliche Stimme, dass Caity friedlich schläft, dass ihre oberen Atemwege angeschwollen waren und sie ein Loch in ihre Trachee bohren mussten. *Die Trachee ist die Luftröhre. Caity konnte nicht mehr atmen.* Himmel. Aber im Großen und Ganzen sei sie wohlauf. Sie werde wieder gesund. Sie dürfen sie besuchen.

»Dürfen wir sie auch mit nach Hause nehmen?«

»Nein, leider nicht. Wir möchten sie bis morgen hierbehalten. Nur zur Beobachtung. Sie hat ziemlich viel durchgemacht, die Arme. Es war eine harte Nacht.«

Allerdings.

Er erinnert sich an den durchdringenden Gestank von brennendem Fell. Ihr Keuchen, als der Fahrer sie in den Lieferwagen hob, um sie zur Tierklinik zu bringen. Aber in erster Linie erinnert er sich an ihre Augen, bevor der

Mann die Fahrzeugtür schloss: traurige, verwirrte Augen, als wüsste sie nicht mehr, was passiert oder wo sie überhaupt war.

Und auch das geht auf seine Kappe.

Er verabschiedet sich und legt auf. »Dad, der Tierpfleger sagt, dass sie wieder gesund wird.«

»Das ist gut«, sagt Dad. »Sehr gut.«

Aber auch er klingt geistesabwesend.

Robbie ist ganz allein.

Roman reicht ihr einen Pappbecher mit dampfend heißem Kaffee und nimmt einen vorsichtigen Schluck von seinem eigenen. Nicht gerade Gourmetqualität.

»Ich bin müde, Roman. Sehr müde.«

»Ich weiß. Ich weiß, meine Liebe.«

Sie sieht auch so aus. Natürlich ist sie nicht nur müde. Ihr Spiegelbild im Beobachtungsfenster ist leichenblass. Über Nacht wurde ihr Leben in einer Weise auf den Kopf gestellt, die niemand hätte voraussagen können. Das oft grausame Schicksal baut dich auf, dann lässt es dich fallen und spuckt auf dich. Und was zum Teufel sollen Pat und ihre Familie jetzt machen? Roman hat noch andere Klienten, er muss sich keine Sorgen machen. Delia ist weiß Gott nicht die Einzige, die seine Rechnungen bezahlt. Obwohl das Ganze wirklich vielversprechend war. Verflucht vielversprechend. Wirklich schade, dass es jetzt vorbei ist, so etwas lässt er nur ungern ziehen. Aus diesem Grund hat er auch die Produzenten bisher nicht angerufen – er wollte abwarten, bis die Ärzte klipp und klar sagen konnten, was Sache ist.

Er hat bereits mit den Ärzten gesprochen. Es sieht düster aus.

Heute Nachmittag wird er anrufen müssen.

Er legt eine Hand auf ihre Schulter und spürt den leichten Druck, mit dem sie sich an ihn schmiegt.

»Ich halte das nicht mehr aus«, sagt sie. »Bring mich nach Hause, ja?«

Er legt den Arm um ihre Schulter und zieht sie an sich. Ihr Haar riecht nach Rauch. Egal.

»Bring mich verdammt noch mal hier raus.«

»Natürlich«, sagt er. »Sofort.«

Sie liegt in einer Kiste. Wieder ein Käfig, aber ein anderer diesmal. Ihre Pfoten sind verbunden, genau wie ihr Unterkiefer und der Bauch. Der dünne Schlauch, der aus ihrer Kehle ragt, pfeift beim Atmen. Das verwirrt sie. Sie spürt keine Schmerzen, nur Trägheit, sodass sie sabbert und kaum die Augen offen halten kann. Wieder und wieder fährt sie mit der Zunge über ihr Maul.

Im Käfig gegenüber liegt eine uralte Katze, ein getigerter Kater mit langen Hinterbeinen, einem breiten runden Kopf, aber ohne Schwanz. Der Kater sieht sie mit einem Auge an. Über dem anderen klebt ein Verband. Der Kater riecht nach Alter und der Medizin, die sie selbst bekommen hat. Der Kater gähnt. Sein Atem riecht nach Ebbe. Dann schließt er das Auge und schläft.

Auch Caity schließt die Augen.

In mehreren Meilen Entfernung ist Delia den Maschinen ausgeliefert. Klickenden Maschinen, die Flüssigkeit in sie pumpen, die sich zusammenziehen und wieder aus-

dehnen. Ihr bandagierter Arm zuckt, eine unwillkürliche Bewegung, die Caity in ihrem eigenen Vorderbein von der Pfote an aufwärts spüren kann. Eine mit einem Schlauch verbundene Nadel löst sich aus ihrem Arm. Eine Maschine piept und blinkt.

Eine Frau, deren untere Gesichtshälfte von einem Mundschutz verdeckt wird, geht zu der Maschine, hebt den Schlauch auf und steckt ihn wieder in Delias Arm. Ein leichter Stich. Das Piepen hört auf. Delia schläft.

Caity legt sich auf die Seite und döst.

Sie sieht Feuer und Rauch in Delias Fenster.

Das Feuer regnet auf sie herab, Delia schlägt die Hände vor die Augen und sieht in ihren Handflächen das Gelb der Haut und der Muskeln, das Blauweiß der Knochen.

Sie sieht sich selbst vom Baum springen, sieht ihre rennenden Beine, sieht sich durch das Fenster und auf das brennende Bett stürzen, riecht Rauch und versengtes Fleisch und Haar.

Delias gebrochener Arm zuckt in der fahlweißen Hülle. Ihr Körper versteift sich, sie ballt die Hände zu Fäusten, verströmt den Geruch der Angst.

Caity beißt fest in den Arm und hört den Knochen darin knacken. Egal. Sie zerrt Delia aus den Flammen.

Sie sieht ihren eigenen verzweifelten Blick.

Dann Schwärze. Ein Moment der Dunkelheit.

Ein Murmeln. »Caity?«

Wasser plätschert. Ein glitzernder Fluss. Eine leichte Brise auf unseren Rücken. Ein Fisch taucht hoch, schlägt mit der Schwanzflosse, bespritzt uns mit Wasser. Unser Gesicht ist tropfnass. Wir treiben auf einem kleinen Fischerboot stromabwärts. Robbie und Bart hinter uns sitzen neben dem stillen Motor. Sie lachen, als Bart den Fisch ins Boot zieht. Der Fisch, der an Haken und Leine und Rute hängt, zappelt zu unseren Füßen. Es ist ein schöner Frühlingstag.

Wir sehen, wie eine Schildkröte einen Baumstamm verlässt, wie ein Blaureiher sein Gefieder auf einem alten Holzsteg putzt, wir sehen eine Höhle in einem Steilufer, ein Adlernest, einen Frosch, der von Stein zu Stein hüpft. Wir hören Barts und Robbies und unser eigenes Gelächter, riechen Erde und Wasser und das hohe Gras am Ufer. Unser Körper entspannt sich im Takt des langsam schwappenden Wassers um uns herum, dem Takt unseres Atems.

Wir sitzen und liegen in der Sonne.

Liegen für immer in der Sonne.

Sie tippt den Code der Alarmanlage ins Bedienfeld. Roman folgt ihr ins Haus. Die Fahrt hierher verlief schweigend, und dafür ist sie dankbar.

Das Telefon klingelt. Sie legt die Handtasche beiseite und blickt auf das Display. Ihre Mutter. New Hampshire.

Dabei hat sie sie doch erst gestern angerufen und ihr alles erzählt. Am Anfang des Gesprächs war ihre Mutter betrunken, am Ende volltrunken.

Wie spät ist es an der Ostküste? Siebzehn Uhr? Das bedeutet, dass sie auch jetzt betrunken sein wird. Seit sieben Jahren hängt sie nun an der Flasche. Seit Pats Vater an einem grauen Februarnachmittag auf dem Heimweg von der Buchhaltungsfirma, in der er arbeitete, auf dem Glatteis ins Schleudern kam und mit dem Wagen gegen einen tief hängenden, überaus starken und überaus tödlichen Ulmenast prallte. Der Ast riss die Windschutzscheibe, seine Brille und den größten Teil seines Schädels mit sich.

Der Unfall geschah an einem Freitag um vier Uhr nachmittags. Punkt vier Uhr fängt ihre Mutter für gewöhnlich an zu trinken.

Pat lässt es klingeln. Soll der Anrufbeantworter rangehen.

»Willst du was trinken?«, fragt Roman.

»Oh Gott, ja.«

Die Ironie dabei entgeht ihr nicht. Aber sie ist nicht ihre Mutter.

Er verschwindet in der Küche.

Sie starrt die Treppe an und lauscht. *Worauf?* Auf etwas, das lebt und sich bewegt. Vielleicht auch auf ein Echo. Das Haus war noch nie leerer. Irgendwie kommt es ihr so vor, als gehörte sie nicht her. Als hätte sie nicht das Recht, hier zu leben. Als würden jetzt Fremde hier wohnen.

»Bitte schön.«

Er reicht ihr ein Glas. Corn Whiskey. Den trinkt er mit Vorliebe, sie weniger. Egal.

»Roman, gehen wir nach oben«, sagt sie. »Sie sind in der Tierklinik. Wir haben Zeit.«

Sie vögelt ihn im Schlafzimmer. Mit Liebe hat das nichts zu tun. Sie klettert auf ihn und nimmt ihn mit ins Reich der scharfen Kristallsplitter, der blutigen Glasscherben, der Rasierklingen und der langen, stumpfen Eisennägel, stößt ihn durch Stein.

Als es vorbei ist, breitet sie ihren Körper in feuchter, kühlender Hitze auf ihm aus, als wollte sie ihn erdrücken.

»Rauch«, sagt er.

»Was?«

»Es wird noch eine Weile dauern, bis sich der Gestank verzieht.«

»Wenn überhaupt. Ich werde ihn wohl bis in alle Ewigkeit in der Nase haben.«

»Darf ich das Fenster aufmachen?«

Sie nickt. Er verlässt das Bett, tappt zum nächsten Fenster und schiebt es auf. Die sanfte, süße Frühlingsbrise bringt sie beinahe zum Schreien. Die Welt da draußen will rein. Die Welt da draußen ist zum Kotzen normal.

»Trink aus«, sagt sie. »Und dann verschwinde. Bart und Robbie werden bald hier sein.«

Er setzt sich neben sie. Sein Oberkörper ist fast haarlos. Wie der eines Kindes.

»Gut. Klar. Ruh dich aus.«

»Ausruhen. Ja.«

Wie steht dieser Mann jetzt zu ihr?, fragt sie sich. Wie passt er in ihr Leben oder in das, was davon noch übrig ist? Welche Bedeutung hat er für sie? Anscheinend stellt er sich dieselbe Frage.

»Tut mir wirklich leid, Pat. Wirklich, Schatz. Ich wünschte, ich könnte irgendetwas tun.«

»Da gab es schon etwas, und das hast du getan. Ich musste eine Weile ... nicht drüber nachdenken. Verstehst du?« Sie streckt den Arm aus und berührt seine Hand. »Danke, Roman. Du musst jetzt gehen. Geh einfach. Okay?«

»Okay.«

Nachdem er weg ist, sitzt sie eine Ewigkeit nackt auf dem Bett. Dann steht sie wie durch einen inneren Alarm hochgeschreckt auf, geht zum Waschbecken im Badezimmer, seift sich Schritt und Achselhöhlen ein, wäscht und trocknet sich ab. Sie schlüpft in ihr Nachthemd und legt sich wieder ins Bett. Einige Augenblicke später fährt der Wagen in die Einfahrt, Türen schlagen, und in der darauffolgenden Stille geht das Leben weiter – mit oder ohne sie.

acht

Robbie sieht seinem Dad dabei zu, wie er die Brandsalbe und den Schutzkragen – eine Art Lampenschirm aus Plastik – auf den Beifahrersitz wirft. Unterdessen schiebt der Tierarzthelfer Caity in einer Transportbox aus der Klinik. Mit den Verbänden an allen vier Pfoten und um die Brust sieht sie einfach erbärmlich aus. Sie wirkt benommen und blinzelt verwirrt in die Morgensonne.

Wie sie wohl letzte Nacht geschlafen hat? Caity war nicht zum ersten Mal in der Klinik. Seit Welpentagen ist sie bei Dr. Marder in Behandlung, aber oben, wo sie die Tiere über Nacht behalten, war sie vorher noch nie. Ob sie wohl während der ganzen Nacht Bellen und Heulen und Winseln und Katzengeschrei und Angstgekreische und Schmerzenslaute gehört hat? Vielleicht ist sie deshalb so durcheinander. Oder es liegt an den Medikamenten.

Er selbst hat auch nicht besonders gut geschlafen. Wie wohl keiner von ihnen. Obwohl Mom und Dad ja ihre eigenen Medikamente haben.

Er hat die ganze Nacht über zum x-ten Mal *Rachel Rising* gelesen. Inzwischen kennt er jedes einzelne Panel so gut, er hätte eigentlich über dem Comic einschlafen müssen.

Hat aber nicht geklappt. Dafür sind Rachel und Jet und Lilith und die anderen einfach zu ausgefallene und originelle Figuren. Vielleicht hätte ihn etwas Langweiligeres einschlafen lassen, *Ich starre auf meine Schuhe und andere Geschichten* oder so.

Und dann war da noch der Brandgeruch, zwar schwach, aber er erinnerte ihn ständig daran, was er gehört und gesehen hat.

Eine endlose Zeitlupenwiederholung der schlimmsten Szene seines Lebens.

Sobald die Stimmen aus dem Schlafzimmer seiner Eltern verstummt waren, hatte er tatsächlich ein paar Stunden Schlaf finden können.

Der Tierpfleger, der aussieht, als würde er noch aufs College gehen, öffnet die Verschlüsse an den Seiten der Box und nimmt die obere Hälfte ab.

»Manchmal wollen sie nicht rauskommen«, sagt er lächelnd. »Da ist es einfacher, das Ding auseinanderzunehmen. Habt ihr eine eigene Box im Auto?«

»Nein«, sagt Robbie. »Ist es ... darf ich sie tragen?«

»Klar. Wenn sie dir nicht zu schwer ist.«

»Sie ist nicht zu schwer.«

Der Pfleger tritt beiseite. Robbie beugt sich vor und schiebt einen Arm unter Caitys Vorderbeine und den anderen unter ihr Hinterteil. Dann hebt er sie vorsichtig an, schätzt ihr Gewicht ab.

»Pass auf ihren Brustkorb auf. Leg sie auf eine Seite.«

Er holt tief Luft und hebt sie hoch. Sie ist nicht so schwer wie gedacht, er schafft es. Wenn auch, offen gestanden, nur mit Mühe. Aber er schafft es.

Sie sieht mit schläfrigen Augen zu ihm auf. Er drückt sie noch fester an sich. Das tut ihr weh, und sie zuckt. Er rückt den Arm unter ihrer Hüfte zurecht. Das ist besser.

»Ganz ruhig, Caity. Na los, wir fahren nach Hause.«

Dad hat bereits die Hecktür geöffnet und den Vordersitz nach vorne geschoben, damit Robbie genug Platz hat.

»Dad, ich will hinten bei ihr sitzen.«

»Gute Idee.«

Sein Vater stützt seinen Arm, als er rückwärts ins Auto steigt und sich vorsichtig auf die Rückbank setzt. Dann nimmt er die Beine in den Wagen und schiebt Caity auf seinem Schoß zurecht.

»Alles klar da hinten?«

»Alles prima, Dad.«

Dad schließt die Tür, bedankt sich bei dem Pfleger, steigt ebenfalls ein und lässt den Motor an.

Während sie aus der Einfahrt biegen, sieht er auf Caity hinab, die im selben Augenblick zu ihm aufsieht. Ihre Blicke treffen sich. Er kann keinen Vorwurf darin erkennen.

Sie freut sich, mich zu sehen, denkt er.

Wie um das zu bestätigen, schleckt sie ausgiebig über sein Gesicht.

Sie freut sich, dass ich hier bin.

Bart wartet, bis sich das Garagentor geöffnet hat, und fährt vorsichtig hinein. Dann stellt er den Motor ab und wirft einen Blick in den Rückspiegel. Da sieht er sie. Eine Frau steht in der Einfahrt. Er schätzt sie auf Mitte dreißig, eine attraktive große Blondine, womöglich sogar größer als er, in gemusterter Bluse und Jeans. Sie lächelt.

Er steigt aus, umrundet den Wagen und öffnet die Wagentür für Robbie. Was soll er tun, sie einfach ignorieren? Er hat sie noch nie zuvor gesehen. Sie macht einige zögerliche Schritte auf ihn zu. Jetzt muss er ihr wohl Beachtung schenken.

»Hi«, sagt sie. »Hallo.«

Robbie hat immer noch die Arme um den Hund gelegt. Er schiebt Caity vorsichtig von seinem Schoß auf die Rückbank und steigt aus. Da bemerkt er sie ebenfalls.

»Kommst du klar?«, fragt Bart.

»Ich schaff das schon, Dad.«

Robbie beugt sich in den Wagen und überlegt, wie er Caity am geschicktesten herausheben kann. Bart sieht sich um. Die Frau kommt noch ein paar Schritte näher, bis sie ungefähr drei Meter von der Garage entfernt ist.

»Mr. Cross? Entschuldigen Sie die Störung.«

»Ist gerade ungünstig«, sagt er. »Außerdem kaufen wir nichts.«

Sofort wird ihm bewusst, wie unhöflich das war. *Ja?*, denkt er. *Na und? Wer zum Teufel sind Sie überhaupt?*

Er ist gereizt.

»Nein, ein Missverständnis. Ich wohne dort oben in diesem türkisfarbenen Ungetüm. Nummer sieben.« Sie deutet auf das Haus.

»Ach?«

Offensichtlich versteht sie seine Antwort als Einladung und geht zum Heck des Wagens.

»Ich habe das mit dem Feuer gehört. Ich selbst war nicht zu Hause, aber mein Mann hat die Feuerwehrautos gesehen, und ich ...«

»Wie kann ich Ihnen helfen, Mrs. ...?«

Noch während er die Frage stellt, ahnt er, was sie von ihm will.

»Leda. Leda Botolf.«

»Sie sind diese Journalistin.«

Sie lächelt. »Moderatorin. Channel Three.«

»Dad? Machst du mir die Tür auf?«

Robbie trägt Caity in seinen Armen. Ihr Kopf hängt über seiner Schulter.

»Klar. Natürlich, mein Junge. Setz sie auf meinen Sessel im Wohnzimmer. Der ist am bequemsten.«

Eilig öffnet er die Haustür und hält sie auf, während Robbie seitwärts hindurchgeht, um nicht gegen den Rahmen zu stoßen.

»Mein Gott«, sagt die Frau, »das arme Ding. Ich wusste ja nicht, dass es so ...«

»Hier gibt es keine Nachrichten, Mrs. Botolf.«

Sie lächelt wieder. »Jack ... mein Chef ... würde Ihnen da wohl entschieden widersprechen. Deshalb bin ich wohl auch hier, Mr. Cross. Ich persönlich würde nämlich niemals eine Story daraus machen, ehrlich. Schließlich sind wir Nachbarn. Und keine Familie sollte in so einer Situation belästigt werden.«

»Vielen Dank«, sagt er und denkt: *Warum belästigen Sie mich dann?*

»Ich wollte Sie vorwarnen. Die anderen Fernsehsender und die Presse sehen das vielleicht ... anders, wenn man bedenkt, wie präsent Ihre Tochter in den Medien war. Sie sollten sich darauf vorbereiten, dass ... nun ...«

»Schon verstanden.«

»Jedenfalls wollte ich bloß vorbeischauen und Ihnen meine Hilfe anbieten. Wenn ich etwas für Sie tun kann, brauchen Sie es nur zu sagen. Jederzeit.«

Sie will sich umdrehen, dann hält sie inne.

»Das klingt jetzt vielleicht ... na ja ... komisch, aber ich habe mal ein Kätzchen bei einem Feuer verloren. Als kleines Mädchen. In unserem Keller. Und das habe ich nie so richtig ...«

Sie lächelt und schlägt eine Hand vors Gesicht, als wäre ihr dieses Geständnis peinlich.

Er sieht sie lange an und vertraut ihr beinahe. Beinahe.

»Sehr nett von Ihnen, Mrs. Botolf.«

»Gern geschehen«, sagt sie.

»Danke. Wir wissen das zu schätzen.«

Sie dreht sich wieder um.

»Ist Carrie Donnel nicht die Moderatorin von Channel Three?«

Channel Three ist ein Lokalsender, den er nur selten einschaltet.

»Stimmt, war sie. Ich habe ihren Posten letzten Winter übernommen. Sie haben die Plakate noch nicht ausgetauscht.«

Er lacht. »Ja, wenn die mal hängen, dann hängen sie. Drüben bei Rangeline gibt's eins, auf dem Delia drei Jahre alt ist ...«

Die Wirklichkeit bricht über ihn herein.

Was rede ich denn da? Delia, drei Jahre alt? Herrgott.

Sie scheint sein plötzliches Unbehagen zu spüren, nickt und neigt leicht den Kopf. »Alles Gute, Mr. Cross. Und entschuldigen Sie die Störung.«

»Kein Problem«, sagt er. »Kein Problem.«

Ihre Schwester ruft an. Pat weiß nicht, warum sie rangeht. Normalerweise meldet sich ihre große Schwester nur, um ihr auf die Nerven zu gehen. Doch als sie jetzt ihre Nummer im Display sieht, stellt sie den Pappbecher auf den Cafeteriatisch, bemerkt den blassen Lippenstiftrand darauf und beschließt aus unerfindlichen Gründen, den Anruf entgegenzunehmen.

Der Empfang im Krankenhaus ist überraschend gut. Evvies Stimme erklingt laut und deutlich.

Wie geht es ihr? Was geschieht jetzt? Wie kann ich helfen? Es tut mir so leid, Patty.

Die Besorgnis ist echt, aber ihre Schwester ist auch Expertin darin, sich Sorgen zu machen. Offenbar hat sie die Details des Unfalls von ihrer Mutter erfahren, daher bleibt ihr das zumindest erspart. Aber was soll sie stattdessen sagen? Sie trösten? Scheiße, was will sie überhaupt?

»Ich kann sofort ins Flugzeug steigen«, sagt sie.

»Wir kommen schon klar, wirklich. Wir brauchen keine Hilfe, Ev. Ehrlich.«

»Bist du sicher? Ich bin in einer Minute bei euch.«

Eher in zwölf Stunden, denkt sie. Ihre Schwester wohnt in einem kleinen Kaff im Norden von New Jersey, mitten auf dem Land. Nach ihrer Scheidung war ihr einziger Verehrer der örtliche Postbote. Ihr Ehemann zog ein paar Meilen weiter zu einer angeblichen Freundin von ihr.

Da oben leben samt und sonders Versager. Und ihre Schwester bildet keine Ausnahme.

Außerdem wohnt sie ganz allein dort. Der nächste Nachbar ist meilenweit entfernt. Es können Tage vergehen, ohne dass ihre Schwester eine Menschenseele zu Gesicht bekommt. Evvie behauptet, dass ihr das gefällt. Immerhin hat sie ja Fernsehen und ihre Bücher.

Bücher. Immer nur Bücher. Schon als Kind musste sie ihre Nase ständig in irgendwelche Romane stecken. Evvie ist viereinhalb Jahre älter, was bedeutete, dass sie auf Pat aufgepasst hat, wenn Mom und Dad ausgingen. Was bedeutete, dass Pat auf Zehenspitzen durchs Haus schleichen musste, um sie nicht beim Lesen zu stören, weil es ja *zu gefährlich* war, allein nach draußen zu gehen. Das durfte Pat erst, als sie sechs oder sieben war. Vorher musste sie still sein. Und sie hasste die Stille. Wie die Pest.

Evvie hat dem Briefträger einen Korb gegeben. Er schaut trotzdem ab und zu auf einen Kaffee vorbei. Sie freut sich, ihn zu sehen, und er sei der Einzige, der sie Evelyn nennt, erzählt sie.

»Wir kommen schon klar«, sagt Pat.

Kommen sie natürlich nicht. Sie sind Lichtjahre davon entfernt. Und einen Sekundenbruchteil lang ist sie kurz davor, ihr genau das zu erzählen, ihr zu sagen, ja, steig in das Flugzeug, bitte, du darfst auch die Babysitterin spielen, was du willst. Ihre Mutter hat immer gesagt, dass Evvie ein Herz aus Gold hat, und das stimmt tatsächlich. Ihre Kinder, ihre Freunde, ihre Katzen und Hunde – sie hat von allem jeweils zwei, wenn Pat sich recht erinnert –

lieben sie abgöttisch. Einen Augenblick lang kommt sich Pat fast – mein Gott – einsam vor.

Aber nur eine Stunde in der Obhut ihrer Schwester, eine Stunde ihrer aufrichtigen Zuwendung würde sie in den Wahnsinn treiben.

Das muss sie alleine durchstehen. Wie immer.

In den folgenden Tagen ist Pat ständig präsent, erst vor dem Isolationsraum, dann mit Gesichtsmaske und Kittel darin und schließlich hinter dem Beobachtungsfenster über dem OP.

Sie sieht Delias Augenlider unter den Verbänden flattern, hört ihr schmerzhaftes Stöhnen, schaut den Schwestern zu, die die Verbände auf ihrem Gesicht, ihrem Hals und dem Arm wechseln, der nicht gebrochen ist. Der Arm ist fürchterlich angeschwollen und schwarz. Flüssigkeit sickert aus den Poren. Delia will mit dem gebrochenen Arm nach ihrem Gesicht greifen, als ob der Arm gesund wäre, und Pat beobachtet die Schwester – noch eine andere Schwester –, wie sie den Arm festhält und wieder an seinen Platz legt.

Am Abend des zweiten Tages öffnet Delia die Augen und sieht sich im Raum um, bis ihr Blick den ihrer Mutter findet, die ganz in Weiß in einiger Entfernung von ihr steht, und Pat denkt, wie seltsam Delia das vorkommen muss, wenn sie denn überhaupt etwas bewusst wahrnimmt.

Die Schwestern wechseln die Bettpfannen. Studieren Fieberkurven. Stellen den Tropf neu ein und tauschen die durchsichtigen Plastikbeutel über ihrem Kopf aus.

Hinter ihrem Spiegelbild im Beobachtungsfenster des OP sieht Pat zu, wie sie totes Gewebe aus Delias Kopf, ihrem Hals und ihren Armen schneiden. Die Wundtoilette oder Débridement, beides merkwürdige Begriffe. Die Lasertechnologie vollbringt heutzutage wahre Wunder ...

Dabei ist sich Pat einer merkwürdigen Distanziertheit vom Geschehen bewusst, als wäre das hier die Tochter einer anderen Frau, einer anderen Mutter, und sie ist nur Beobachterin, die von diesem privilegierten Standpunkt aus die verschiedenen so alltäglichen und doch so komplexen Prozeduren verfolgt. Diese Distanz überrascht sie zunächst, dann nicht mehr. Das war zu erwarten. Es erfordert Mut. Wie immer ist Mut unerlässlich. Mut und feste Entschlossenheit.

Roman schickt eine SMS: *Die Produzenten wollen mit dir persönlich sprechen. Geht nicht, hab ich gesagt. Sie lassen dir ihr Beileid ausrichten, wollen aber weitermachen. »Jeder verlorene Tag kostet Geld.« Arschlöcher.*

Arschlöcher, in der Tat. Auch das war zu erwarten.

Früh am Morgen des dritten Tages tritt sie vor die Tür, um eine Zigarette zu rauchen. Sie steht neben dem Aschenbecher am Eingang, als ein Lieferwagen vor ihr hält. Noch ehe sie mit laufender Kamera und eingeschaltetem Mikro aus der Schiebetür springen, kann sie sie förmlich riechen.

Aasgeier.

Bart hat sie vor ihnen gewarnt.

Sie schleudert ihnen die brennende Zigarette entgegen. Funken sprühen vor den Füßen des verblüfften Kameramanns, und bevor er auch nur eine einzige kostbare Sekunde aufgezeichnet hat, ist sie schon durch die Drehtür und in die Sicherheit der kühlen Luft des Krankenhauses gestürmt.

»Wenigstens du hasst mich nicht, oder?«

Er schiebt die Glastür auf. Caity schleicht müde auf den Rasen, wobei sie ihm einen Blick über den Rand des Leckschutzes – so heißt das Ding auf Wiki, *blöder Name* – zuwirft und matt mit dem Schwanz wedelt. Obwohl er ihren Bauch, ihre Brust und die Beine jeden Morgen und jeden Abend nach dem Essen mit der Brandsalbe einreibt, ist deutlich zu erkennen, dass sie weiterhin Schmerzen hat.

Er widersteht dem Drang, sich noch einmal bei ihr zu entschuldigen. In letzter Zeit entschuldigt er sich sowieso ständig und bei jedem. Bei seiner Mom. Bei seinem Dad. Bei seiner von den Medikamenten betäubten, bewusstlosen Schwester. Bei den Cops.

Seine Mom zeigt ihm die kalte Schulter.

Er hat ihr schon zwei Mal gesagt, wie leid es ihm tut. Oder es zumindest versucht. Zum ersten Mal gleich nachdem es passiert ist. Zum zweiten Mal im Krankenhaus, als sie vor dem Beobachtungsfenster standen und auf die schlafende Delia hinunterblickten. *Ich weiß,* hat sie gesagt. Ihrem Tonfall nach hätte sie genauso gut *Aha* oder *Ja, klar* sagen können. Als würde es irgendwen interessieren, ob es ihm leidtut. Als hätte sie ihn gar nicht mal richtig gehört.

Sein Dad ist etwas entgegenkommender. Er wirkt einfach nur abgelenkt. Er hat ja wahrscheinlich auch jede

Menge um die Ohren. Als die beiden Detectives vorbeischauten – *Routineermittlung, haben sie gesagt* –, hat er ihnen Kaffee gebracht, obwohl sie gar keinen wollten. Und sie gefragt, wie viel PS der Streifenwagen hat. Er führte sie nach oben in Robbies Zimmer und zeigte ihnen die Konstruktion, die den Brand verursacht hat, wie ein Museumswärter und nicht wie ein Mann, dessen Familie Opfer dieses tragischen Unfalls wurde. Und als Robbie alles bestätigen musste, alles im Detail durchgehen sollte und in Tränen ausbrach, weil er sie einfach nicht zurückhalten konnte, war es ein Polizist, der ihm auf die Schulter klopfte und sagte: *Schon gut, Junge, schon gut.*

Ein Polizist, nicht sein Dad.

Der Hund schnüffelt im Gras.

Wenigstens muss er nicht ins Gefängnis. In dieser Hinsicht konnten ihn die Polizisten beruhigen. Wenigstens ein Trost, wenn auch nur ein schwacher.

Ich sollte diesen Plastiktrichter um den Hals tragen, denkt Robbie, ich, als Zeichen der Schande.

Noch regnet es nicht, wird es aber bald. Sie riecht es in der Luft, hört es in der Stille, spürt die immer kühler und dicker werdende Luft, die über ihren rasierten Bauch streicht.

Ein Jucken, ein ständiges Beißen zieht sich von ihren Hinterbeinen über ihren Bauch und ihre Brust bis zu allen vier Pfoten hinunter, als sie im Zickzack von der Schaukel zur Rutsche und wieder zurück läuft. Ihre Schnauze ist so empfindlich wie eh und je, saugt die Morgenluft ein.

Das kleine Plastikteil in ihrem Genick ist verschwunden und die Stelle bandagiert, aber dieses kreisrunde Hemm-

nis ist noch da. Seine biegsame Starrheit stört sie, umschließt ihren Kopf, sorgt dafür, dass sie sich nicht die Wunden lecken kann, wie es angebracht wäre, verstärkt alle Geräusche vor ihr und dämpft die hinter ihr. Das Ding scheint keinen anderen Zweck zu haben, als sie zu behindern und zu ärgern, und sie fragt sich, was sie verbrochen hat, um so eine Strafe zu verdienen.

Sie lässt sich zum Pinkeln nieder. Und lauscht zufrieden dem reibungslosen Funktionieren ihres Körpers.

Ein vertrauter Geruch dringt über den Zaun zu ihr.

Jetzt kann sie sie auch hören.

Sie beendet ihr Geschäft und trottet hinüber. Da sind die beiden grauen Jungfüchse. Sie beschnuppern den alten Baumstumpf auf der anderen Seite des Zauns. Sobald sie herankommt, stellen sich ihre winzigen spitzen Ohren auf und drehen sich in ihre Richtung. Inzwischen kann sie auch die Mutter riechen, ein intensiver Geruch, dem sie nachgeht, bis sie sie ebenfalls sieht – sie liegt keine drei Meter entfernt im Gebüsch und behält die Kleinen im Auge. Caity nähert sich ganz vorsichtig, um sie nicht zu verärgern.

Die Jungfüchse schnuppern durch ein Astloch im Zaun an ihr. Die kleinen Schnauzen wetteifern darum, sich durch die winzige Öffnung zu zwängen.

Das bringt uns zum Lächeln. Wir wollen mit ihnen spielen, doch der Zaun, der Schutzkragen und die Anwesenheit der Mutter machen uns einen Strich durch die Rechnung. Nicht zu vergessen die Schwäche eines Körpers, der noch vor ein paar Tagen mühelos die Rutsche erklettern, über den Zaun springen und sich zu ihnen gesellen konnte.

Trotzdem – ein schöner Anblick.

Unsere Finger greifen das Krankenhauslaken und lassen wieder los.

Wir beobachten, wie die Jungen erst die Schnauzen und dann die kleinen Pfoten durch das Astloch stecken, uns berühren wollen. Wir hören ihr fröhliches, zwitscherndes Schnurren.

Die Luft wird immer drückender. Bald wird es regnen.

neun

Am dritten und letzten Tag der lebenserhaltenden Operationen verpflanzen die Ärzte große Hautstreifen auf ihren linken Arm – die Transplantationen an Gesicht, Hals und Kopf waren bereits erfolgreich. Gleichzeitig nimmt Robbie Caity den Schutzkragen ab.

Auch an diesem Morgen hat er die Salbe auf ihren Brandwunden verteilt und dabei ihre Engelsgeduld bewundert. Auf dem Nachhauseweg von der Schule stellte er sich vor, wie sie lustlos durchs Haus streicht, im Schlaf mit den Beinen zuckt oder sich grunzend aufrichtet wie ein doppelt so alter Hund. Da beschloss er, sie von dem verdammten Kragen zu befreien. Dafür werden ihm Mom und Dad wahrscheinlich ordentlich die Leviten lesen.

Ihm egal.

Sie haben es ihm ja nicht direkt verboten.

Caity steht bereits an der Tür. Ihr trauriger Blick bestärkt ihn in seinem Entschluss, also führt er sie in die Küche, legt seine Schulbücher auf den Tisch, beugt sich vor zu ihrem Hals, öffnet die Verschlüsse und befreit sie.

Für einen Augenblick steht sie nur blinzelnd da, dann wedelt sie mit dem Schwanz und läuft im Kreis und dreht dabei den Kopf, als würde sie nach dem Ding suchen, das dank ihm nicht mehr da ist. Er lächelt.

Es ist das erste echte Lächeln seit langer Zeit.

Er lässt sie raus, damit sie ihr Geschäft verrichten kann, und sammelt die Bücher wieder ein. Als er die Treppe hinaufgeht, riecht er frische Farbe und hört dröhnende Männerstimmen – die der Maler namens Jeff und Barry, die er insgeheim Ben und Jerry nennt, sowie die seines Vaters. Seine Mutter ist noch im Krankenhaus. Sein Vater gibt ihnen gerade ihren Lohn. Die Männer sind bereit zum Aufbruch, haben schon die Abdeckplanen zusammengefaltet und die Farbeimer ineinandergestellt.

Sie grüßen ihn. Er grüßt zurück. Sein Vater lächelt nicht.

Robbie verschwindet in sein Zimmer und schließt die Tür hinter sich. Wirft die Bücher aufs Bett. Vor seinem geistigen Auge zieht noch einmal der Nachmittag in der Schulcafeteria vorbei. Das Starren seiner Klassenkameraden. Ihr Flüstern.

Das geht jetzt seit Tagen so.

Über ihn und seine Schwester wird *geredet*.

Es war in den Abendnachrichten, anscheinend die ganze Geschichte. Zwar nur im Lokalfernsehen, doch das ist ja auch schon schlimm genug. Weder er noch seine Eltern haben es sich angesehen, aber Roman. Er hat die Sendung aufgenommen und wird sie ihnen auf DVD brennen. Es stand sogar in mehreren Zeitungen.

Zu allem Übel hat es Margot Dorsey auf ihre Facebookseite gestellt. Er hat noch nicht nachgeschaut. Wird er auch nicht. Margot war schon immer eine Nervensäge. In der siebten Klasse stand sie auf ihn. Am liebsten würde er ihr ihre blöde Zahnspange in den Hals stopfen.

Jeder kriegt früher oder später ein Etikett ab, so viel ist sicher. Und sein eigenes Etikett steht fest.

Der Junge, der seine Schwester verbrannt hat.

Er isst allein zu Abend.

Der Hund beobachtet, wie sie in die Schuhe schlüpft. Der Hund trägt diesen Lampenschirm nicht mehr. Seit wann das denn? Der Hund sieht ihr zu, während sie sich umzieht, was ihr unangenehm ist, auch wenn sie nicht weiß, warum. Schuhe, ein Kleid. Sie muss raus, warum auch nicht. Sie hält es hier nicht länger aus. Sie kann nicht mehr still sitzen.

Die Fahrt zu Roman dauert nur wenige Minuten. Er empfängt sie an der Tür und bittet sie herein und küsst sie zärtlicher, als ihr lieb ist. Sie will einfach bloß den Alltag hinter sich lassen, die nächste Stunde lang, von Leidenschaft erfüllt, unter ihm liegen, während Bart die Bankgeschäfte erledigt und einkaufen geht und Robbie angeblich Hausaufgaben macht und ihre Tochter in ihrem Krankenbett aus- und einatmet und keine Ahnung hat, dass ihr Leben in Trümmern liegt und was ihr in den nächsten Monaten bevorsteht. Daher reißt sie ihm bereits im Flur die Kleider vom Leib und führt ihn nackt an seinem Schwanz ins Schlafzimmer und drückt ihn aufs Bett und, ja, das ist viel besser. Endlich.

Sie kann sich verlieren. Verschwinden.

Caity liegt auf Barts Sessel, wozu sie erst seit Kurzem die Erlaubnis hat. Das will sie ausnutzen. Das Leder ist angenehm kühl unter ihrem Bauch. Robbie sitzt auf dem Sofa. Seine Finger fliegen über sein Tablet. Pat kommt durch die

Haustür, seufzt und zieht die Schuhe aus. Ohne ein weiteres Wort geht sie in die Küche. Caity hört, wie ein Schrank geöffnet wird, ein Glas und eine Flasche auf den Tisch gestellt werden, wie sich die Kühlschranktür öffnet, wie erst Eis und dann Flüssigkeit im Glas landen. Pat seufzt wieder.

Caity verlässt den Sessel, durchquert das Wohnzimmer, tapst die Treppe hinauf, den Flur entlang und in Delias Zimmer.

Dort riecht es fürchterlich und überhaupt nicht nach Delias Zimmer, obwohl das Fenster offen steht und frische Luft hereinströmt, was sie bereits im Flur an ihrem Bauch gespürt hat. Nur mit Mühe schafft sie es auf das Fensterbrett und von dort aus aufs Dach, doch es ist die Anstrengung wert. Denn hier liegen die alte zerschlissene Decke und ihr Spielzeug.

Sie rückt die Decke mit der Schnauze und den Vorderpfoten zurecht, bis sie es bequem hat.

Sie blickt zum Himmel auf.

Und wir sehen die Sterne.

Bart sitzt am Schreibtisch. Pat tigert davor auf und ab.

»Der Kurs wird wieder steigen«, sagt er. »Das dauert eben. Das braucht Zeit.«

»Bitte? Bart, die Aktie ist in weniger als sechs Monaten von vierzig auf fünf Dollar gefallen. Wie viele hast du gekauft?«

Er meidet ihren Blick. »Zwanzigtausend.«

»Was?«

»Nach zwei Monaten stand sie bei zweihundert, Pat. Das waren beschissene eins Komma zwei Millionen Dollar!«

»Und jetzt bist du runter auf ...«

»Siebenhundert.«

»*Tausend*. Siebenhunderttausend. Um Himmels willen, Bart!«

»Hey, die Schecks von Chomp Chips müssten bald eintrudeln. Die werden die monatlichen Ausgaben decken, wenn der Werbespot weiter ausgestrahlt wird, und das wird er auch. Damit sollten die Grund- und Einkommensteuer für nächsten Monat abgedeckt sein. Aber diese verdammten Krankenhausrechnungen, Pat ...«

»Wie? Die bezahlt doch zum Großteil die Krankenversicherung, oder?«

Er schüttelt den Kopf. »Nein, die bezahlen wir.«

»Was zum Teufel redest du denn da? Wir sind doch versichert.«

»Nein. Sind wir nicht. Ich hab's vermasselt. Ich wollte Delia bei der Schauspielergewerkschaft anmelden, sobald die Dreharbeiten angefangen hätten. Das hat ja keiner ahnen können.«

Sie traut ihren Ohren nicht. Und er schimpft sich *Manager*? Vater? Ehemann?

»Du verdammter ... du beschissene *Küchenhilfe*!«

Etwas Besseres fällt ihr nicht ein.

»Wie hast du mich genannt?«

Ach, wirst du jetzt wütend, oder was?

Angeber. Amateur. Idiot.

Sie hält seinen Blick nicht länger aus, dreht sich um und stürmt aus dem Raum. Sie knallt die verdammte Tür, so fest sie verdammt noch mal kann, hinter sich zu.

Beschissene Küchenhilfe.

Wir träumen.

Wir gehen zum Fenster zurück und wieder ins Haus. Wir sind neugierig. Wir hören Geschrei und das Knallen einer Tür.

Wir gehen zur Treppe und dann die Treppe hinunter, und da sind alle Menschen, die wir kennen, die wichtigen zumindest, und wir spüren Wut und Verwirrung. Barts und Patricias Wut. Robbies Verwirrung. Sie eilen durch das Wohnzimmer in die Küche, Robbie folgt ihnen in angemessener Entfernung. Ihre Wut hat den Geschmack von kaltem Metall, Robbies Verwirrung den von süßem dickem Schaum.

»Wie war das? Wie hast du mich genannt?«, ruft Bart.

»Das hast du genau gehört!«

»Verflucht, pass bloß auf, was du sagst.«

Bart zerrt eine Ginflasche aus dem Schrank, schraubt sie auf und schenkt sich ein. Wir kennen den Geruch und können das Etikett lesen. Tanqueray.

Patricia nimmt eine der Pfannen, die in verschiedenen Größen an Haken unter den Regalen hängen, und fuchtelt damit herum.

»Ich hab dich Küchenhilfe *genannt. Das warst du nämlich, als wir uns kennengelernt haben. Und das bist du heute noch, und das ist alles, was du jemals sein wirst!«*

Sie geht auf ihn zu. Er weicht zurück.

Unsere Finger umklammern die Matratzenkante, das Laken. Wir haben Angst.

Robbie fällt in den Sessel, als hätte man ihn hineingeschubst.

»Was hab ich mir nur dabei gedacht? Hätte ich doch bloß einen richtigen Manager eingestellt. Scheiße, ich hätte mich

selbst um alles kümmern und dich mit deinen bescheuerten Autos und deinem anderen Schrott spielen lassen sollen. Stattdessen macht eine Küchenhilfe Männerarbeit.«

»Hey! Du schaltest jetzt sofort einen Gang runter, Pat.«

»Dad, wieso sagt sie Küchenhilfe zu dir?«, will Robbie wissen. Wir hören ihn kaum, aber wir riechen, dass sich seine Blase zusammenzieht.

»Weil er eine war. Immer noch ist«, sagt Pat. »Weißt du, als deine Mom mit der Uni fertig war, hat sie gekellnert. Und da trifft sie den großen, starken Daddy Bart hier, Chefkoch und Geschäftsführer. Und sie ist ja sooooo beeindruckt von ihm!«

»Leck mich, Pat.« Bart nimmt einen Schluck.

»Bevor der Sommer vorbei war, ging alles den Bach runter.«

Sie lässt die Pfanne in das leere Spülbecken fallen. Das laute Klappern hallt durch den Raum und lässt uns zusammenzucken. Sie geht zum Schrank. Schenkt sich ebenfalls etwas ein. Eine bernsteinfarbene Flüssigkeit.

Wir lesen das Etikett. Glenfiddich.

Während sie gegen den Tresen gelehnt trinkt, herrscht Stille. Bart steht ihr reglos gegenüber. Wie Spielsteine auf einem Damebrett, die auf den nächsten Zug warten.

»Die Ärzte meinen, dass die schwersten Eingriffe vorbei sind«, sagt er. »Jetzt folgen nur noch kosmetische Operationen. Und die kosten auch nicht so ... wir werden damit fertigwerden. Wir kriegen das hin.«

Sie schüttelt den Kopf. »Werden wir nicht, Bart. Wir sind ruiniert. Das hat uns ruiniert, verstehst du das nicht? Geht das nicht in deinen Schädel?«

Sie stellt das Glas vorsichtig auf der Arbeitsfläche ab. Das Glas ist leer. Das haben wir gar nicht bemerkt, wir wurden abgelenkt. Vielleicht von Robbies linkem Fuß, der auf dem Boden trommelt. Oder von dem Piepen aus dem Flur. Den vorbeieilenden Krankenschwestern.

»Von jetzt an hast du nichts mehr zu melden«, sagt sie. »Ich übernehme das. Die Unterlagen, das Scheckheft, alles. Roman und ich werden uns überlegen, wie wir aus diesem Schlamassel rauskommen.«

Sie stößt sich vom Tresen ab.

»Und als Erstes verkaufe ich dein Scheißauto.«

Sie verlässt den Raum. Wir hören ihre Schritte auf der Treppe. Bart und Robbie sehen sich einen Augenblick lang an.

Wir wenden uns ab und rollen uns auf dem Sessel zusammen, versinken so tief wie möglich darin. Wir ziehen die Bettdecke höher. Wir wischen eine Träne weg, die wir vorhin gar nicht bemerkt haben.

Auf diesen Anblick ist Bart ganz und gar nicht vorbereitet. Wie auch? Wie könnte man sich darauf vorbereiten?

Sie sitzen alle in einem Halbkreis um Delias Bett herum. Dr. Ludlow spricht mit leiser, fester Stimme. Robbie hat dafür sogar einen Tag schulfrei bekommen.

Theoretisch sind sie also vorbereitet. Nicole, die Fachkrankenschwester, hat gestern mit Pat gesprochen, ihr die Rezepte für die Krankenhausapotheke und alle Salben, Tuben und Tiegel gegeben, die sie brauchen. Dann war Pat beim Physiotherapeuten, um sich in die nötigen

Handgriffe einweisen zu lassen – wie sie den Körper ihrer Tochter zu behandeln hat, was gut für sie ist und was sie besser bleiben lassen sollte. Gemeinsam waren sie beim Ernährungsberater und haben eine Liste der Nahrungsmittel erstellt, die sie essen oder nicht essen darf.

Sie sind vorbereitet.

Und trotzdem nervös. Sie alle. Das ist ganz offensichtlich, dafür kennt er seine Frau und seinen Sohn gut genug. Pat hat die Arme dicht vor der Brust verschränkt. Ihre *Ich lasse nichts nach draußen*-Position. Robbie sitzt vorgebeugt da, hat die Ellbogen auf die Knie gestützt und die Hände so fest gefaltet, dass die Fingerknöchel weiß hervortreten. Bart dehnt seine verspannten Kopf- und Schultermuskeln, es knackt.

Nur Delia wirkt gelassen. Sie sitzt gegen das Kissen gelehnt da und hört einfach nur zu.

»Wie Sie wissen, war es ein ziemlich langer Prozess«, sagt Ludlow. »Und sie hat noch einen weiten Weg vor sich, zumindest was die kosmetische Chirurgie angeht. Aber das Wichtigste ist geschafft. Mit der richtigen Pflege wird Delia wieder stark, gesund und munter werden.«

Der Arzt wendet sich ihr zu. »Du darfst nach Hause, Delia. *Endlich* darfst du hier raus, was? Du darfst wieder in deinem eigenen Zimmer und in deinem eigenen Bett schlafen. Freust du dich?«

»Nicht besonders«, sagt sie.

Er lacht. »Warum nicht?«

»Weil dort Gespenster sind. In meinem Zimmer. Die haben mir das angetan. Die Geister.«

Robbie stöhnt.

Ludlow sieht erst Pat und dann Robbie an, der spürt, wie er rot wird. Nein, sie haben es ihr noch nicht erzählt. *Dass ihr Bruder an allem schuld ist.*

»Geister, ja?«, sagt der Arzt.

»Nein«, sagt Pat mit sehr leiser Stimme. »Das waren keine Geister, Delia. Es gibt keine Geister. Das war ...«

Bart streckt die Hand aus und drückt sanft den Arm seiner Frau. *Nicht,* besagt der sanfte Druck. *Nicht jetzt.*

»Wer war es denn dann, Mom?«

Pat versteht. *Nicht jetzt.*

»Dr. Ludlow?«, fragt sie.

Dr. Ludlow versteht ebenfalls. *Themenwechsel.*

»Ja. Gut.« Er zieht sich den Mundschutz übers Gesicht. »Dann wollen wir mal, ja? Leg dich hin, und schließ die Augen. Bitte vergessen Sie nicht, dass sich die Schwellungen erst im Laufe der Zeit zurückbilden werden, aber ...«

In diesem Moment blendet ihn Bart aus, weil Delia die Augen schließt und Dr. Ludlow die Verbände von ihrem Gesicht schneidet und sie entblößt, seine wunderschöne kleine Tochter, nun ein Flickenteppich aus fleischfarbenen Hautflecken, der sich von ihrem haarlosen Kopf über die Wangen, über die verstümmelten Ohren bis zum Hals hinzieht, von ihrer Stirn bis zu den Augen, ihren kostbaren Augen, die sie geschützt hat, indem sie die Hände vors Gesicht gedrückt hat. Dort und über den Wangenknochen ist die Haut unversehrt, aber kränklich blass. Weitere wunde Hautlappen auf Nasenspitze und Kinn, denn ihre Hände waren zu klein, um alles zu bedecken, alles vor den sengenden Flammen zu bewahren.

Großer Gott.

Er betrachtet die deutlich zu erkennenden Handabdrücke auf ihrem Gesicht. Geisterhafte dünne Finger, die von ihren Augen bis zu der Stelle reichen, wo einmal der Haaransatz war, und die sich deutlich vor einem flammend roten Hintergrund abzeichnen.

Dieselben Hände, die sie gerettet haben, entstellen sie jetzt.

Ihm wird bewusst, dass er den Atem angehalten hat.

Zum Glück hat sie die Augen geschlossen. Zum Glück kann sie ihn nicht sehen.

Daran wird er arbeiten müssen. Von jetzt an darf er sich nichts anmerken lassen. Das kriegt er hin. Er muss.

Denn jetzt darf sie wieder nach Hause.

zehn

Delia ist noch ein wenig benebelt von den Medikamenten, daher hält sie sich an Moms Arm fest, während Robbie den Rollstuhl zurückbringt und Dad das Auto holt. Dann kommt Robbie auf ihre andere Seite, und sie nimmt auch seinen Arm. Erst jetzt fällt ihr auf, dass sie mehr oder weniger umzingelt sind.

Die Nachricht hat sich rasend schnell verbreitet.

Reporter und Kamerateams schwärmen um sie herum wie die Bienen. *Summ, summ.*

Sie zieht die Kapuze des roten Hoodies noch tiefer ins Gesicht.

»Mrs. Cross? Glückwunsch, Ihre Tochter darf nach Hause ...«

»Wo ist der Hund? Wo ist Caity?«

»Ja, genau, wir haben doch mit einem großen Wiedersehen gerechnet!«

»Wie geht es dir, Delia? Und du bist bestimmt Robbie ...«

Sobald Dad aus dem Wagen steigt, wird es zum Film. Er geht auf sie zu, als wäre sie eine Berühmtheit, führt sie zum Bordstein, streckt die Arme wie ein Bodyguard aus, um die Menge zurückzudrängen, während Rob und Mom sie zu beiden Seiten flankieren. *Woher kennen die Caitys Namen?*, fragt sie sich.

Mom und Dad bitten die Reporter zurückzutreten, sie in Ruhe zu lassen. So freundlich zu sein und ihre Privatsphäre zu respektieren.

»Können wir ein Bild von der gesamten Familie machen?«

»Wirst du wieder arbeiten können?«

Die Reporter hören nicht auf ihre Eltern, sondern drängeln und schubsen, es sind vielleicht ein Dutzend. Sie lässt sich einfach zum Auto führen.

»Ich habe Sie höflich gebeten«, sagt Mom, und Delia erkennt ihre Stimme kaum wieder, so zornig klingt sie. Sie hält Delia so fest gepackt, dass es beinahe schmerzt. »Aber wenn das nicht reicht, wie wäre es hiermit: Gehen Sie uns aus dem beschissenen Weg, bevor ich Ihnen Ihre beschissenen Kameras ins Maul stopfe!«

»Aber das ist doch eine sensationelle Story, Mrs. Cross. Bitte …«

Dad öffnet die Beifahrer- und die Hecktür. Robbie steigt hinten ein und hält ihr die Arme hin, während Mom sie ins Auto bugsiert und die Tür zuknallt und dann vorne einsteigt und auch diese Tür zuknallt. Während Dad das Auto umrundet, stellt sich ihm ein Reporter direkt in den Weg, und einen Augenblick lang befürchtet Delia, dass Dad ihm eine reinhauen wird, so wütend ist er. Stattdessen bleibt er stehen und hört dem Reporter zu. Sie wollte gerade das Fenster hochfahren, hält aber ebenfalls inne und lauscht.

»Diese Typen sind Tiere. Schmarotzer«, sagt der Mann. »Mein Sender wird Sie für die Story *bezahlen*, Mr. Cross.« Er reicht Dad eine Visitenkarte und lächelt. »Die Krankenhausrechnungen wollen ja beglichen werden, nicht wahr?«

Dad grunzt etwas, steckt die Karte ein, setzt sich hinters Steuer und fährt los.

»Verfluchte Aasgeier! Was sind das denn für Menschen, die …«

»Dad«, sagt sie. »Nicht so schlimm, Dad. Sie wollen doch nur wissen, wie das mit mir und Caity war.«

Sie beugt sich vor und legt eine Hand auf seine Schulter, die allmählich zu zittern aufhört.

Die Fahrt verläuft schweigend.

Sie spürt sie lange, bevor sie sie hört, riecht oder sieht. Sie kommen nach Hause.

Alle zusammen.

Sie klettert auf den Stuhl neben dem Fenster und blickt hinaus, aber es wird noch ein bisschen dauern, und der Stuhl ist zu klein für sie, daher hüpft sie wieder auf den Boden. Sie wedelt mit dem Schwanz, mit dem ganzen Hinterteil – Wackelhintern, Wackelhintern, *wie sie sich erinnert – und stößt ein gleichzeitig freudiges und angsterfülltes Winseln aus und rennt im Kreis.*

Sobald das Auto die Einfahrt erreicht, springt sie wieder auf den Stuhl, und da sind sie, direkt vor dem Fenster, sie gehen auf das Haus zu, und sie zittert vor Aufregung am ganzen Körper. Sie kann sie riechen, jeden Einzelnen, über den Autogestank und den frisch gemähten Rasen hinweg, kann das Geräusch jedes Schrittes zuordnen. Delia geht zögerlicher als sonst. Pat schreitet energisch voran. Bart trottet hinterher.

Das Schloss schnappt zurück, die Tür geht auf, und sie schlängelt sich zwischen Barts und Robbies Beinen auf Delia zu. Pat beachtet sie gar nicht. Und dann steht sie auf den Hinterbeinen und legt die Pfoten auf Delias Beine. Robbie beugt sich vor, krault ihren Nacken und zieht sie sanft beiseite.

»Aus, Caits«, sagt er. »Immer mit der Ruhe. Delia hat noch Schmerzen ... genau wie du ...«

Delia lacht. »Da ist sie ja«, sagt sie und streckt die Hände nach ihr aus. »Ich hab dich so vermisst, Caiters. Oh, wie ich dich vermisst hab!«

Pat führt sie zum Sofa, setzt sie hin, und Caity springt ebenfalls darauf, legt ihre Vorderpfoten und ihren Kopf auf Delias Schoß, und Delia zieht sie in eine feste Umarmung und gibt ihr einen Kuss. Viele Küsse. Ein freudiges Quietschen entfährt ihrem Mund. Sie leckt sich die sabbernden Lippen. Die Kapuze fällt auf Delias Schultern, und Caity blickt auf und in ihr Gesicht. Sie schnuppert daran.

Merkwürdig.

Es ist Delias Gesicht, dann aber auch wieder nicht.

Nein, es ist Delias Gesicht. Ihres. Delias.

Die grinst und kichert, als sie unermüdlich mit ihrer warmen feuchten Zunge darüberfährt.

Hier sind wir also, zurück.

Robbie fragt sich, wie sich das wohl anfühlen muss, nach so langer Zeit wieder ganz normal am Esstisch zu sitzen. Als wäre nichts geschehen. Keine Ahnung. Er hat seine Schwester nie so richtig verstanden, diese Schauspielerei, sich einem Publikum hinzugeben und auch noch Freude dabei zu empfinden. Robbie muss sich bereits schwer zusammenreißen, um nicht schreiend aus dem Raum zu rennen, wenn er vor der Klasse etwas laut vorlesen soll.

Und jetzt ist sie wieder hier und spießt ein Stück gebratene Zucchini auf die Gabel. Caitys Kopf liegt auf ihrem Schoß. Keiner sagt ein Wort, was an sich ja schon merkwürdig ist. Ganz zu schweigen von der Tatsache, dass es außer Caity niemand fertigbringt, ihr ins entstellte Gesicht zu sehen. Mom und Dad versuchen es nicht mal, nicht mal aus Höflichkeit. Dad stochert in seinem Kartoffelbrei und liest Zeitung. Mom trinkt ihre Bloody Mary. Das Steak hat sie gar nicht angerührt.

Das ist nicht richtig. Sie ist doch kein Ungeheuer. Sie müssen sie ansehen.

Robbie, der die Vorlieben seiner Schwester kennt, spießt ein Stück Fleisch, das ihr schmecken könnte, auf die Gabel.

»Hey, Schwesterherz«, sagt er. »Hier hab ich was Knuspriges für dich.«

Sie sieht ihn ernst an, und mit einem Schlag wird ihm sein Fehler bewusst. Knusprig? Knusprig *gebraten*? Ach du Scheiße.

Er will etwas sagen, will es zurücknehmen. *Wie konnte ich so dämlich sein?* Sie sieht ihn nur an, als könnte sie ihren Ohren nicht trauen, und dann heben sich ihre Mundwinkel, sie grinst, und schon lachen beide los, während Mom und Dad sich wundern, warum plötzlich zwei Bekloppte am Tisch sitzen.

Das tut gut. Wenigstens einen Augenblick lang löst sich die Anspannung. Nach dem Essen sehen sie sich zum dritten Mal *Birdman* an – Dad hat den Film bei Netflix gekauft, eine gute Wahl, weil alle ihn mögen –, und als Delia fragt, was mit dem neuen Fernseher passiert ist, weil sie vor dem alten sitzen, sagt Dad wie aus der Pistole geschossen *So was brauchen wir nicht*, und damit hat es sich.

Dann will Mom sie ins Bett bringen.

»Darf ich hier unten schlafen?«, fragt Delia, als hätte sie immer noch vor irgendetwas in ihrem Zimmer Angst.

»Das ist keine gute Idee, Schatz«, sagt Mom. »Du brauchst deinen Schlaf. Außerdem haben wir dein Zimmer doch extra herrichten lassen.«

»Es ist praktisch wie neu«, sagt Dad. »Sogar schöner.«

Delia rutscht unbehaglich auf dem Sofa herum. Das Telefon klingelt. Mom steht auf.

»Robbie, du kümmerst dich um Caity, ja?«, sagt Dad.

»Klar, Dad.«

»Caity?«, fragt Delia.

»Sie braucht Brandsalbe«, sagt Robbie. »Für ihre Wunden.«

»Das kann ich doch machen.«

»Aber du weißt noch nicht, wie das geht. Ich mache es heute Abend und zeig's dir morgen früh, okay?«

»Okay.«

»Das geht Sie einen Dreck an!«, blafft Mom in den Hörer. Alle starren sie erschrocken an.

»Kinder? Ab nach oben«, sagt Dad. Das ist keine Bitte.

Sie gehen zur Treppe.

Spreche ich mit Mrs. Cross?, hat der Mann gesagt, und sie hat bejaht. *Wie geht's Delia?,* hat er gefragt. *Wie kommt sie zu Hause zurecht?* Und das brachte das Fass zum Überlaufen.

»Das geht Sie einen Dreck an! Wer spricht da überhaupt?«

»Verzeihung, Ma'am. Hier spricht Brian Bishop von FFMN InfoCorp ...«

»FFMN? Jetzt passen Sie mal auf ...«

»Mrs. Cross, ich habe heute mit Ihrem Mann gesprochen. Bitte hören Sie mir einen Augenblick zu. Delia und ihr Hund ... die *heldenhafte* Hündin ... wir würden wirklich gerne ...«

Sie knallt den Hörer auf die Gabel. Bart steht neben ihr und legt eine Hand auf ihre Schulter. Sie schüttelt sie ab. Sie schäumt vor Wut.

»Hey, geh die nächste Zeit einfach nicht ans Telefon, okay?«, sagt er. »Lass mich das machen.«

»Haben die eine Vorstellung davon, was wir hier durchmachen? *Interessiert* die das überhaupt? FFMN. Diese beschissenen Arschlöcher ...«

»Schatz ...«

»Geh ruhig ran, wenn sie noch mal anrufen. Frag sie, ob sie wissen, wie es sich anfühlt, wenn alles ... wenn etwas ... wenn jemand, den man liebt ...«

Er legt die Arme um sie. Diesmal lässt sie ihn gewähren. Er führt sie zum Sofa.

»Sie wird das schon durchstehen, Schatz ...«

Ihre Wut flackert wieder auf. »Und was ist mit uns, Bart? Mit dir? Mit mir? Mit Robbie?«

Er löst sich von ihr und sieht sie lange nachdenklich an. Dann zieht er die Visitenkarte aus der Brusttasche und schnippt mit dem Zeigefinger dagegen.

»Was?«

Er sagt nichts, schnippt nur gegen die Karte. Das bringt sie noch weiter auf die Palme. Lass es, denkt sie. Lass es um Gottes willen.

Schnipp, schnipp ...

Wir hören es von der Treppe aus. Wir hören es vom Badezimmer aus, wo wir in den Spiegel starren. Schnipp, schnipp. *Wir sitzen reglos und schweigend am Ende der Treppe. Wir starren unser Spiegelbild an. Wir spitzen die Ohren. Wir belauschen sie.*

»FFMN«, sagt er.

»Ja? Und?«

»Das ist ein großer Sender. Ich meine ja nur ...«

»Was genau meinst du? Und schnipp nicht mehr gegen diese blöde Karte.«

»Entschuldige. Aber denk doch mal drüber nach. Sie bezahlen uns.«

»Wovon zum Teufel sprichst du?«

Wir putzen uns die Zähne. Vorsichtig, weil unsere Lippen noch empfindlich sind. Wir hören weiter zu.

»Für diese Story, Pat. Für Delia und Caity und was ihnen zugestoßen ist. Sie geben uns Geld dafür. Wahrscheinlich eine ganze Menge. Diane Fleet, Hotline. *Stell dir das vor.«*

Wir hören eine Pause, spüren, wie er immer selbstsicherer und sie immer nachgiebiger wird. Ein leises Rascheln: Sie schüttelt den Kopf. Dann seufzt sie.

»Erst mal müssen wir uns um Delia kümmern«, sagt sie. »Sei so gut, und besorg ihr einen neuen Privatlehrer, ja? Aber nur einen, kein halbes Dutzend. Einen, den wir uns leisten können.«

Sie steht vom Sofa auf. Wir steigen ins Bett. Wir warten.

Mom reibt das dicke, zähe Zeug auf Delias Stirn.

»Tut das weh?«, fragt sie.

»Nein.« Im Gegenteil. Es kühlt.

Mom taucht die Finger in den Cremetiegel und reibt ihren Nacken ein. Das ist ebenfalls angenehm.

»Tapferes Mädchen«, sagt sie. »Du erinnerst mich an *meine* Mom, bevor ...«

»Vor dem Unfall, oder? Bevor sie angefangen ... angefangen hat zu trinken?«

Das ist gefährliches Terrain, wie Delia sehr wohl weiß. Sie reden nur selten über ihre Großmutter.

»Ja. Weißt du, ich war etwa in deinem Alter, als mein Dad ...«

»Ja.«

»Das und die Osteoporose ...«

»Schwache Knochen.«

»Ja, schwache Knochen.«

»Sind meine Knochen auch schwach?«

»Nein. Deine Knochen sind stark.«

»Warum erinnere ich dich dann an Oma?«

»Weil ihr Blick vor dem Unfall immer ruhig und sicher war, egal, wie groß ihre Schmerzen waren. Sie hat einen immer so angesehen, immer ... mit festem Blick. Und dein Blick ist genauso fest.«

»Findest du?«

»Ja. Allerdings.«

»Mom, weißt du, was komisch ist? Ich kann jetzt besser sehen als vorher.«

»Wirklich? Wie meinst du das?«

Wie soll sie ihr das erklären? Sie weiß ja selbst nicht, wie es funktioniert. Nur dass es so ist.

»Es ist alles *anders*, ich weiß auch nicht recht. *Jeder* ist anders.«

Wir sind anders.

Sie hält inne und starrt in das Gesicht ihrer Tochter, dieses entstellte, unter der dünnen Cremeschicht strahlend lächelnde Gesicht. Delia starrt zurück, was ihr irgendwie unangenehm ist. Warum hat sie das überhaupt zur Sprache gebracht? Das gefällt ihr nicht, das könnte unangenehm werden. So lächerlich es klingt, aber sie spürt, dass ihre Tochter jetzt, in diesem Augenblick, in sie hineinsieht, tief in ihre Seele. Vielleicht in die Zeit zurück, als sie noch Tochter und nicht Mutter war. Nicht unbedingt ihr Lieblingslebensabschnitt. Wollte sie darauf hinaus?

Wen oder was sieht sie?

Sie spürt die seidige Creme an ihren Fingerspitzen und fährt fort, die empfindliche Haut ihrer Tochter vorsichtig damit einzureiben.

»Das war's, Caity. Na los.«

Er bringt Caity zu Delias Zimmer, klopft einmal und tritt ein.

»Seid ihr fertig? Wir nämlich schon.«

»Ja, wir auch«, sagt Delia.

Sie schließt ihr Buch und schiebt es vom Schoß, damit Caity aufs Bett springen und genau dort Platz nehmen kann.

Robbie setzt sich neben sie. Hüpft auf und ab, um die neuen Bettfedern zu testen.

»Nicht schlecht«, sagt er. »Was meinst du?«

Er macht eine raumgreifende Geste. Die Wände waren rosa, das hatte ihm nicht besonders gut gefallen. Jetzt sind sie einfach nur cremefarben. Viel besser, denkt er. Sein Zimmer ist immer noch so pastellblau wie damals, als er klein war.

»Ganz okay«, sagt sie.

Ihr Tonfall drückt das Gegenteil aus.

Er hört auf zu hüpfen. »Ja? Na gut. Was ist los? Willst du drüber reden?«

»Ich hab Angst, Rob.«

»Wovor?«

»Glaubst du, dass die Geister nach dem Feuer verschwunden sind?«

Mist. Sie haben es ihr immer noch nicht erzählt. Unglaublich. Warum überlassen sie das ... *ihm? Warum können sie ihr nicht einfach ...*

Mist!

»Das waren keine Geister, Delia. Hier gibt's keine Geister. Gab es nie.«

»Du willst mich nur trösten.«

Er will nicht weinen. Er spürt ihren Blick auf sich. Ihren und Caitys.

»Das war ich, Deal. Oh Gott, es tut mir so leid. Es tut mir wirklich, wirklich ...«

Er kann die Tränen nicht länger zurückhalten.

Und erzählt ihr alles.

Patricia steht im Schatten des Türrahmens. Das ganze Haus schläft. Nur sie nicht.

Sobald sich ihre Augen allmählich an die Dunkelheit gewöhnt haben, erkennt sie ihre schlafende Tochter. Caity liegt neben ihr. Pat sieht, wie sich ihre Körper mit jedem Atemzug heben und senken. Das hübsche Gesicht ihrer Tochter – im Zwielicht ist es unversehrt, heil, ohne Narben. Sanfte Flächen und Linien.

Ihre Hand fährt über ihr eigenes Gesicht, ihre Lippen, ihre Wangenknochen, ihre Augenbrauen. Makellos. Perfekt.

Wie ist das möglich, denkt sie.

Sie steht lange Zeit da und lauscht ihrem Atem. Mit der Zeit atmen Mutter und Tochter im Gleichtakt. In diesem Moment sind sie eins. Der Hund atmet schneller, sein Herz schlägt schneller, das Blut, das es durch seine Adern pumpt, ist nicht menschlich.

Und doch hat ihr der Hund das Leben gerettet.

Die heldenhafte Hündin.

Sie greift nach ihren Brüsten. Damit hat sie ihr Baby gestillt. Delia war ein pflegeleichtes Kind. So voller Leben.

Sie ist immer noch dein Kind. *Vergiss das nicht. Das darfst du nicht vergessen.*

Du hast die Verantwortung für sie. Jawohl.

Die Augen des Hundes öffnen sich und glitzern in den Schatten.

Pat geht die Treppe hinunter und zum Telefon auf dem Küchentresen. Sucht im Display nach den zuletzt eingegangenen Anrufen.

Brian Bishop. FFMN.

Sie schenkt sich etwas Scotch ein und schreibt sich die Nummer auf, um morgen zurückzurufen. Als sie ausgetrunken hat, hat sie sich bereits ganz genau überlegt, was sie ihm sagen wird.

elf

Es ist nicht dasselbe. Ein Green Room ist selbstverständlich immer noch ein Green Room, der übliche Backstagebereich mit einem Tisch voller Snacks und Getränken. Unter dem wandgroßen Spiegel vor ihr liegen Bürsten, Kämme, Make-up-Utensilien, Taschentücher und so weiter, daneben die Klamotten an der Stange, das grelle Licht. Sie war schon Dutzende Male in ähnlichen Räumen, aber diesmal ist es anders. Sie kommt sich nicht wie ein Star vor. Noch nicht mal wie eine Schauspielerin. Was macht sie hier eigentlich? Kabelträger und Techniker gehen ein und aus. Sie sinkt tief in den übergroßen Sessel und würde am liebsten in ihrem roten Kapuzenpulli verschwinden. Einfach nur verschwinden.

Ihre Mom scheint mit der Sache kein Problem zu haben. Sie steht in der Tür und redet mit diesem John Latoya, dem Moderator und Produzenten der Sendung, der ihr bisher noch nicht vorgestellt wurde, plaudert, als wäre es ein ganz normaler Dreh, ein Werbespot für Fruity Fingers oder Chomp Chips. Vielleicht sollte sie genauso darüber denken: Es ist nur ein Dreh, nur Arbeit.

Aber es fühlt sich nicht so an. Man wird über *sie* sprechen. Sie *spielt* nicht irgendjemanden. Sie soll sie selbst sein. *Sei einfach du selbst,* Schätzchen, hat ihre Mom gesagt. Und *das* hat bisher noch niemand von ihr verlangt.

Als Mom und der Moderator auf sie zukommen, wickelt sie Caitys Leine gleich zwei Mal um ihr Handgelenk. So ist sie ihr näher und fühlt sich sicherer.

»Wie geht es den Damen heute Morgen?«, fragt Latoya.

Breites Lächeln. *Wenigstens die Zähne sind echt,* denkt sie. Sie weiß sofort, dass er zu den Typen gehört, die alle Kinder wie Erstklässler behandeln. Papierhandtücher ragen aus seinem Kragen, damit das babyblaue Hemd und die rot-blau gestreifte Krawatte nicht vom Make-up verschmiert werden.

»Delia, das hier ist John«, sagt ihre Mom. »Er wird uns interviewen.«

John hält ihr die knochige Hand hin. Sie schüttelt sie.

»Freut mich«, sagt er. »Hast du schon einen *Donut* probiert? Ich mag die mit den *Zuckerstreuseln* am liebsten.«

Ihre Mom zieht das Handy aus der Tasche und liest eine SMS.

»Roman«, sagt sie. »Würdet ihr mich für einen Moment entschuldigen?«

»Selbstverständlich«, sagt John.

Sie tippt die Nummer ein und geht in eine Ecke. John hockt sich vor Delia. Will unter die Kapuze gucken. Sie senkt den Kopf und macht es ihm schwer. Er riecht nach Rasierwasser und Haarspray. Sie spürt, wie sich Caity neben ihr versteift. Wahrscheinlich mag sie das Rasierwasser und das Haarspray nicht. Das kann sie ihr schlecht vorwerfen, sie selbst ist auch nicht gerade begeistert von diesem Kerl.

John scheint das nicht mitzukriegen. Er streichelt Caitys Kopf. Die legt die Ohren an. Auch das bemerkt er nicht.

»Wie lange seid ihr beiden denn schon *befreundet*?«, fragt er einigermaßen nett.

»Seit ich sie bekommen habe.«

»Und wann war das?«

»Vor zwei Jahren. Im November wird sie drei.«

»Aha. Also seid ihr schon *eine Ewigkeit* befreundet.«

Sie hebt den Kopf und sieht ihn an.

»Wieso wollen Sie mich und Caity unbedingt in Ihrer Sendung haben?«

Er lächelt noch breiter, doch es ist klar, dass sie ihn aus dem Konzept gebracht hat.

»Eine *sehr* gute Frage«, sagt er. »Warum will ich *dich* in meiner Sendung haben? Na ja, es passiert nicht alle Tage, dass ein Hund einem Mädchen das *Leben* rettet, nicht wahr?« Er wendet sich Caity zu. »Nicht wahr, altes Haus?«

Er wuschelt ihr Nackenfell. Sie weicht ihm aus.

»So eine Geschichte *berührt* die Menschen. Ihr beide – eure Freundschaft und was ihr *gemeinsam durchgemacht* habt –, das ist anrührend! Da fühlen die Leute sich *gut*. *Das* verstehst du doch, oder?«

Oh Mann, denkt sie.

»Wir wurden verletzt«, sagt sie.

»Ja. Ja, stimmt. Ihr wurdet *verletzt*. Aber ihr lebt noch. Ist das nicht toll?«

Er streckt den Arm aus, um Caitys Schulter zu tätscheln, doch die verliert die Geduld und gibt ein tiefes Knurren von sich. Gerade so laut, dass John es hören kann. Er zieht die Hand zurück.

»Sie ist Sie nicht gewöhnt«, sagt Delia.

»Ich ... verstehe«, sagt er.

Er richtet sich auf. *Halt mir bloß den Köter vom Leib,* besagt sein Gesichtsausdruck. Sie unterdrückt ein Lächeln, weil er sie an Roman erinnert.

»Also gut, bis gleich, okay? War mir ein Vergnügen, euch beide kennengelernt zu haben. Ihr macht das sicher ganz prima. Seid einfach nur *ihr selbst.*«

Er dreht sich um und geht davon. Wie aufs Stichwort umringen ihn seine Untergebenen, die Fragen stellen oder Anweisungen entgegennehmen wollen. Delia ist sofort wieder vergessen. Was ihr mehr als recht ist. Ihre Mom taucht wieder auf. Gerade beendet sie das Gespräch.

»Perfekt«, sagt sie. »Unterschreib in meinem Auftrag, und schick mir eine Kopie. Sie sollen das Geld auf das Konto überweisen, das *ich* für Delia eingerichtet habe, nicht auf das von Bart. Danke, Roman.«

Sie klappt das Handy zu, setzt sich neben Delia und legt den Arm um sie. Auch in Moms Gegenwart fühlt sich Delia noch unwohl.

»Muss ich Text vorsagen?«, fragt sie.

»Nein, Schatz. Sag das, was du sagen willst.«

»Zum Beispiel?«

Sie seufzt. »Du brauchst nicht zu schauspielern, Kleines. Das ist eher ein Gespräch. Hör dir die Fragen an, und gib Antwort. Das ist ganz leicht, du wirst sehen. Sei ...«

»Ich weiß schon. *Sei einfach nur du selbst.*«

Sie nehmen in den weichen Studiosesseln Platz. Pat sitzt direkt neben John, Delia neben Pat, Caity liegt vor ihren Knien. Das Studio ist wie ein typisch amerikanisches Wohnzimmer eingerichtet. Vor ihnen steht ein Beistelltisch, auf dem Tisch eine Vase mit Plastikblumen. Die Wände sind mit gerahmten Drucken, Bücherregalen und Fensterattrappen geschmückt.

Meine Güte, denkt Pat, *ausgerechnet so musste ich hier landen.*

Sie ist in einem Studio, aber diesmal nicht zwischen, vor oder nach einem Dreh, sondern – was eine Premiere für sie darstellt – zu dem Zweck, *selbst* vor der Kamera zu stehen. Bei einer Livesendung noch dazu. Sie macht sich keine Illusionen: Jetzt ist Schauspielerei gefordert. Sie muss diese Story verkaufen. Oder weiterverkaufen, denn Roman hat das Geld von FFMN bereits auf das Geschäftskonto überwiesen. Es war ein ziemlich fetter Scheck, aber sie hat auch an die Zukunft zu denken. Wenn das hier glatt über die Bühne geht, könnten weitere Auftritte folgen. Sie dürfen keine noch so unbedeutende Anfrage ablehnen, denn sie brauchen das Geld. Pat wird dafür sorgen, dass das klappt. Dazu ist sie fest entschlossen.

Gleichzeitig hat sie große Angst davor, dass es schiefläuft. Wenn nur eine von tausend Sachen danebengeht, ist alles vorbei. Ein winziger Augenblick. Ein kleiner Fehler. So vieles, das sie nicht kontrollieren kann. Eine *be-*

schissene Livesendung! Sie oder Delia könnten etwas Falsches sagen. Vielleicht scheißt Caity auch auf das verdammte Perserteppichimitat.

Sie schwitzt bereits. Die riesige Lichtwanne strahlt eine unglaubliche Hitze aus. Wo ist die Maske, wenn man sie mal braucht?

Und wo zum Teufel steckt Bart? Er sollte schon seit einer halben Stunde hier sein. Wo bleibt die Unterstützung?

Ed Cullen – der Regisseur – schwitzt ebenfalls, dabei steht er nicht mal unter den Scheinwerfern. Er kommt zu ihr, stellt sich vor und gibt ihr die Hand.

»Könnte Caity während des Interviews bis zur ersten Pause vor der Bühne sitzen?«, fragt er. »Ginge das?«

»Warum?«, fragt Delia. »Ich dachte ...«

»Natürlich«, fällt sie ihrer Tochter ins Wort. Er wird schon wissen, was das Beste ist. »Gar kein Problem. Haben Sie jemanden, der ...«

Wie von Zauberhand erscheint eine hübsche junge Frau mit Kopfhörern hinter dem Regisseur. Alle Produktionsassistentinnen sind leicht an der Kombination aus forscher Effizienz und kaum verhohlener Nervosität zu erkennen.

»Hi, ich bin Bianca«, sagt sie. »Delia, darf ich eine Weile auf Caity aufpassen?«

Delia späht unter ihrer roten Kapuze hervor. Ihre Augen liegen im Schatten.

»Ich kenne Sie doch gar nicht«, sagt sie.

Die Assistentin lächelt gezwungen und spielt mit den Fingern an einer Gürtelschlaufe herum.

Wird ihre Tochter etwa zickig?

Kommt nicht infrage.

»Delia.«

Das war ein beschissener Befehl, was sie zum Glück auch sofort kapiert.

»Ich werde gut auf sie aufpassen«, sagt die Assistentin. »Versprochen.«

Delia deutet hinter die rechte Kamera.

»Soll sie dort warten?«

Die junge Frau lächelt. »Warum nicht? Nur bis zur ersten Werbepause, okay?«

Delia sieht auf Caity hinab, hebt den Kopf des Hundes, damit sie sich einen Moment lang in die Augen sehen können. Dann deutet sie mit dem Kinn nach rechts. Caity steht auf und trottet zur Kamera, wobei sie die Leine hinter sich herschleift. Die Assistentin ist beeindruckt.

»Die folgt ja aufs Wort«, sagt sie. »Dabei hast du gar nichts gesagt.«

Bianca hebt die Leine auf und krault Caitys Nacken. Dann betritt John lächelnd die Bühne und setzt sich. Pat vergisst den Hund, weil endlich die Maske kommt und Johns Gesicht pudert und dann ihres, was sich großartig anfühlt. Doch sobald die Frau mit ihr fertig ist und sich um Delia kümmern will, geht Pat dazwischen.

»Nicht nötig«, sagt sie.

Niemand rührt ihr Gesicht an, niemals.

»Also, meine Damen«, sagt John. »Noch Fragen, bevor wir anfangen?«

Keine Fragen. Sie ist bereit.

Sie stecken ihnen die Mikros an, und wenige Minuten später beginnt der Countdown.

Scheiße. Er hat zwanzig Minuten auf der Interstate 405 gestanden, das Getty Museum im Hintergrund, und die Straßenschilder vor ihm angeglotzt: Sunset Boulevard, Wilshire Boulevard, Santa Monica Boulevard. Dann ging es in dem Gewürge endlich weiter, aber er ist eine Dreiviertelstunde zu spät. Seine Frau und seine Tochter sitzen schon vor der Kamera.

Das Treffen mit dem Typ von Wells Fargo ist trotz der deprimierenden Umstände recht gut verlaufen. Die Bank hält sie noch für kreditwürdig, daher kommen sowohl ein Hypothekendarlehen als auch eine Hypothekenkreditlinie infrage. Die Kreditlinie wäre ihm lieber als die ganze Summe auf einmal, aber das wird er wohl erst mit Pat besprechen müssen.

Gott sei Dank ist das Haus abbezahlt. Ohne das Haus wüsste er nicht, wo sie jetzt wären.

Pat sieht ihn, er winkt, sie nickt. Zumindest weiß sie jetzt, dass er hier ist. Caity steht angeleint bei einer jungen Frau hinter Kamera drei. Dann sind sie auf Sendung.

»Was geht in einer Mutter vor, wenn so etwas geschieht?«

Johns Stimme hat denselben vertraulichen Tonfall wie die vielen anderen Moderatoren, die Pat im Laufe der Jahre gehört hat. Lernt man das auf der Moderatorenschule? In einem Grundkurs für einfühlsamen Gesprächston? Er schlägt die Beine übereinander und beugt sich vor.

Sein Rasierwasser wabert zu ihr herüber.

»Meine Güte«, sagt sie. »Ich hatte in meinem ganzen Leben noch nie solche Angst.«

»Das kann ich mir vorstellen.«

Kannst du nicht. Er beugt sich weiter zu ihr.

»Sagen Sie, Pat, wie kam es überhaupt zu dem Brand?«

»Es war ein Unfall, John. Ein paar Leitungen waren unsachgemäß verlegt, und ihr Puppenhaus hat Feuer gefangen. Mein Puppenhaus eigentlich. Meine Mutter hatte es mir geschenkt.«

»Verstehe. Also, das Feuer bricht aus, und was passiert dann?«

»Unser Sohn hat nach uns gerufen ...«

»Damit meinen Sie Delias Zwillingsbruder Robbie, nicht wahr?«

»Stimmt genau.«

»Die Polizei hat Robbie verhört, ist das richtig?«

»Ja, richtig. Er hat die Kabel gelegt. Er wollte Delia überraschen. Es sollte eine Art Geschenk für sie sein – Lichter in den Fenstern des Puppenhauses, verstehen Sie? Robbie ist noch ein kleiner Junge. Er hat nicht nachgedacht. Er wusste es einfach nicht besser. Ihn trifft keine Schuld.«

Instinktiv und ohne es zu wollen, wirft sie Delia einen Blick zu. Hoffentlich hat die Kamera ihren überraschten Gesichtsausdruck bei diesen faustdicken Lügen nicht aufgenommen. Delia hat den Kopf gesenkt. Wahrscheinlich nicht.

»Delia?«, sagt John. »Du hattest großes Glück, dass du noch am Leben bist. Das weißt du doch, oder?«

»Ja. Weiß ich.«

»Und der Grund, weshalb du noch am Leben bist, ist ...«

»Caity. Mein Hund ... Caity.«

Pat murmelt mehr oder weniger vor sich hin. *Oh bitte,* denkt sie. *Was hab ich dir beigebracht?*

»Möchtest du uns ein bisschen was über Caity erzählen, bevor wir sie dem Publikum vorstellen?«

Delia zuckt mit den Schultern. Bringt ein schmallippiges Lächeln unter der Kapuze zustande. *Das* hat die Kamera ja wohl hoffentlich aufgenommen.

Sie schweigt geschlagene drei Sekunden lang. Im Fernsehen sind drei Sekunden eine beschissene Ewigkeit.

»John, wollen Sie nicht erst mal ...« Pat nickt in Caitys Richtung.

Er kapiert den Wink sofort. Ein Profi.

»Ja, natürlich. Heißen wir die Heldin dieser Geschichte willkommen. Hier ist Delias Hündin Caity!«

Der Regisseur gibt Bianca ein Zeichen, woraufhin diese ihr strahlendstes Lächeln anknipst und Caity an der Leine auf die Bühne führen will. Aber Caity muss nicht geführt werden, sie führt Bianca direkt zu John hinüber. Der etwas verlegen dreinblickt, als sie zuerst an seinem Schritt schnuppert und dann zu Delia schleicht und sich zwischen ihren Knien niederlässt.

»Nun«, sagt John, »so kann man sich auch miteinander bekannt machen.« Sein Lächeln ist beinahe aufrichtig.

John kann Hunde nicht leiden, denkt Pat. Beim nächsten Auftritt muss sie darauf achten, dass die Chemie zwischen Moderator und Tier stimmt. Wenn es denn einen nächsten Auftritt gibt.

Caity hebt den Kopf in Richtung Delia und bietet der Kamera damit einen perfekten Blick auf die Brandwunden auf Hals und Brust. *Braver Hund,* denkt sie.

»Caity ist jetzt bestimmt deine Heldin, nicht wahr, Delia?«

Die zuckt mit den Schultern und lächelt wieder und tätschelt Caitys Kopf.

Das ist nicht gut. Was soll dieses Schulterzucken? Das ist gar nicht gut.

»Delia?«, hakt sie nach.

»Sie war schon immer meine Heldin.«

»Tatsächlich? Warum?«

Delia blinzelt ihn nur an. Wie einen Marsmenschen.

John bleibt nichts anderes übrig, als Pat mit einem *Tun Sie was, und zwar schnell*-Blick anzusehen. Allerdings kann sie auch nicht zaubern, wenn ihre verdammte Tochter maulfaul sein will. Später wird sie ihr die Hölle heißmachen, so viel ist sicher. Aber in diesem Augenblick? Vor den Kameras? Keine Chance.

Delia stellt das Kraulen ein und legt die Hand auf Caitys Schulter. Dann hebt sie zum ersten Mal den Kopf ins Scheinwerferlicht, obwohl der Großteil ihres Gesichts noch immer im Schatten liegt.

»Sie fragen mich nicht das, was Sie mich wirklich fragen wollen«, sagt sie. »Warum nicht?«

»Tu ... tue ich das nicht?«

»Glaube ich nicht.«

Darüber muss er nachdenken. Er lächelt und wird wieder ernst. Diesmal wirkt seine Miene nicht aufgesetzt. Er ist tatsächlich ernst.

»Also ...«

»Ja?«

»Du hast recht, Delia. Aber ich habe vollstes Verständnis dafür, wenn du lieber nicht ...«

»Fragen Sie einfach.«

Er holt tief Luft.

»Ich glaube, die Zuschauer würden gerne wissen ... wie schlimm deine ...«

»Ja?«

»Könntest du die Kapuze abnehmen?«

»Nein.«

Das hat er nicht erwartet. Patricia auch nicht. *Delia, was treibst du hier für ein Spiel?*

»Nein?«

»Nein.«

»Hast du ... Angst?«

»Nein.«

»Schämst du dich? Dafür gibt es überhaupt keinen Grund.«

»Nein. Ich schäme mich nicht.«

»Ich will dich nicht dazu drängen ... also, ich verstehe das. Für dein Alter hast du eine Menge schlimmer Dinge durchmachen müssen und ...«

»Jeder muss irgendwann schlimme Dinge durchmachen. Trotzdem geht auch morgen noch die Sonne auf.«

Johns Augen flackern. Er setzt sich kerzengerade hin. Er wittert einen Ausweg, denkt sie. Die Rettung.

»›*Trotzdem geht auch morgen noch die Sonne auf.*‹ Tapfere Worte aus dem Mund eines ...«

»Ich will nicht, und zwar wegen Ihnen.«

»Wegen ... mir?«

»Ja.«

»Wie meinst du das?«

»Ich will Sie nicht erschrecken. Mein Gesicht wird Sie erschrecken.«

»Aber nein, Delia. Nichts könnte weiter von der Wahrheit entfernt sein. Ich finde, du bist ...«

Wunderschön? Stand er eben kurz davor, *wunderschön* zu sagen? Und hätte er es auch tatsächlich so gemeint?

»Das ist okay, John. Das ist völlig in Ordnung. Man darf Angst haben.«

Es würde ihn erschüttern. Sichtlich. Pat ist beeindruckt. Delia hat recht. Er hat tatsächlich Angst vor ihrem Anblick. Aus nächster Nähe, im Scheinwerferlicht. Im grellen, unbarmherzigen Scheinwerferlicht. Jetzt wird ihr klar, dass er von Anfang an Vorbehalte gegen diese Story hatte. Er wollte dieses Interview nicht machen. Allein die Vorstellung war ihm schon unbehaglich. *Das hat irgendwas mit seiner Vergangenheit zu tun,* denkt sie. Aber was? Wie dem auch sei, er ist ein Vollprofi und wird die Situation unter Kontrolle bringen. Plötzlich empfindet sie unerwartetes Mitleid für diesen Mann.

Das so schnell verschwindet, wie es gekommen ist. Denn dieser Mann kann ihnen noch nützlich sein.

Er wirft einen kurzen Blick auf Caity, die reglos daliegt und ihn anstarrt, als könnte sie ihn ebenfalls durchschauen. Dann wendet er sich wieder Delia zu.

»Sind Sie sicher?«, fragt sie.

Jetzt lächelt John, und diesmal kommt es von Herzen. Als wäre er erleichtert, ertappt worden zu sein.

Er nickt.

Sie dreht sich direkt ins Licht. Direkt in die Kamera, wie man es ihr beigebracht hat.

Sie nimmt die Kapuze herunter.

Pat würde am liebsten auf der Stelle Beifall klatschen.

»Ich bin eben ich. Das ist Delia«, sagt sie. »Das bin ich.«

zweiter teil

zwölf

Also dieser Manny Choi, denkt sie, *der ist wirklich eine Show für sich.*

Sie sind im Green Room und sehen seine Sendung auf einem riesigen Fünfundsechzigzoll-4K-Fernseher. *Der würde Bart gefallen!* Pat schenkt sich einen zweiten maßvollen Schluck Wein ein. Dann stellt sie die Flasche in den Sektkühler inmitten des reichhaltigen Speise- und Getränkebüfetts zurück, das auf einer blütenweißen Tischdecke aufgebaut ist.

Zur Titelmelodie werden Ausschnitte aus vergangenen Sendungen eingeblendet – jedes Mal eine andere Reihenfolge, wie man ihr erklärt hat. Dazwischen Archivmaterial eines Publikums, das lacht, empört aufspringt, schockiert und dann hysterisch dreinblickt und schließlich noch lauter lacht. Bühne frei für Manny – unseren breit grinsenden, dreiundfünfzig Jahre alten koreanisch-amerikanischen Gastgeber –, der in einer Schar von Zwei- bis Dreijährigen tanzt und dabei noch weniger Rhythmusgefühl an den Tag legt als die Kinder. Manny, der in bester Jack-Benny-Manier keine Miene verzieht, als ihm mehrere Frauen Luftschlangenspray ins Gesicht sprühen. Manny, der auf Händen geht und mit den Füßen voraus gegen die Kamera knallt.

Das Publikum ist außer sich. Der Ansager tönt *Hier ist die Manny Choi Show mit Ihrem Gastgeber ... Manny Choi!*, Manny lässt sein Gesicht wie ein Dieb kurz hinter dem Vorhang aufblitzen, ... *und mit unserem Lieblingshandwerker, Steeeve Keltin!*, man sieht eine Zeitrafferaufnahme von Steve, wie er versehentlich die Ziegel von einer ganzen Dachhälfte abräumt, ... *und der weltberühmten Schwertschluckerin Annie Rosette!*, und Annie zieht ein Schwert aus ihrer Kehle, das sofort in Flammen aufgeht.

Dann wird der Bildschirm einen Augenblick lang schwarz, bevor kleine animierte Blumen aufblühen, in deren Blüten Welpen- und Kätzchengesichter grinsen. Die Popmusik wird noch süßlicher ... *und mit freundlicher Unterstützung von Innocina und Spot-Clear-Küchenrollen präsentieren wir Ihnen einen ganz besonderen Gast und ihre heldenhafte beste Freundin. Ihre Geschichte wird Sie ebenso berühren und verzaubern wie ...*

... Maaaaaaaaaaaaaaaaaaannniiiiii!!! Choi!!!

Meine Güte, denkt Pat. *Er fährt auf einem beschissenen Dreirad.*

Und dabei leckt er an einem überdimensionierten Lutscher. Auf dem Bildschirm hinter ihm erscheint sein mit Photoshop verzerrtes Konterfei auf einer Babyziege in einer Badewanne. Sie hat keinen Schimmer, was das zu bedeuten hat.

Das Publikum dagegen ist schier aus dem Häuschen. Manny tut verwirrt, als hätte er nicht die leiseste Ahnung, weshalb gelacht wird.

Dieser Hanswurst hat genauso hohe Einschaltquoten wie *Ellen*, denkt sie. Hoch genug jedenfalls für ein fürstliches Honorar.

In welch wunderbarem Land wir doch leben.

Er steigt ab und winkt und kickt das Dreirad hinter die Bühne. Das Foto wird ausgeblendet.

»Aaaach, vielen Dank«, sagt er. »Oder, wie wir in meinem ehemaligen Heimatland sagen ...«

Er hält eine Hand hinter das Ohr. Die Menge antwortet aufs Stichwort.

»Gamsahabnida!«

Applaus. Choi verbeugt sich und schüttelt den Kopf.

»Wow, wow, wowwowwow. Wenn die Amerikaner ›vielen Dank‹ auf Koreanisch sagen wollen, klingt es immer wie ein Niesen.«

Er stellt dasselbe pantomimisch dar.

»Gam... gam... *gamsahabnida*!«

Sie sieht zu ihrer Tochter hinüber und fragt sich, was sie wohl davon hält. Pat hat ihre Hausaufgaben gemacht und sich eine Menge Ausgaben der Choi Show angesehen. Delia keine einzige. Sie starrt gebannt auf den riesigen Bildschirm und knabbert an einem Chicken-Nugget. Sie wirkt ... interessiert. Jedenfalls nicht verstört. Sie rennt auch nicht schreiend davon.

»Hast du noch Druck auf den Ohren?«, fragt sie.

Der Anflug auf JFK war etwas turbulent.

»Ja.«

»Willst du einen Kaugummi?« Sie hat welchen in ihrer Handtasche. Immer ist sie bestens vorbereitet.

»Äh, nein. Danke.«

Sie verfolgen schweigend, wie Manny seine üblichen Scherze reißt.

Ich hab's voll drauf, Leute.

Eine Frau aus dem Publikum behauptet, ihre Schulter ausrenken zu können, was sie dann auch demonstriert. Manny vollführt ebenfalls eine Reihe körperlicher Verrenkungen – offen gestanden ist er tatsächlich ein begnadeter Körperkomiker –, bevor er es aufgibt und ihr die Belohnung in die Brusttasche stopft, Falschgeld.

Tweet Beat.

Zuerst erhält er einen Tweet von einem gewissen zopfnuckler21 – *»Soll das heißen, dass es noch zwanzig andere gibt, die gerne an Zöpfen nuckeln?«* – und zieht eine kleine bezopfte Puppe hinter dem Sofa hervor. Auch dieser Set ist wie ein Wohnzimmer eingerichtet, nur knallbunt und mit übergroßem Mobiliar. Er saugt an einem Zopf, was ihm offensichtlich einen Riesenspaß bereitet, und als er die Puppe wieder absetzt und grinst, steckt ein langer roter Faden zwischen seinen Zähnen.

Das Publikum ist begeistert.

Er zieht den Faden aus den Zähnen, lässt ihn auf den Boden segeln und liest einen weiteren Tweet vor. »›Glückwunsch zur Emmy-Nominierung. Hose runter und feiern.‹ Also schön ...« Wieder wird Musik eingespielt. Manny tanzt, diesmal weitaus koordinierter als im Clip mit den Zweijährigen. Dabei rutscht seine Hose langsam über die Hüfte und fällt zu Boden. Er tanzt mit dem Rücken zum Publikum, das deutlich die mit Herzchen bedruckten Boxershorts sehen kann.

Das Publikum lacht sich *tot.*

»Puh«, sagt er keuchend. »Hätte nicht gedacht, dass Hose runter so ein gutes Cardio ist.«

Jubel und Applaus.

Er winkt. »Vielen Dank!«

Pat schaut Delia dabei zu, wie sie Caity ein Stück Hühnchen gibt. Das alles scheint sie nicht aus der Fassung zu bringen.

Braves Mädchen.

Die Tür öffnet sich, und der Regieassistent späht in den Raum.

»Auf die Plätze, meine Damen«, sagt er.

Es ist bereits Donnerstag, kurz nach Mitternacht, als sie sich die Sendung endlich auf dem alten Sechzehnzoll-Samsung ansehen können, via AirPlay von Barts Computer, die Datei wurde passwortgeschützt und verschlüsselt geschickt.

Die Show wird landesweit erst um drei Uhr nachmittags ausgestrahlt. Bart ist nervös. Er hat keine Ahnung, was ihn erwartet. Wie vereinbart hatte Pat ihn kurz nach der Aufzeichnung aus dem Studio angerufen, etwa gegen Mittag bei ihr und um neun Uhr früh bei ihm. Aber auf seine erste und einzige Frage – *Und? Wie ist es gelaufen?* – erhielt er nur ein *War ganz interessant, wirst schon sehen* und konnte auch ihrem Tonfall keine weiteren Informationen entnehmen. Als wäre sie sich selbst unsicher. Was so gar nicht typisch für seine Frau ist.

Sie sind müde, sie alle, sogar Caity, die sich laut Pat auf dem fünfeinhalb Stunden langen Flug ausgezeichnet benommen und die meiste Zeit vor Delias Füßen gelegen hat. Da Pat geistesgegenwärtig genug gewesen war, Caity als Assistenzhund anzumelden, musste das Tier nicht in den Frachtraum. Delia ist als Opfer einer Posttraumatischen Störung auf das Tier angewiesen, da gab es keine lange Diskussion. Jetzt ruht Caity erschöpft zwischen Delia und Robbie auf dem Sofa.

Sie spulen vor, bis Manny den Eröffnungsklamauk hinter sich gebracht hat und es endlich zur Sache geht. Choi lässt sich auf einem der drei überdimensionalen Sessel um den obligatorischen Beistelltisch nieder und beugt sich zur Kamera vor.

»Schluss mit dem Quatsch«, sagt er. »Wenden wir uns wichtigeren Dingen zu. Klar ist Lachen wichtig. Aber manchmal müssen wir uns der harten Realität stellen, die wir zwischen unseren ... Mokka Frappés ... nur allzu leicht ausblenden.«

Gekicher im Publikum.

»Die Statistiken besagen, dass in den Vereinigten Staaten alle hundertundneunundsechzig Minuten ein Mensch bei einem Brand stirbt und jede halbe Stunde jemand verletzt wird. Fünfundachtzig Prozent der Feuertode ereignen sich in den eigenen vier Wänden. Unsere nächsten Gäste sind trotz dieser grässlichen Statistik noch am Leben. Zwei Freundinnen, die durch einen tragischen Unfall für immer zusammengeschweißt wurden, durch einen Unfall, der jedem von uns in seiner Wohnung passieren kann. Wie ihr wisst, habe ich drei fabelhafte Töchter und mehr Haustiere als ein durchschnittlicher Zoo. Daher hat mich das Interview, das John Latoya letzte Woche mit den beiden geführt hat, tief berührt. Sehen wir uns noch mal einen Ausschnitt an. Und bitte!«

Bart kennt die Sendung natürlich, aber nicht diesen Zusammenschnitt und auch nicht Latoyas Kommentare aus dem Off. Delia in ihrem roten Kapuzenpulli, die Augen im Schatten versteckt.

»Könntest du die Kapuze abnehmen? Uns zeigen, wie der Unfall dich verändert hat? Ich weiß, das mag dir vielleicht unangenehm sein, aber ich glaube, dass wir den Leuten da draußen damit zeigen können, wie wichtig Brandschutz auch in den eigenen vier Wänden ist.«

»Ich schäme mich nicht. Ich will Sie nicht erschrecken.«

Eine Pause, die Kamera zeigt Latoya, der langsam nickt.

»Sind Sie sicher?«

Dann ist Delia in dem entscheidenden Moment zu sehen, in dem sie die Kapuze herunterzieht.

»Das bin eben ich. Das ist Delia«, sagt sie. »Das bin ich.«

Der Ausschnitt ist zu Ende. Manny Choi wird wieder eingeblendet.

»Herzlich willkommen ... Delia Cross, ihre Mutter Patricia und ... die unglaubliche ... Caity.«

Er beobachtet, wie sie die Bühne durchqueren. Diesmal trägt Delia einen gelben Kapuzenpullover und hält Caitys Leine in der Hand. Choi gibt Mutter und Tochter ein Küsschen und flüstert etwas. Alle lächeln. Dann bleibt er stehen und salutiert vor Caity. Caity grüßt auf ihre eigene Art mit einem Kopfnicken zurück und bellt einmal hell und laut, als hätte man ihr das beigebracht, als würde sie es immer so machen.

»Da soll mich doch …«, sagt Bart und wirft einen Blick zu Pat hinüber.

»Ich weiß«, sagt sie. »Erstaunlich, nicht wahr?«

Das Publikum applaudiert frenetisch. Choi bedeutet ihnen, auf den Sesseln Platz zu nehmen.

»Hwan-yeong«, sagt er. »Willkommen, willkommen.«

»Gamsahabnida«, sagt Pat. »Vielen Dank.« Ihre Aussprache ist makellos.

»Gamsahabnida, Mr. Choi«, sagt Delia genauso perfekt.

»Bitte, nennt mich Manny – sonst werde ich die Hunde auf euch hetzen.«

Gelächter im Publikum.

»Wenn ihr erlaubt, würde ich unseren Zuschauern gerne erzählen, was euch zugestoßen ist. Warum wir euch eingeladen haben.«

»Aber bitte«, sagt Pat.

»Okay. Also. Delia geht eines Abends zu Bett. Es war ein harter Tag voller … du bist Schauspielerin, richtig?«

»War ich«, sagt Delia.

»Ist sie«, sagt Pat.

»Ein harter Tag mit Probeaufnahmen und Vorsprechen, an dem du eine Rolle in einer Fernsehserie bekommen hast, stimmt das? Jedenfalls, du gehst schlafen, und plötzlich entsteht ein Kabelbrand in deinem Zimmer, und der Rauchmelder … der wie oft überprüft wird?«

»Regelmäßig«, sagt Pat. »Ungefähr alle drei Monate.«

»Was nicht viele von uns behaupten können, nicht wahr? Doch der Rauchmelder macht keinen Mucks. Das Feuer breitet sich aus, und bald steht Delias Bett in Flammen. Nun, Delias Zimmer ist im ersten Stock, ihre Eltern sind unten, und sie riechen den Rauch nicht, weil der Großteil aus dem Fenster zieht. Und ...«

Die Kamera zoomt auf Pat, die in diesem Augenblick offensichtlich mit den Tränen zu kämpfen hat.

Bart ist leicht schockiert. Pat hat wegen der ganzen Sache noch nicht einmal geweint. Jedenfalls nicht in seiner Gegenwart.

»Ist schon in Ordnung, Patricia. Darf ich fortfahren?«

Sie nickt.

»Tja, und dann geschieht das Unglaubliche. Caity, Delias Freundin hier ...«

»Beste Freundin«, korrigiert Delia leise.

»Delias *beste* Freundin riecht den Rauch. Aber in dieser Nacht befindet sie sich im Garten. Mom und Dad sind außer Hörweite, also muss Caity sich selbst etwas einfallen lassen. Allerdings ist Delia im ersten Stock. Delia, was hat Caity da gemacht?«

»Sie ist einen Baum raufgeklettert.«

»Sie klettert einen Baum rauf! Dieser Hund, der hier gerade vor mir sitzt, ist *viereinhalb Meter* hoch auf einen Baum geklettert, vor Delias Fenster aufs Dach und *durchs Fliegengitter* gesprungen, *durch das Feuer* gerannt und hat Delia *aus dem Bett gezogen*, das in diesem Moment bereits *brannte*.«

Ein kollektiver Seufzer des Erstaunens ist aus dem Publikum zu hören.

»Deine Mom, dein Dad und dein Bruder ...«

»Robbie«, sagt Delia.

»... Robbie kommen in dein Zimmer, als das gerade passiert. Sie sehen mit eigenen Augen, wie dieser Hund das Leben ihrer Tochter und Schwester rettet.«

Choi linst zum rechten Bühnenrand, nickt und lächelt.

Bis jetzt hat sich Robbie die Show vom Sofa aus mit einem Grinsen im Gesicht angesehen. Nun runzelt er die Stirn. Bart will etwas sagen, aber er weiß nicht, was.

»Okay, Leute«, sagt Choi. »Zeit für eine kurze Verbraucherinformation. Meine Damen und Herren, gleich sind wir wieder zurück mit Delia, Patricia und Caity Cross!«

»Stopp mal, Bart«, sagt Patricia.

Er drückt auf den Knopf. Chois breites Grinsen friert auf dem Bildschirm ein.

»Delia, erzähl deinem Vater, was da während der Pause passiert ist.«

Delias Müdigkeit ist wie weggeblasen. Sie scheint sich nicht sehr wohl in ihrer Haut zu fühlen.

»Er hat uns gefragt, wie es uns geht. Ob wir was brauchen. Alles klar, haben wir gesagt.«

»Und?«, fragt Patricia.

»Er hat Caity gefragt, ob sie was braucht. Nur zum Spaß, denn Caity hat ihn die ganze Zeit über beobachtet. Ich hab gesagt, alles okay, und er hat gefragt, was ist okay? Und ich hab gesagt, sie mag Sie, Sie meinen es gut mit ihr. Und das war ja auch so, weil er es *wirklich* gut mit ihr meinte, eindeutig. Na klar, hat er gesagt und hat mich dann angesehen und gefragt, was ich gerade denke. Und das hab ich ihm gesagt. Ich hab gesagt, dass er ein guter Mensch sein kann, wenn er es nur will.«

Er sieht von ihr zu Pat.

»Das sagt sie zu einem landesweit bekannten Fernsehmoderator«, sagt Pat. »Ihm fehlten die Worte, er wusste nicht weiter. Der Regisseur hat ihn eingezählt, und er war immer noch ratlos, als wir wieder auf Sendung gingen. Spiel den Rest ab.«

Bart drückt den Startknopf.

»Hier sind wir zurück, mit unseren erstaunlichen ... erstaunlichen Gästen«, sagt Choi. »Patricia Cross, ihre tapfere Tochter Delia und die heldenhafte Caity. Patricia, möchten Sie uns von Delias Heilungsprozess berichten?«

»Das war nicht leicht, Manny. Die vielen Operationen, die Pflege zu Hause, das ist gerade mehr oder weniger unser Lebensinhalt. Aber unseren Mädels geht es jeden Tag etwas besser. Und das ist das Wichtigste.«

Seine Frau wirkt ruhig und gefasst. Ganz im Gegensatz zu Choi.

»Finanziell muss das doch auch schwer für Sie sein, oder?«

»In der Tat. Aber wir schaffen das schon ... irgendwie.«

»Sie mussten nicht nur Delias Behandlung bezahlen, sondern auch Caitys, nicht wahr?«

»Ja.«

»Haben Sie eine Tierkrankenversicherung?«

»Wir waren nicht mal selbst krankenversichert.«

Er lehnt sich im Sessel zurück. »Als ich Ihre Geschichte hörte, setzte ich mich mit einem unserer Sponsoren in Verbindung. Flippy Chow. Dort waren sie so gerührt von Caitys Mut, dass sie Ihnen das hier geschickt haben. Mit allerbesten Grüßen.«

Hinter ihnen öffnet sich zur linken Seite ein Vorhang. Zwei Assistentinnen fahren ein Miniaturfeuerwehrhaus mit einem Hydranten vor zwei großen Garagentoren und drei Fenstern darüber herein. Durch das mittlere Fenster ist eine altmodische Rutschstange zu erkennen. Choi steht auf.

»Na los, seht euch das an.«

Sie folgen ihm hinüber. Erst jetzt begreift Bart, was das Ding eigentlich darstellen soll. Es ist nicht nur ein Feuerwehrhaus, sondern auch eine Hundehütte in Caitys Größe. Sie schnuppert daran und stößt mit der Pfote gegen ein Tor, das sich sofort öffnet.

»Die Designabteilung von Flippy Chow hat das eigens für sie gebaut. Nur für Caity!«

Sie steckt den Kopf hinein und taucht mit einem Kauknochen wieder auf, der so lang wie Barts Unterarm ist, aber dicker. Sofort legt sie den Knochen zwischen die Pfoten und kaut drauf herum. *Oooohs* und Gelächter aus dem Publikum.

»Hundert Prozent reines Rind, meine Herrschaften. Hergestellt in den guten alten USA! Vielen Dank an die netten Menschen von Flippy Chow. Ihr wisst ja, liebe Leute, Flippy Chow lässt euren Hund *ausflippen*! Delia, wärst du so nett und nimmst den Deckel von dem Hydranten ab?«

Delia zögert zunächst, dann tut sie wie geheißen. Der Deckel lässt sich zurückschieben, und darunter kommt eine mit einer großen roten Schleife zusammengebundene Schriftrolle zum Vorschein.

»Nanu, was ist denn das?«, sagt Choi. »Nur zu, Delia.«

Anstatt die Schleife zu öffnen, reicht sie das Papier an Pat weiter.

Das war so nicht geplant, aber Choi macht gute Miene zum bösen Spiel.

»Was steht da, Mrs. Cross?«

Sie schiebt die Schleife vom Papier und überfliegt es. Dann legt sie überwältigt eine Hand vor den Mund.

»Eine Visa-Platinkarte«, sagt Choi. »Von unseren Freunden bei Capital One und PetSmart. Gültig für alles, was PetSmart im Angebot hat, dazu die Tierarztrechnungen und viele große Knochen, einfach alles. Auf Lebenszeit!«

Das Publikum klatscht entzückt Beifall, ruft und pfeift. Und in diesem Augenblick beugt sich Delia zu Caity vor, will sich lachend mit ihr um den Kauknochen balgen. Ihre Kapuze rutscht vom Kopf und fällt auf ihre Schultern. Und dann sind sie alle in einer Totalen zu sehen – Pat umklammert das Papier, Delia und Caity scheinen in ihrer Welt versunken zu sein und bekommen nichts mit, Choi wirkt zutiefst erschüttert.

Das Publikum keucht. Es herrscht Stille.

Die Kamera fährt auf den mitleidig dreinblickenden Manny, dann auf Delia, die aussieht wie ein normales glückliches Mädchen, das mit ihrem Hund spielt. Wenn da nicht die Narben wären.

»Delia?«, bringt Choi schließlich heraus.

»Hmmm?« Caity gewinnt den Kampf um den Knochen.

»Delia? Hättest du noch einen Moment Zeit für uns?«

Kichern aus dem Publikum, das sich wieder entspannt. Delia lässt den Knochen los und wendet sich Choi zu.

»Was mich zu einer weiteren Überraschung bringt«, sagt er. »Begrüßen Sie unsere nächsten Gäste – Gerald Stone, Vorsitzender von Stone Pharmacies. Und sicher kennen Sie alle Dr. Lively Hamilton, Moderatorin der Sendung *Eye of the Beholder.*«

Höflicher Applaus für Stone, einen dünnen, grauen Mann in einem makellosen dunklen Anzug. Ungleich lauterer Beifall für die bekannte Promi-Ärztin – Mitte vierzig, Solariumsbräune, breite Ohrringe und mindestens ein Dutzend Armreife, die an ihrem linken Arm klimpern. Beide strahlen um die Wette.

Choi bietet ihnen Plätze an und wartet, bis sich auch Pat und Delia wieder gesetzt haben.

»Patricia, Delia, gestern habe ich Dr. Stone in seinem Büro angerufen. Zehn Minuten später ist er in den Firmenjet gestiegen und hierher geflogen, um ... nun, das sollten Sie lieber selbst erzählen, Gerald.«

Stone räuspert sich. »Vielen Dank, Manny. Mrs. Cross, Delia, wie Sie vielleicht wissen, sind wir bei Stone Pharmacies bemüht, den Bürgern dieser wunderbaren Nation jedes nur erdenkliche Medikament in höchster Qualität zur Verfügung zu stellen. Im Namen meines Firmenvorstands und unseren Tausenden von Angestellten darf ich verkünden, dass wir für die nächsten zehn Jahre Ihre gesamten Arzneimittelkosten übernehmen werden. Das gilt auch für alle Medikamente, die Sie bereits ohne Versicherungsschutz aus eigener Tasche bezahlen mussten. Wir bei Stone Pharmacies hoffen, dass wir damit zumindest einen kleinen Beitrag leisten können.«

Gewaltiger Applaus.

Verflucht, Bart würde am liebsten mitklatschen. Er hat einen fetten Scheck für die Show erwartet, mehr nicht. Das hier ganz bestimmt nicht. Das löst einen Haufen Probleme. Phänomenal.

»Wow«, sagt er und sieht zu Pat hinüber, die lächelt und nickt.

Sogar Robbie grinst.

»Was meinen Sie dazu, Pat?«, fragt Choi. »Können Sie damit leben?«

Pat hat wieder das Gesicht in den Händen vergraben. Ob hinter den Händen Tränen fließen, ist nicht zu erkennen, doch ihr Körper bebt. Dann nimmt sie die Hände weg. Verdammt, ja, sie weint. Sie wischt die Tränen beiseite, umarmt Choi, umfasst Stones Hand mit beiden Händen und schüttelt sie. Ihr Mund formt ein stummes Vielen Dank.

»Kannst du damit leben, Delia? Bist du einverstanden?«

»Klar«, sagt sie. »Danke, Mr. Stone.«

»Wir wollen helfen, Delia. Ist das okay?«

Sie zuckt lächelnd mit den Schultern. Offensichtlich nicht die überschwängliche Dankesbekundung, die sie erwartet haben. Doch mehr als ein Lächeln will sie ihnen nicht zugestehen.

Choi beunruhigt das nicht. Er ist so richtig in Fahrt.

»Und das war noch nicht alles. Dr. Hamilton?«

Hamilton knipst ihr Tausend-Watt-Lächeln an. Ihren Fans ist es sicher wohlvertraut, Bart kommt es völlig gekünstelt vor. Er kann beinahe ihr Parfüm riechen und das Klimpern ihres teuren Schmucks hören.

»Weißt du, Manny, bei deinem Anruf gestern war ich gerade im OP. Doch sobald ich deine Nachricht erhalten hatte, entschied ich mich sofort dafür, meine Fähigkeiten als Schönheitschirurgin dazu einzusetzen, Delias entzückende Haut wiederherzustellen. Egal, wie lange es dauert, ich werde mein Bestes geben.«

Wahnsinn, denkt Bart, eine Überraschung jagt die nächste. Warum hat ihm Pat das nicht gleich erzählt? Die Rechnungen, die Schönheitschirurgin ... das ist ein Hauptgewinn!

Auf dem Bildschirm schnappt Choi beinahe über.

»Wow! Wow! *Wowwowwow!* Patricia, das Krankenhaus hat Delia entlassen, bevor die Behandlung beendet war, stimmt das?«

»Das stimmt. Es wurde ... zu teuer, sobald die lebenserhaltenden Operationen abgeschlossen waren. Daher haben wir die kosmetischen Eingriffe verschoben, bis wir genug Geld aufgetrieben haben, um ...«

»Na, darüber müsst ihr euch jetzt keine Sorgen mehr machen. Oder, Doktor?«

»Aber nicht im Geringsten. Wir werden für alles aufkommen.«

Barts Empfinden nach sprengt der Applaus jede Skala.

»Delia, was sagst du dazu? Soll dir Dr. Hamilton hier helfen?«

Später denkt er: *Deshalb also hat meine Frau sich geweigert, mir am Telefon von der Show zu erzählen, deshalb hat sie sich die Sendung so unbeteiligt und distanziert angesehen, deshalb hatte sie keines dieser großzügigen Geschenke erwähnt.*

Seine Tochter sieht erst Caity, dann Manny Choi und schließlich die Ärztin an.

»Nein, vielen Dank«, sagt sie.

Roman schnappt sich das Telefon und drückt die Schnellwahltaste. Ich kann's nicht glauben, denkt er. Pat wird es auch nicht glauben können. Niemand wird das glauben können.

So macht man aus Scheiße Gold.

Solche Momente sind selten in einer Branche, wo es zum größten Teil um Verträge oder in Aussicht stehende Verträge und Vertragskorrekturen und die Korrekturen dieser Korrekturen und immer so weiter geht, bis alle Parteien zufrieden sind. Wo man mit unabhängigen Filmemachern zu tun hat, Jungspunden, die einen gerade so über Wasser halten. Wo respektable, aber unbedeutende Schauspieler, Schauspielerinnen und Entertainer – und er ist stolz darauf, sie vermitteln zu können – überzogene Forderungen und Anfragen stellen. Wo er eine Art Puffer zwischen ihnen und der, wie er es oft scherzhaft nennt, *geschäftlichen Seite* des Showbusiness bildet.

In dieser Branche sind solche Momente unbezahlbar.

Wie dieser Tag vor ungefähr vier Jahren, als er mit seinem Rollkoffer durch den Flughafen von Atlanta hastete, um den Shuttlebus für den Anschlussflug nach L. A. zu erwischen. In dieser Hinsicht ist Atlanta die Hölle. Er war schon spät dran und blickte zufällig auf den gewienerten Boden, und da, flatternd in einer sanften Brise, als wollten sie ihm und nur ihm inmitten der vielen Menschen zuwinken, lagen ein Hundertdollarschein und darauf, leicht versetzt, ein Eindollarschein.

Er bückte sich und hob die beiden Banknoten auf und erwischte auch noch locker seinen Flug.

Heute ist wieder so ein Tag. Seine Sterne stehen günstig. Ein Kinderspiel, denn er hat es mit Profis zu tun. Der Vertrag wird wasserdicht sein.

Er muss nur vorbeifahren und ihn abholen.

Sie ist gleich am Apparat und klingt nicht gerade begeistert, seine Stimme zu hören.

Aber das wird sich gleich ändern.

Während des Telefonats muss sie sich aufs Bett setzen. Wo sind noch mal ihre Zigaretten?

Ach ja. Auf dem Tisch, auf dem der Fernseher steht.

Sein Apparat hat den ganzen Morgen über geklingelt, sagt er. Jeder will mit ihrer Tochter sprechen, mit Delia. Zeitungen, Zeitschriften, eine Frühstücksfernsehsendung, Fox News, es gibt sogar zaghafte Anfragen nach einer Nebenrolle in einem verdammten Kinofilm!

Und jetzt das.

Er lacht. »Du hast ja keine Ahnung, welch ein Glück du hast, Pat. Ich schon. Dass Delia die chirurgischen Eingriffe abgelehnt hat, war ein Geniestreich. Was hat sie am Ende gesagt? ›*Ich bin eben ich. Und das bin ich.*‹ Genau wie beim Interview mit Latoya. Als wäre das ihr gottverdammtes *Mantra*. Als wäre sie stolz auf sich, egal, wie sie aussieht. Weißt du, wie viele Kids da draußen ein Imageproblem haben? Und wie viele Eltern damit umgehen müssen? Lady Gaga hat doch diese Born This Way

Foundation, eine überaus erfolgreiche Stiftung. Und das aus gutem Grund. Sie richtet sich an alle Kinder, die ausgegrenzt werden, Eigenbrötler, Außenseiter. Delia macht genau dasselbe, und noch dazu ist sie das extremste Beispiel für ihre Botschaft, das man sich vorstellen kann. Sie ist ihre Botschaft. Ihr eigenes Aushängeschild! Denk mal drüber nach. Die *Pearl Show* ist die Talkshow Nummer eins in Amerika, gegen deren Einschaltquoten ist die Manny Choi Show wie eine Wiederholung von *Gilligans Insel*. Der Deal ist unter Dach und Fach, wir brauchen nur noch die Unterschrift. Bis morgen haben wir die Verträge. Sobald sie im Fernsehen sagt, was sie immer sagt ... dann, liebe Patricia, haben wir *unsere eigene* Stiftung. Jede Nachrichtenagentur des Landes wird bei uns auf der Matte stehen. CNN, die *New York Times*, vom Internet und den sozialen Medien ganz zu schweigen. Verflucht, das Ganze könnte locker ein weltweites Phänomen werden, kannst du mir folgen? Pat? Pat? Bist du noch dran?«

Sie ist noch dran. Und gleichzeitig überall.

Sie hat es geschafft. Sie ist angekommen. Patricia Catherine Delancy Cross. Mit ihrer Tochter. Mit Delia.

dreizehn

Er kann nicht viel mehr tun als zusehen.

Was zugegebenermaßen aufregend genug ist. Robbie langweilt sich nicht. Zum einen waren noch nie so viele Leute in diesem Haus oder davor, lauter Fremde bis auf die Polizisten und Feuerwehrmänner, die auch in der Nacht des Unfalls hier waren. Und alle sind randvoll mit Adrenalin. Nicht nur Mom und Dad. Alle.

Da der Flur hoffnungslos überfüllt ist, geht er zunächst mal durch den Seiteneingang in die Garage. Er steht im offenen Garagentor und zählt mindestens dreißig Techniker, die auf der Straße ihre Ausrüstung aus den drei Lkws und den drei weißen Lieferwagen und einem weißen Bus laden und sortieren. Auf der Seite jedes Fahrzeugs steht PEARL in großen blauen Buchstaben. Er geht aus dem Weg, damit sie den Krempel ins Haus tragen können.

Sein Dad sitzt an der Küchentheke, telefoniert mit dem Handy und nickt ihm zu.

»Ich rufe im Auftrag unserer Stiftung an«, sagt er. »Delia's Mirror. Ja. Delia Cross, aus der *Manny Choi Show*, genau, das ist sie. Pearls Team ist gerade eingetroffen. Ganz recht. Bessere Werbung gibt es nicht. Wir werden die Stiftung in der Show vorstellen und ...«

Seine Mom führt die Kabelträger und Techniker durch den Flur.

»Hier entlang. Vorsicht, am Ende des Flur wird es etwas eng.«

Seine Mom kennt sich aus.

»Geht klar«, sagt ein Kabelträger.

Sie werden auch ohne ihre Hilfe gut aufpassen. Die Ausrüstung ist ein Vermögen wert.

»Ich will mich nur vergewissern, dass finanziell alles korrekt läuft«, sagt Dad. »Steuern, Genehmigungen, der ganze Kram, ja? Man hat meiner Frau und mir gesagt, dass Sie der richtige Mann dafür sind. Sind Sie der richtige Mann dafür? Sind Sie. Gut, dann krempeln Sie mal die Ärmel hoch.« Er lacht.

Sein Dad scheint einen Mordsspaß zu haben.

Er nutzt eine Lücke im Verkehr, der im Flur herrscht, um nachzusehen, was sonst im Haus so passiert. Im Vorbeigehen beugt sich seine Mom zu ihm vor und küsst ihn auf die Wange. *Igitt.*

Im Wohnzimmer verlegt ein halbes Dutzend Techniker Kabel und stellt Scheinwerfer und Reflektoren auf. Dabei sprechen die Männer kaum ein Wort. Offenbar weiß jeder genau, was der andere gerade tut und warum. Als hätten sie das schon hundertmal in genau diesem Wohnzimmer erledigt.

Er beobachtet sie gerne. Sie tun ihre Arbeit, klar, aber sie vermitteln, dass ihnen dieses Teamwork, bei dem alles Hand in Hand geht, Spaß macht. Irgendwie beneidet er sie. Irgendwann will er auch einmal Teil eines solchen Teams sein.

Dann hat er Lust auf eine Pepsi, also nimmt er sich in der Küche eine aus dem Kühlschrank.

Seine Mom ist auch da. Sie beugt sich über eine Frau, die zusammen mit einem älteren Mann in einem ZZ-Top-T-Shirt vor einem Laptop sitzt. Wie er später erfahren wird, ist der Typ der Regisseur und die Frau die Cutterin.

»Sehr gut«, sagt Mom. »Von hinten und von der Seite sieht das Double wirklich aus wie Delia.«

»Mit Weichzeichner und etwas Unschärfe darüber werden Sie sie nicht mehr auseinanderhalten können.«

Sie drehen eine Nachstellung der Ereignisse kurz vor dem Brand. Delia geht ins Bett, schlüpft zwischen die Laken. Das Feuer wird separat in einem Studio aufgenommen. Robbie selbst kommt nicht darin vor.

Er späht über Moms Schulter. Das Mädchen sieht Delia ziemlich ähnlich. Dieselbe Statur, dieselbe Größe.

»Jane ist Expertin dafür«, sagt der Regisseur.

»Na hoffentlich. Solche Versionen sehen ja immer ziemlich billig aus, nicht wahr? Ich bin Ihnen wirklich sehr dankbar, dass Sie sich da reinknien.«

»Unser Job«, sagt er.

»Legen Sie die Effekte drüber, und zeigen Sie es mir dann. Falls es wirklich so gut wird, wie Sie sagen, kann ich es sofort absegnen.«

»Toll. Wenn uns Pearl dann auch noch grünes Licht gibt, ist alles in Butter.«

Seine Mom richtet sich plötzlich auf. Anscheinend hat sie etwas von dem, was er gesagt hat, verärgert. Aber sie sagt nicht, was. Sie dreht sich einfach nur um und geht wieder in die Garage.

Robbie kehrt mit der Pepsi ins Wohnzimmer zurück. Die Techniker sind inzwischen hier fertig. Er hört sie im ersten Stock weiterarbeiten.

Delia sitzt vor dem Sofa auf dem Boden. Das Mädchen aus dem Video ist neben ihr. Ihr Double. Sie trägt genau denselben Pyjama wie Delia in der Nacht des Feuers. Caity liegt bei ihnen. Das Mädchen krault ihren Bauch.

»Wächst das Fell wieder nach?«, fragt sie.

»Ich glaub nicht«, sagt Delia.

»Schade.«

»Das macht ihr nichts aus.«

Er setzt sich aufs Sofa. Sie beachten ihn überhaupt nicht, aber das ist kein Drama. Das kleine Mädchen starrt Delias Gesicht an, die Narben, den hellweißen Abdruck ihrer Hände und Finger. Zum Glück scheint sie der Anblick nicht zu beunruhigen.

»Tut es weh? Die Verbrennungen?«

»Manchmal.«

»Das ist ...«

Sie hält inne.

Caity sieht zu ihr auf. *Hey, wo bleiben die Streicheleinheiten?,* soll das wohl heißen.

»Gruselig?«, sagt seine Schwester.

»Dachte ich am Anfang.«

»Das haben wir gemerkt. Ich meine, ich hab das gemerkt.«

»Wirklich. Na ja, jetzt finde ich es ... nicht so schlimm.«

Das klingt nicht ganz aufrichtig. Das kleine Mädchen will tapfer sein.

Delia lächelt. »Findest du doch. Aber das macht nichts. Manchmal ist das, was man nicht kennt, eben gruselig.«

Das Mädchen guckt nachdenklich, dann krault sie Caity wieder. Caity hat den guten alten Dackelblick immer noch drauf. In diesem Augenblick setzt sie ihn ein, um das Mädchen zu beruhigen.

»Stimmt«, sagt sie. »Manchmal schon.«

Er genießt die darauffolgende behagliche Stille.

»Hm, wo ist denn meine Mom hin?«, fragt das Mädchen etwas fröhlicher.

»Wenn sie so ist wie meine, dann ist sie gerade mit was wirklich, *wirklich* Wichtigem beschäftigt.«

Das Mädchen lacht, steht auf und läuft in den Flur. Dabei stößt sie beinahe mit seiner Mom und Roman zusammen. Und dann kommt es ihm so vor, als wären Delia und Caity Gespenster. Als wären sie gar nicht da. Die beiden Erwachsenen sind in eine heftige Diskussion vertieft. Um es in Delias Worten auszudrücken: Sie sind mit etwas *wirklich Wichtigem* beschäftigt. Und sie flüstern.

»Pat, sei vernünftig«, sagt Roman. »Ich habe zwei Stunden mit der Rechtsabteilung telefoniert, und die sagt ...«

»Mir egal, was die Rechtsabteilung sagt. Ohne das Recht auf den letzten Schnitt werden wir das nicht machen, da hab ich mich doch klar ausgedrückt!«

»Das bekommst du ja auch! Du und Pearl! So was gab's noch nie.«

»Und wenn sich Pearl und ich nicht einig werden?«

»Im Vertrag steht beiderseitiges Einvernehmen, aber sie hat das letzte Wort.«

»Was bedeutet, dass sie das Recht auf den letzten Schnitt hat!«

»Die werden da nicht lockerlassen, Pat. Das ist Pearls Show!«

»Dann kannst du die vielen Leute hier gleich nach Hause schicken.«

Sie hebt das Kinn, wendet sich von ihm ab, verschränkt die Arme und starrt aus dem Fenster. Diesen Anblick kennt Robbie. Keine Diskussion, heißt das. Roman muss sich etwas Ähnliches denken, denn er zieht sein Handy aus der Jacketttasche und wählt im Davongehen.

Sie holt tief Luft und dreht sich um. Erst jetzt bemerkt sie Delia und Caity, die keine eineinhalb Meter vor ihr auf dem Boden sitzen.

»Verflucht, Kleines«, sagt sie. »Wo kommst du denn her?«

»Wir waren die ganze Zeit hier. Mom, hast du heute schon was gegessen?«

»Nein, Schätzchen, ich hab zu viel zu tun. Ruh dich doch noch ein bisschen aus. Es geht erst in ein paar Stunden los.«

»Wir sind nicht müde.«

Roman lehnt mit dem Handy am Ohr im Türrahmen.

»Pat! Da tut sich was. Komm her!«

Als sie davoneilt, werfen sich Robbie und seine Schwester einen vielsagenden Blick zu.

»Mom«, sagt er.

»Mom«, sagt sie.

Sie krault den Bauch der auf dem Rücken liegenden Caity. Ihre Vorderpfoten bewegen sich langsam auf und ab. Wenn Caity eine Katze wäre, denkt sie, würde sie jetzt schnurren.

»Mom riecht komisch, oder?«, flüstert Delia dem Hund ins Ohr. »Als wäre sie gleichzeitig aufgeregt und hätte Angst. Sie riecht wie ... faule Äpfel. Genau. Faule Äpfel.«

Hä?, denkt er.

Caity blinzelt sie an. Delia krault ihren Bauch.

Seine Schwester ist merkwürdig.

Wir sitzen auf dem Dach, was überhaupt der beste Platz im Moment ist, da ständig Leute durch unser Zimmer laufen und irgendwas aufstellen oder die Möbel, unsere Sachen und die Sachen, die sie mitgebracht haben, von einer Ecke in die andere rücken, Scheinwerfer und Kisten und sogar Sackkarren mit allem möglichen Zeug. Auf der Straße steht eine riesige Menschenmenge, wahrscheinlich die Nachbarn oder nur Schaulustige, die wissen wollen, was hier vor sich geht. Die Männer von der Security schleusen den Verkehr durch die Straße, und ein Auto bleibt direkt vor dem Haus stehen und hupt und hupt, als würde das irgendwas bringen, und überall stehen Kameras, und die Männer laden immer noch die Lkws und Lieferwagen aus. Keine Menschenseele hat uns bisher auf dem Dach entdeckt, und trotz des ganzen Durcheinanders hinter und unter uns ist es hier friedlich, und wir riechen das Gras und die Bäume in der Brise, die durch unser Haar fährt und sanft über unsere Wunden, unsere Verletzungen streicht.

Dann sieht uns jemand. Eine Frau, die allein auf dem Gehweg auf der anderen Straßenseite steht. Sie kommt uns bekannt vor, aber wir wissen nicht, woher. Sie trägt ein schönes, einfaches Kleid und winkt uns kurz zu. Dann dreht sie sich um, wirft uns noch einen letzten Blick und ein Lächeln zu und geht davon.

Wir sitzen auf dem Dach, was überhaupt der beste Platz ist.

Pat betätigt zum vierten Mal an diesem Tag die Klospülung im Erdgeschoss. Ihre Verdauung macht ihr schon den ganzen Morgen zu schaffen, was sonst nie der Fall war, nicht bei Delias Drehterminen, nicht mal vor der *Manny Choi Show*, nie. Scheiß drauf. Sie fährt mit der Bürste durch ihr Haar. Sie sieht gut aus. Also, scheiß drauf.

Sie kehrt in den Flur zurück und stößt beinahe mit dem Regieassistenten zusammen.

»Wir sind so weit, Mrs. Cross. Wollen Sie sich das Wohnzimmer mal ansehen?«

»Nicht nötig«, sagt sie. »Ich vertraue Ihnen.«

Ich brauche eine Pause, denkt sie. Eine Zigarette und eine Pause. Ich muss hier raus. Auf dem Weg zur Veranda sieht sie das Double – Daisy heißt sie – samt ihrer Mutter die Treppe hinaufgehen.

»Dürfen Delia und Caity zu meiner Ballettaufführung kommen?«, fragt das kleine Mädchen.

»Ein Hund beim Ballett. Das würde dir gefallen, was?«

»Sie ist der bravste Hund, den ich je getroffen hab.«

In der Tat, denkt Pat, obwohl Roman da wohl anderer Meinung wäre. Wo zum Teufel steckt der überhaupt?

Er ist auf der Veranda. *Zwei Seelen, ein Gedanke,* denkt sie. Nur dass Roman keine Pause macht, sondern arbeitet.

Er telefoniert und tigert dabei hin und her. Sie setzt sich auf eine Gartenliege und lauscht.

»Das ist ja wohl klar wie Kloßbrühe. Ich kann doch meine Klienten nicht vergackeiern.«

Wenn Roman in schwierigen Verhandlungen steckt, hört man gelegentlich seine ländliche Herkunft durch.

I'm just a good ol' boy.

Doch ihn für einen Dorftrottel zu halten wäre ein Fehler.

Er sieht sie an und rollt mit den Augen. Sie zündet sich eine Winston an, zieht den Flachmann aus der Tasche, schraubt ihn auf und nimmt einen ordentlichen Schluck. Roman, der dem Handy lauscht, macht eine auffordernde Geste. Sie reicht ihm den Flachmann, er nimmt ebenfalls einen Schluck und gibt ihn wieder zurück.

»Tja, dann müssen wir die Leute wohl nach Hause schicken. Nein, das war keine Drohung, das ist eine Tatsache.«

Es gefällt ihr, wie er ihnen Feuer unter dem Hintern macht. Genau so hat sie sich das vorgestellt. Sie nimmt noch einen Schluck und steckt den Flachmann in die Tasche zurück.

Dann ertönt Jubel von der Straße her. Kitty, eine der Produktionsassistentinnen, steckt ihren Kopf durch die Verandatür.

»Pearl ist hier«, sagt sie.

»Alles klar, danke, Kitty.«

»Ich rufe zurück«, sagt Roman. »Pearl ist gerade gekommen.«

Er klappt das Handy zu.

»Hast du ein Pfefferminzbonbon da?«, fragt sie.

»Na sicher, Schatz. Allzeit bereit.«

Er kramt in seiner Jacketttasche.

»Gib mir gleich drei«, sagt sie.

Wahnsinn, denkt Bart. In Fleisch und Blut sieht sie ja noch besser aus. Große Rehaugen, volle Lippen, makellose mokkafarbene Haut. Man merkt ihr nicht an, dass sie die fünfzig schon überschritten hat. Außerdem ist sie unerwartet klein, höchstens eins sechzig. Und dünner. Aber sie hat das gewisse Etwas.

Mit ihr bricht eine Woge der *Selbstsicherheit* durch die Tür. Sie marschiert herein wie jemand, dem die verdammte Bude gehört. Starqualitäten, gepaart mit einer stillen Autorität. Sie ist von sechs Männern in schwarzen Anzügen und mit schwarzen Krawatten umgeben, die aussehen, als hätten sie erst kürzlich Obama beim G7-Gipfel bewacht.

Plötzlich versteht er, was der Begriff *Anziehungskraft* meint – der ganze Raum scheint sich allein auf sie zu konzentrieren. Man kann die Augen nicht von ihr abwenden, man muss unwillkürlich einen Schritt näher und in ihre Sphäre treten. Vermutlich geht es den anderen genauso, seine Familie eingeschlossen. Denn als er sich umdreht, stehen Patricia und Robbie direkt hinter ihm und Delia und Caity an seiner Seite.

Kitty reicht ihr einen Kaffee mit viel Milchschaum in einem Becher, auf dem ein Mammut abgebildet ist. Pearl nimmt ihn mit einem warmen Lächeln entgegen.

»Sag Humphry, er soll die Leute da draußen nach Hause schicken, ja?«, sagt sie. »Wenn wir Nachbarn brauchen, geben wir ihnen Bescheid. Aber jetzt nicht.«

»Schon erledigt«, sagt Kitty und eilt davon.

»Wo ist die Familie?«, fragt sie.

Howard, der Regisseur, steht direkt neben ihr. Bart hat ihn nicht einmal kommen sehen.

Anziehungskraft.

»Gleich da drüben«, sagt er.

Sie treten näher. Howard stellt sie vor, und sie schütteln sich die Hände. Pearls Hand ist warm und glatt. Sie geht vor Caity in die Hocke, um ihr auf Augenhöhe zu begegnen. Aus ihrer Mimik und ihrer Körpersprache schließt er, dass sie Hunde mag. Gottlob ist sie kein zweiter John Latoya.

»Hey, du Fellnase«, sagt sie und schüttelt Caitys Pfote.

Dann richtet sie sich wieder auf. »Also gut, erst mal: Nennt mich Pearl. Nur Pearl. Es soll ja ungezwungen und entspannt sein, oder? Wir sind alle Freunde. Die Jungs und Mädels hier sagen, dass wir in zwanzig Minuten loslegen können. Patricia? Vorher muss ich Sie um einen Gefallen bitten.«

»Natürlich. Jederzeit. Worum geht's?«

»Ich muss mich irgendwo pudern, Schätzchen. Meine Augen sind eine Katastrophe.«

»Selbstverständlich, aber sicher, bitte hier lang.«

Bart kann sich einen Blick auf ihre wackelnden Hüften nicht verkneifen.

Nicht zuletzt ist Pearl ziemlich attraktiv.

Vor der Badezimmertür packt Pearl Pats Handgelenk. Fest.

»Reden wir ein paar Takte, Mom«, sagt sie. »Da draußen sind so viele Leute, da tritt man sich nur auf die Füße.«

Sie zieht sanft am Handgelenk. Pat hält verwirrt inne. Schließlich ist das nicht die Damentoilette des Hyatt, wo man vertrauliche Frauensachen besprechen kann.

»Oh bitte, Patricia. Einer der Vorteile als Frau ist, dass man so ziemlich überall ein ruhiges Büro findet.«

Pearl betritt das Badezimmer und schließt die Tür, rafft den Rock, zieht die Unterhose herunter und setzt sich auf die Schüssel. Pat dreht sich um neunzig Grad herum und lehnt sich gegen den Türstock.

»Eine Affenhitze da draußen. Keine Ahnung, wie ihr das aushaltet.«

»Man gewöhnt sich daran.«

»Angeblich. *Man gewöhnt sich daran.* Dasselbe sagt man auch über Detroit. Das Klima da oben gefällt mir trotzdem besser. Ich bin nämlich an Floridas Golfküste aufgewachsen. Das war eine Hitze, sag ich Ihnen. Der August in Sarasota ist die reinste Hölle.«

Endlich hört das Plätschern auf. Pearl seufzt, betätigt die Toilettenspülung, zieht sich wieder an und geht zum Waschbecken. Sie spritzt sich etwas Seife auf die Hände und wäscht sie gründlich.

»Wieso wollten Sie alle nach Hause schicken? Was sollte das denn werden?«, fragt sie.

Führt sie dieses Gespräch hier?, denkt Pat. Das hat sie nicht erwartet.

»Ich ... ich muss darauf achten, wie Delias Geschichte dem Publikum präsentiert wird.«

»Und das ganz zu Recht, Schätzchen. Ganz zu Recht. Nur klingt das für mich nicht nach einer Geschichte, sondern nach einer Vertragssache. Waren meine Jungs nicht entgegenkommend genug, liegt's daran?«

»Sie waren sehr entgegenkommend, aber offen gestanden gefällt mir diese Letzter-Schnitt-Klausel überhaupt nicht.«

»Verstehe. Wenn man so einen Vertrag unterzeichnet, hat man immer das Gefühl, seine Seele zu verkaufen, oder?«

»Ja, aber hier geht es nicht um meine Seele, sondern um Delias. Ich bin ihre Mutter, und es ist meine Aufgabe, ihre ...«

»... ihre Interessen zu wahren. Klar.«

Sie dreht den Wasserhahn zu und trocknet sich die Hände mit einem Handtuch ab.

»Das einzige Problem, das ich hier sehe, sind möglicherweise Sie, Patricia Cross.« Der Südstaaten-Akzent ist wie weggeblasen. »Ich frage mich, welche Mutter ihre entstellte Tochter vor Millionen präsentiert, kurz nach dieser traumatischen Erfahrung, die Ihr kleines Mädchen durchmachen musste. Wie lange ist das her? Drei Monate? Vier?«

Pat will protestieren, weil das verdammt noch mal *unfair* ist! Pearl fällt ihr einfach ins Wort.

»Das viele Geld, das Sie von uns bekommen – fließt das wirklich in einen Treuhandfonds für Delia?«

»Ich ... da stehen ein paar Rechnungen aus ...«

»Also lautet die Antwort Nein. Die Gärtner, die den Vorgarten so schön herrichten, wollen bezahlt werden, und Sie müssen in den Schönheitssalon, und ich wette, die Stromrechnung für dieses Haus mit den hohen Decken und so weiter ist sicher auch ziemlich gesalzen.«

Pearl kneift die Augen zusammen und macht einen Schritt auf sie zu. Das geräumige Badezimmer kommt Pat plötzlich nicht größer als ein Einbauschrank vor. Diese Frau kann einem Angst machen.

»Mom, Sie wollen mich doch nicht erpressen, oder?«, fragt sie.

»Ich will überhaupt nicht ...«

»Aber sicher wollen Sie. Hören Sie. Das Recht auf den letzten Schnitt können Sie vergessen. Sie sind bei Weitem nicht wichtig genug, als dass ich hier eine Ausnahme mache. Und eine Kompensationszahlung gibt's auch nicht. Wenn Ihnen das nicht passt, dann hauen Sie doch in den Sack. Nur zu. Die bisherigen Ausgaben sind beschissene Peanuts für mich. Wenn Sie jetzt einen Rückzieher machen, werden Sie vor aller Welt als die Rabenmutter dastehen, die sich einen Auftritt bei Pearl hat entgehen lassen.«

Sie dreht sich um, um ihr Make-up im Spiegel zu überprüfen.

»Verstehen Sie mich nicht falsch, Ihre Tochter und dieser niedliche Hund sind die beste Story, die mir dieses Jahr untergekommen ist, es könnte für eine Menge Leute eine Inspiration, vielleicht sogar eine Hilfe sein. Und genau das ist mein Job – den Menschen in dieser beschissenen Welt voller geldgeiler, egozentrischer, talentfreier Blutsauger wie Ihnen zu helfen und ihnen Hoffnung zu schenken. Deswegen will ich Delias Story bringen, selbst wenn ich Sie armselige Niete dafür in Kauf nehmen muss. Können Sie mir folgen? Haben wir uns verstanden?«

Als sie sich wieder zu Pat umdreht, hat sie einen sanfteren Blick aufgesetzt. Auch der Südstaaten-Akzent ist zurück.

»Oh, sehen Sie sich an. Sie winden sich ja wie ein Wurm auf einem Ameisenhaufen. Entspannen Sie sich, Schätzchen. Es muss nicht die harte Tour sein, Patricia. Vertrauen Sie mir, dass die Show nach Ihren Vorstellungen geschnitten wird?«

Pat fühlt sich, als hätte man ihr einen Schlag mit einem Hammer verpasst – nein, als wäre sie soeben in einer Seitenstraße von sechs Teenagern überfallen worden.

»J... ja, Ma'am ...«, sagt sie.

»Na bitte, Problem gelöst. Okay ...«

Sie sieht auf die Uhr.

»Lassen Sie Ihren Agenten den Wisch unterschreiben, und dann gehen wir beide da raus und machen Nägel mit Köpfen. Bereit? Prima.«

Sie rauscht an ihr vorbei und zur Tür hinaus.

Roman sitzt sozusagen in der ersten Reihe – direkt neben Bart, Delia und Robbie vor dem Bildschirm im Flur, auf dem Pearl und Patricia zu sehen sind.

Vor zehn Minuten haben sie in der Küche den Vertrag unterzeichnet. Pat wollte ihm nicht verraten, warum das Recht auf den letzten Schnitt jetzt kein Problem mehr war, und er wollte nicht nachfragen. Den Deal hatten sie besiegelt, die Aufzeichnung konnte beginnen. Sie hat unterzeichnet, Pearl hat unterzeichnet, er hat unterzeichnet, und das ist alles, was zählt. Reden können sie später.

Die Kamera läuft. Pat und Pearl sitzen sich auf dem Sofa gegenüber. Auf dem Beistelltisch zwischen ihnen stehen Cracker und Käse, Muffins und ein Krug mit Limonade. Alles sehr heimelig. Der Regisseur deutet auf Pearl, die sich – ganz die herzliche Südstaatengastgeberin – dem Publikum zuwendet.

»Heute spreche ich mit Patricia Cross über die Sensation, für die ihre elfjährige Tochter letzte Woche bei Manny Choi gesorgt hat. Ein Auftritt, der eine landesweite Diskussion über das Selbstbild unserer Kinder und Teenager angestoßen hat. Willkommen, Patricia.«

»Vielen Dank, Pearl.« Sie wirkt nervös, denkt er.

Heute Morgen hat er sich laut gefragt, warum Bart nicht ebenfalls in diese wichtige Show geladen wurde. *Vor der Kamera krieg ich Lampenfieber,* hat er gesagt. *Ich stottere und mache so ein blödes Gesicht.* Pat hatte das energisch bestätigt, und damit war die Sache erledigt.

Und jetzt ist sie nervös. Ganz anders als die Patricia in der Choi Show oder den vielen anderen Interviews. Sie blickt ständig zur Seite oder auf ihren Schoß. *Versau's nicht,* denkt er. *Bitte, Patricia. Bitte, bitte.*

»Tja, Kameras lügen nicht«, sagt Pearl. »Und als ich mir die Choi Show genau angesehen habe – als ich Sie genau angesehen habe –, wissen Sie, was mir da aufgefallen ist?«

Pat verspannt sich. Das spürt er sogar von hier aus.

Meine Güte, sie hat Angst, denkt er. Sie hat wirklich Angst. Sie lächelt zwar, aber ...

»Mir ist aufgefallen, wie schockiert Sie waren«, sagt Pearl. »Sie waren völlig überrumpelt. Was Delia da gesagt hat, war so nicht geplant, stimmt's?«

»N… nein. Gar nicht.«

»Delia hat die Gratisoperationen rundheraus *abgelehnt*. Was ging da in Ihnen vor, Patricia?«

Sie fängt sich allmählich wieder, denkt er. Ein wenig zumindest. Pearl beugt sich zu ihr, um den Eindruck zu vermitteln, dass hier nur zwei gute alte Freundinnen einen kleinen Plausch halten. Diese Masche beherrscht sie perfekt, und sie verfehlt auch bei diesem Gast ihre Wirkung nicht.

Einen Augenblick lang hat er sich Sorgen gemacht. Sie sah aus, als sei sie in die Ecke gedrängt worden.

»Nun, zuerst war das natürlich ein Schock. Wissen Sie, Delia hat alles von Anfang an so tapfer durchgestanden. Sie ist so vernünftig, so stark. Daher konnte ich zunächst nicht begreifen, warum sie dieses überaus großzügige Angebot von Manny und Dr. Hamilton abgelehnt hat. Wahrscheinlich war mir das auch peinlich irgendwo …«

»Moment. Hier muss ich Sie unterbrechen, das will ich genauer wissen. Es war Ihnen *peinlich*?«

»Weil Delia … weil sie nicht mitspielen wollte.«

»Mitspielen.«

Ein Wort wie eine Anklage. Pat beißt sich auf die Oberlippe. Er kann die Schweißperlen sehen, die sich auf ihrer Stirn bilden.

Was zum Teufel hat Pearl vor?

»Also … ja. Ich meine, wenn einem jemand in einer solchen Situation ein so großzügiges Angebot macht, muss man doch …«

»Muss man?«

»Dann muss man es annehmen. Ja! Natürlich! Und Vielen Dank sagen. Das haben so viele Menschen verfolgt, und ich wusste nicht, was ich tun sollte. Vielleicht hätte ich voraussehen müssen, dass ...«

Sie ist eingeschüchtert. Sie schaut zu ihrer Familie neben Roman hinüber, die gebannt zurückstarrt. Bart und Delia haben besorgt die Stirn gerunzelt.

Pearl streckt den Arm aus und tätschelt Pats Bein.

Das war nur Effekthascherei, begreift Roman. Sie wollte nur diesen Effekt.

»Aber nicht doch, meine Liebe, ich will Sie nicht verurteilen. Ich glaube, jeder von uns hätte womöglich ähnlich reagiert. Fahren Sie fort.«

Die Berührung scheint Wunder zu wirken.

Wie macht sie das?, fragt er sich.

Pat holt tief Luft.

»Nun, inzwischen ist mir klar geworden, dass Delias Reaktion die richtige war. Es gibt *nichts*, was sie an sich ändern müsste. Schließlich tragen wir alle Narben, nicht wahr? Und dann erkannte ich: Wenn Delia so viel Selbstvertrauen in sich und ihr Selbstbild hat, dann sollten wir ihr es ermöglichen, an die Öffentlichkeit zu treten. Damit sie dieses Selbstvertrauen an andere Kinder weitergeben kann. Und auch an Erwachsene.«

Pearl lächelt in die Kamera. »Wie zum Beispiel unsere tapferen Kriegsveteranen?«

»Ja. Ja, genau. Ich glaube, dass uns Delia sagen will: Wenn sie mit ihren Narben leben kann, dann kann das auch jeder andere. Unsere Narben formen schließlich unseren

Charakter, nicht wahr? Aber viele Menschen ... haben das wohl nicht verstanden. Offensichtlich hat es viele der Zuschauer hart ... wirklich hart getroffen, dass sich Delia die Chance entgehen ließ, wieder ...«

»Wieder *normal* auszusehen?«

»Ja. Irgendwie schäme ich mich dafür, dass ich ... dass ich nicht gleich akzeptiert habe, dass ... dass ich sie nicht sofort dabei unterstützt habe.«

Wieder spendet Pearls Hand dieses mütterliche Tätscheln. Patricia nickt, senkt den Kopf, nimmt die Hand in ihre und drückt sie. Jetzt schauspielert sie. Das ist nicht aufrichtig. Er kann das deutlich sehen, aber er bezweifelt, dass es den anderen auch so geht. Vor der Kamera hat es durchaus seine Wirkung – aber was wohl Delia davon hält?

»Schöne Frau, Sie haben keinen Grund, sich zu schämen«, sagt Pearl. »Auch darüber werden wir noch genauer reden. Stimmt es, dass nicht wenige Mütter ziemlich wütend auf Sie waren?«

»Ziemlich viele sogar.«

Pearl schiebt die Papiere auf ihrem Schoß hin und her. Zuschauerbriefe? Notizen? Oder nur ein Requisit?

»Dass Sie nicht auf die Operation bestanden haben.«

»Genau.«

»Nun, an diese Mütter werde ich in ein paar Minuten ein paar klare Worte richten.«

Pat kann sich ein Grinsen nicht verkneifen.

»Nach der Pause wird sich Delia zu uns gesellen und selbst etwas dazu sagen. Verpassen Sie das nicht. Vielen Dank, Patricia, und Sie da draußen bleiben, wo Sie sind.«

Sie macht eine kurze Pause.

»Schnitt. Okay. Super. Alle zurück auf ihre Plätze. Patricia? Exzellent, Schätzchen. Sie sind ein Naturtalent, was? Wollen Sie mal einen Blick auf die Aufzeichnung werfen, die wir ausstrahlen, bevor wir weitermachen?«

»Gerne, Pearl.«

»Roman? Ihr anderen? Kommt mit.«

Er steht auf. Bart und Robbie folgen seinem Beispiel. Delia bleibt, wo sie ist, und krault Caity.

»Alles klar, Deal?«, fragt Roman.

»Uns geht's gut«, sagt sie. »Vielleicht schnappen wir mal frische Luft.«

»Dann nur zu. Sag der wirklichen Welt Hallo von mir.«

»Mach ich.«

Gelegentlich, denkt er, nimmt Delia manches doch etwas zu wörtlich.

Ein kratzendes Geräusch. *Kratz, kratz, kratz.* Wie Fingernägel auf einer Schiefertafel. Nein. Wie Krallen an einer Tür.

Es kommt von draußen. Sie und Caity sitzen auf der Treppe. Wie kann es dann *von draußen* kommen? Aber so ist es. Da ist sich Delia sicher.

Mom, Dad, Robbie, Roman und Pearl drängen sich um den Küchentisch und beobachten, wie die Cutterin die Videodatei einer Passantenbefragung öffnet. Das interessiert sie nicht. Niemandem fällt auf, dass sie und Caity sich verdrücken. Sie stehen einfach auf und gehen unbemerkt an ihnen vorbei zur Glasschiebetür.

Hinter ihr plappert eine Frau unaufhörlich mit blecherner Stimme aus dem Laptop.

»... nicht richtig, wenn Sie mich fragen. Das ist noch ein kleines Mädchen, die weiß doch nicht, was das Beste für sie ist. Ihre Mutter hat die Verantwortung dafür, dass ...«

Und darüber hört Delia das Kratzen.

Sie öffnet die Tür und tritt hinaus.

In eine magische Welt.

Das Lieblingsbuch ihrer Kindheit hat eigentlich Robbie gehört. Weil es angeblich ein Buch für Jungs war. Nur weil die Hauptfigur ein kleiner Junge war. Aber sie glaubt nicht, dass *Wo die wilden Kerle wohnen* ein Buch speziell für Jungs oder für Mädchen ist. Es ist nur eine Abenteuergeschichte, in der man mit einem kleinen Boot an einen Ort fährt, wo Monster hausen. Große alberne Monster mit großen Augen, die so gut gezeichnet sind, dass sie einem regelrecht entgegenspringen. Kristallklare, sorgfältige Tuschzeichnungen. Die Farben waren unglaublich leuchtend, als würde die Sonne nur für die Ungeheuer und den kleinen Jungen in seinem Boot scheinen.

Der *Rasen* ist jetzt ganz genauso. Der Rasen in ihrem eigenen Garten. Sie sieht plötzlich viel deutlicher. Die Tische und Stühle auf der Veranda, die Steinfliesen darunter, jedes Blatt an den Bäumen, jeder Löwenzahn und jeder Grashalm heben sich messerscharf klar voneinander ab, wie mit schwarzer Tinte umrahmt. Kitty, die Produktionsassistentin, steht auf der Veranda und raucht eine Zigarette. Delia kann jede Falte in ihrer Jeans und ihrem T-Shirt erkennen. Ihr Gesicht und ihre Unterarme glänzen im Sonnenlicht. Der Rauch ihrer Zigarette bildet eine deutliche, behäbige Säule, die in die windstille, warme Luft aufsteigt.

Dann richtet sie ihre Aufmerksamkeit auf den Gartenzaun. Und auf die Rutsche und die Schaukeln davor, die in der Sonne blinken.

Kratz. Kratz.

Von dort kommen die Geräusche.

Caity übernimmt die Vorhut.

»Braucht ihr beiden irgendwas?«, fragt Kitty, als sie an ihr vorbeigehen. Sie stopft ihren Zettel mit der Tagesdispo in die Gesäßtasche, tritt die Zigarette auf dem Rasen aus und bückt sich dann, um die Kippe aufzuheben.

Delia kann nicht sofort antworten. Der schimmernde Glanz in Kittys hellblauen Augen lenkt sie ab.

»Sie muss mal aufs große Hundeklo«, sagt sie.

Kitty lacht. »Alles klar«, sagt sie und geht ins Haus zurück.

Du musst auf die Rutsche klettern, hört sie sich selbst sagen. *Sonst siehst du sie nicht.*

Also klettert sie die Leiter hinauf, während Caity aus vollem Lauf die glatte Rutschbahn hochfegt. Sie treffen sich oben und setzen sich.

Jetzt kommt sie sich vor wie in dem Boot des kleinen Jungen, ganz oben in der Takelage. Sie sieht alles um sich herum.

»Caits, was meinst du?« Sie streichelt den breiten, glänzenden Rücken des Hundes. »Fast wie auf dem Dach, oder? Hier wohnen wir.«

Caity blinzelt einmal und starrt sie dann an.

Kratz.

Sie *sieht* sie, bevor sie sie tatsächlich erblickt.

In Caitys funkelnden Augen.

»Das sind deine *Spielgefährten*!«, sagt sie. »Das hab ich gesehen. Caits! Du hast mit ihnen *gespielt*.«

Sie blickt direkt zum Zaun hinunter. Die beiden rotbraunen Jungfüchse rollen im Dreck herum, balgen sich und kratzen am Eckpfeiler des Zauns. Sie halten inne, schauen zu ihnen auf – zwei weitere potenzielle Spielgefährten gleich in der Nähe –, dann balgen sie sich weiter. Winzige Kreaturen, bis zum Platzen mit Lebensfreude gefüllt. Ihre wilden Kerle.

»Ach, Caits«, sagt sie. »Wenn du über diesen blöden alten Zaun springen und weglaufen willst, könnte ich das gut verstehen. Ehrlich. Da draußen wartet eine ganze Welt auf dich.«

Caity würde ohne sie nirgendwohin gehen. So ist sie nun mal. Delia umarmt sie fest.

Dann bemerkt sie die Stille am Zaun. Als sie wieder hinguckt, sind die Füchse verschwunden.

Pat hat den Eindruck, dass ihre Tochter nicht mit dem nötigen Ernst bei der Sache ist.

»Delia! Komm da runter. Make-up!"

Was zum Teufel machen sie und der Hund überhaupt auf der verfluchten Rutsche?

»Kein Make-up, schon vergessen?«

»Du weißt genau, was ich meine. Runter mit dir.«

Im Zeitlupentempo klettert sie die Leiter hinab. Caity nimmt die Rutsche.

Die Kameras im Wohnzimmer stehen wieder an ihrem ursprünglichen Platz und sind aufnahmebereit. Der Regisseur setzt Delia neben Pat. Die Kapuze liegt auf ihren Schultern. Alle Welt kann die Brandnarben sehen. Caitys Auftritt kommt erst später. Sie kauert neben dem Tontechniker hinter der Kamera. Was Pat ganz recht ist.

Schließlich geht es jetzt nicht mehr um die heldenhafte Hündin, sondern um die Verbrennungen.

Nachdem die Interviews mit den Passanten eingespielt wurden, fragt Pearl nach ihrer Meinung zu diesen negativen Reaktionen. Pat sagt, dass sie die empörten Eltern durchaus versteht, dass sie aber trotzdem falschliegen. Dass Delia über eine beeindruckende Urteilskraft verfügt und dass sie ihrer Tochter glaubt, wenn sie sagt, jawohl, sie kann auch in diesem Zustand der Welt ins Auge blicken.

Dann ist Delia an der Reihe.

»Delia, über dich wurde in den letzten Wochen viel berichtet. Wir haben mit deiner Mutter gesprochen, aber wie steht's mit dir? Wie kommt Delia klar?«

»Prima.«

»Ist das nicht anstrengend, all diese Aufmerksamkeit?«

»Nö.«

Knappe Antworten. Der Albtraum eines jeden Moderators, denkt Pat. *Nicht schon wieder.*

»Jetzt hattest du ja ein bisschen Zeit zum Nachdenken. Findest du es immer noch richtig, dass du die kosmetischen Eingriffe abgelehnt hast?«

»Ich denke eigentlich kaum darüber nach.«

»Nicht?«

Pearl weiß schon, wie man harte Nüsse knackt, denkt Pat.

»Na gut. Worüber denkst du denn *dann* nach?«

»Über uns, schätze ich. Über Mom und Dad. Über Robbie. Und Caity.«

»Die Familie ist das Wichtigste, nicht wahr? Aber Schätzchen, machst du dir nie über dein Aussehen Gedanken? Oder wie dich die anderen sehen?«

»Warum denn?«

Falls Pearl allmählich sauer wird, lässt sie es sich nicht anmerken.

»Nun, die meisten Leute halten es für sehr, sehr wichtig, wie sie auf andere wirken. Deshalb wollten wir auch mit dir sprechen. Du hast eine ganz besondere Einstellung zum Leben, und deine Mom glaubt, dass du diese Einstellung mit vielen anderen Menschen teilen solltest. Mit Menschen, die weniger selbstbewusst sind.«

Darüber scheint Delia nachzudenken.

»Ehrlich gesagt, verstehe ich das nicht so richtig«, sagt sie. »Warum ich? Sind Sie nicht dafür zuständig, den Menschen Mut zu machen? Das ist doch Ihr Job, oder?«

»Also, ja. Irgendwie schon. Aber ich bin nicht ...«

»Aufrichtig?«

Pat kann sich nicht mehr beherrschen. »Delia!«

Auch Pearl ist wie vor den Kopf geschlagen. Eine Sekunde lang. Eine Sekunde lang ist es so still, dass man eine Stecknadel fallen hören könnte. Dann lacht sie.

»Immer mit der Ruhe, Mom. Kleines, ich bin so aufrichtig, wie man nur sein kann. Frag einfach meinen Regisseur.«

»Du weißt schon, wie das gemeint war, Pearl. Du bist Schauspielerin. Wie ich früher.«

Sie weiß nicht, worüber sie entsetzter sein soll – über das, was Delia gesagt hat, oder die Tatsache, dass sie Pearl geduzt und beim Vornamen genannt hat, über diese erwachsene Intimität. Und in diesem Augenblick wird ihr klar, dass sie ihre eigene Tochter eigentlich kaum kennt.

»Nun, um die Wahrheit zu sagen: Als Schauspielerin bin ich eine Niete, Schätzchen. Aber ich hab gesehen, was du alles gemacht hast, und du warst wirklich das entzückendste kleine ...«

»*War ich*, ja. Vergangenheitsform. Vielen Dank.«

»*Bist du*, kleine Schwester! Bist du immer noch.«

»Glaubst du? Damit ich dir höhere Einschaltquoten liefere? Damit du noch mehr Medikamente verkaufen kannst?«

Pat weiß nicht, was die Kamera gerade einfängt, aber sie weiß ganz sicher, dass die Wut in Pearl aufsteigt. Und sie hat erst vor Kurzem mitbekommen, dass Pearl keine Hemmungen hat, diese Wut auch rauszulassen.

Genauso gut kann sie sie aber auch verbergen.

»Medikamente verkaufen? Was meinst du damit?«

»Deswegen gibt's deine Show doch überhaupt, oder? Du redest eine Weile über, keine Ahnung, Kochen oder Schuhe oder eine Scheidung oder das Baby, dem ein Frettchen die Finger abgefressen hat – die Sendung hab ich gesehen –, und dann kommt Werbung für Zaebocam oder Hannaxim, und dann wird weitergeredet. Stimmt doch, oder?«

Pat traut ihren Ohren nicht. Sie will etwas erwidern, doch Pearl kommt ihr zuvor.

»Sehr gut beobachtet, Delia. Ich rede mit anderen Menschen, das ist mein Job. Aber die Medikamente verkaufe nicht ich, sondern unsere Sponsoren. Sie kaufen Sendezeit und ...«

»Ich weiß. Ich hab viele Werbefilme gemacht.«

»Und das wirst du auch wieder tun. Diesmal für einen sehr guten Zweck: deine Stiftung. Delia's Mirror.«

Delia lacht. Nein. Sie *kichert*.

»Meine Stiftung«, sagt sie.

Pat bezweifelt, dass das hier jemals ausgestrahlt werden wird, und sie fragt sich, ob überhaupt irgendwas davon ins Fernsehen kommt. Mit einem Mal ist sie stocksauer auf Delia. Sie hat die Schnauze voll von ihren Überraschungen, ihren egoistischen Spielchen. Warum zum Teufel folgt sie nicht dem beschissenen Drehbuch wie alle anderen auch? Für wen hält sie sich?

»Aber es ist doch *deine* Stiftung, oder?« Pearls Stimme ist so rau wie Sandpapier. Sie hat die Frage zwar Delia gestellt, aber Pat hat den Eindruck, dass sie an sie gerichtet war.

Wessen Stiftung ist es?

»Sollen wir nicht eine kurze Pause machen?«, schlägt Pat vor.

In diesem Augenblick springt Caity ins Bild. Direkt zu Delias Füßen.

»Wow! Was sagt man dazu!«, ruft Pearl. »Ein Überraschungsgast! Das hier ist Caity! Wie geht's dir, Mädchen?«

Caity hechelt, wedelt mit dem Schwanz und blinzelt Pearl an.

Pearl scheint die Unterbrechung nicht zu stören. Pat schon.

»Deal, Caity ist noch nicht dran«, sagt sie. »Sag ihr, sie soll sich hinlegen.«

Sie streckt den Arm aus und drückt die Schulter ihrer Tochter. Womöglich etwas fester als beabsichtigt. Delia zuckt zusammen. Caity stellt das Schwanzwedeln ein, wendet sich langsam von Pearl ab und Pat zu und senkt den Kopf.

Pat nimmt die Hand von Delias Schulter.

»Pearl, wie wäre es mit einer kurzen Unterbrechung?«, fragt sie. »Einverstanden?«

»Gleich, Schätzchen. Erst soll Caity mal Pfötchen geben. Kannst du Pfötchen geben, Caiters?«

»Du musst sie Wackelhintern nennen. Das hat sie gern.«

»Wackelhintern? Hey, Wackelhintern. Kannst du Pfötchen geben?«

Caity trottet mit wackelndem Hinterteil zu ihr, setzt sich und leckt über Pearls ausgestreckte Hand.

»*Iiih*, Hundezunge. Braves Mädchen! Genau wie meine Soozie. Wie steht's jetzt mit Pfötchengeben?«

Caity hebt gehorsam ein Bein. Pearl wuschelt durch das Fell auf ihrem Kopf. Delia beobachtet alles genau und lächelt. Pat kommt sich merkwürdig ausgegrenzt vor, unbeachtet. Das gefällt ihr gar nicht. Nichts läuft so, wie sie es sich vorgestellt hat.

»Okay«, sagt Pearl. »Legen wir eine Pause ein. Howard?«

Die Kameras werden abgeschaltet und die Scheinwerfer gedimmt. Alle entspannen sich. Alle bis auf Pat. Sie kann sich unmöglich entspannen. Das hier ist eine

Katastrophe. Delia macht verdammt noch mal alles kaputt.

Sie steht auf und marschiert in die Küche.

Seine Frau weint, und diesmal sind es keine Krokodilstränen. Die Tränen sind echt. Bart spürt ihre Wut und ihre Frustration – Himmel, er ist ja ebenfalls frustriert –, aber sie muss wieder auf die Bühne, nicht er, deshalb ist es seine und Romans Pflicht, sie zu trösten. Sie hören zu und wollen sie besänftigen, aber sie ist auf hundertachtzig und sagt ständig *Ich will nur, dass der Scheiß hier vorbei ist*, und dann taucht Pearl hinter ihr auf und zieht sie beiseite, und Pearl sieht ebenfalls nicht gerade glücklich aus.

»Jetzt passen Sie mal auf«, sagt sie. »Wir hängen da beide mit drin, und ja, sehen wir zu, dass wir den Scheiß hinter uns bringen. Also reißen Sie sich zusammen, und verhalten Sie sich wie ein *Profi*, haben Sie mich verstanden? Sie unterbrechen sie nicht, Sie verziehen nicht das Gesicht, Sie ...«

Roman hebt die Hand.

»Einen Moment, Pearl«, sagt er.

Sie würdigt ihn keines Blickes.

»Wenn dieser kleine Parasit hier noch ein Mal die Hand hebt, hat er bald nur einen blutigen Stumpf, klar?«

Großer Gott! Zum Glück hat es Roman erwischt und nicht ihn, denkt Bart, obwohl er sich ebenfalls gedemütigt vorkommt. Er will sich gar nicht ausmalen, wie sich der Agent gerade fühlt. *Parasit?* Roman scheint es einfach hinzunehmen, als hätte sie gar nichts gesagt.

Auch seine Frau wirkt plötzlich teilnahmslos.

»Alles in Ordnung«, sagt sie. »Ich musste nur mal Luft holen.«

»Wenn's denn hilft, Schätzchen. In fünf Minuten geht's weiter.«

Sie dreht sich um und marschiert davon. Delia und Caity stehen vor der Küche. Pearl bleibt stehen und unterhält sich mit ihnen. Bart fragt sich, worüber sie zum Teufel wohl reden.

»Mein lieber Schwan«, sagt Pearl. »Grade hab ich nach dir gesucht, und da bist du ja.«

»Wir gehen draußen spielen.«

»In fünf Minuten machen wir weiter, Kleines. Bleib in der Nähe.«

»Wir wollen bloß ein bisschen nach draußen.«

Pearl holt tief Luft und beugt sich vor. Delia riecht die Pfefferminzbonbons in ihrem Atem.

»Hey, meine Kleine«, sagt sie. »Ich verstehe genau, was hier vor sich geht. Für dich ist das alles nur ein Haufen Quatsch, oder? Hat man *dich* überhaupt gefragt, ob du dieses ganze Durcheinander in deinem Haus willst?«

»Mich hat niemand gefragt. Mich fragt nie jemand. Selbst vor ...«

»Manchmal kriegt man eine Frage gestellt, die sich wie ein Befehl anhört, oder?«

»Manchmal schon.«

Sie sieht Pearl tief in die Augen. Vielleicht versteht mich diese Frau ja, denkt sie. Vielleicht. Jedenfalls mag sie Hunde, so viel wissen wir. Trotzdem darf man Fremden nicht trauen.

»Wir werden nie Freunde sein«, sagt sie.

»Autsch! Das war deutlich. Das müssen wir auch nicht sein, Kleines, aber es würde nicht schaden, wenn wir so tun, okay? Wollen wir vor der Kamera Freunde sein? Ab jetzt?«

»Ist das Ganze dann schneller vorbei?«

»Darauf kannst du wetten. Und ich bin glücklicher als ein Schwein im Schlamm.«

Sie muss lachen. »Das krieg ich hin«, sagt sie.

»Hand drauf?«

Sie schlägt ein.

Wir sitzen unter dem abendlichen Sternenhimmel auf dem Dach. Wir spitzen die Ohren und lauschen.

Sie sitzen um den Küchentisch – Mom, Dad und Roman – alle bis auf Robbie, der auf dem Sofa liegt und X-Men: Fall of the Mutants *liest, dabei aber ebenfalls lauscht. Er blättert nur selten um.*

»Pearl bekommt fünfundzwanzig Prozent des Copyrights als stille Teilhaberin«, sagt Roman. »Aber die Werbung, die wir mit der Sendung gemacht haben, ist allein schon mehr wert als das.«

»Nicht zu vergessen deine fünfzehn Prozent«, sagt Mom.

»Na klar, ich hab ja auch die ganzen Verhandlungen geführt.«

»Du hast einen Scheiß verhandelt. Pearl hat dir den Marsch geblasen.«

Sie reden über ein Buch. Unser Buch.

»Ich bin auf deiner Seite, Patricia.«

»Ja, mach halblang, Schatz«, sagt Dad.

»Sie hat uns verdammt noch mal genötigt.«

»Nach der Pause verlief das Interview doch ganz gut. Mir kommt sie ziemlich anständig vor«, sagt er.

»Sie kommt dir anständig vor, oh toll. Vielen Dank, Bart, wir haben deinen Beitrag zur Kenntnis genommen.«

»Reg dich ab. Ich hol dir mehr zu trinken.«

Ein Stuhl wird gerückt. Gluckern. Eiswürfel. Wieder der Stuhl.

»Wir verkaufen etwas, das noch gar nicht existiert. Nicht schlecht«, sagt Dad.

»Die Show wird erst in drei Wochen ausgestrahlt«, sagt Roman. »Pearl kennt einen Ghostwriter, der das Ding in zwei Wochen schreibt.«

»Ein ganzes Buch?«

»Klar. Das muss ja nicht Game of Thrones *werden. Ein paar Bilder, große Schrift. Alles kein Problem.«*

Stühlerücken. Barts schwere Schritte. Gluckern. Eis.

Stühlerücken. Mom.

»Ich muss Delia ihre Medikamente geben und sie eincremen«, sagt sie. »Trefft ohne mich keine wichtigen Entscheidungen, ja?«

Robbie steht in der Tür.

»Das kann ich erledigen.«

»Was?«

»Delias Salbe. Dann könnt ihr ... mit dem weitermachen, was ihr eben so macht.«

»Okay. Super. Danke, Robbie.«

»Kein Problem.«

Robbie auf der Treppe. Robbie im Flur. Robbie in unserem Zimmer. Er lehnt sich aus dem Fenster.

»Hey, Deal. Zeit für deine Salbe und so.«
Wir blicken zu den Sternen auf. Wir gehen nur ungern.
»Leute?«
Wir stehen auf. »Klar. Okay.«

Robbie schraubt den Deckel vom Cremetiegel und steckt die Finger hinein. Sie zieht das Pyjamaoberteil herunter, sodass ihr Hals und ihre Schultern entblößt sind. Auf dem Nachttisch neben ihr stehen über ein Dutzend Fläschchen und Schachteln mit Medikamenten und Vitaminen, aufgereiht nach der Tages- oder Nachtzeit, zu der sie sie einnehmen muss. Inzwischen kennt sie sich damit aus.

Er reibt Creme auf ihren Nacken. Spürt das glatte und doch unebene, geriffelte Narbengewebe unter seinen Fingern.

»Bist du müde?«

»Ich weiß nicht. Ein bisschen.«

»Anscheinend schreibst du jetzt ein Buch.«

»Und Pearl kriegt fünfundzwanzig Prozent. Ich hab's auch gehört.«

Das überrascht ihn. Sie hat es *gehört*?

»Glaubst du, dass ich lesen darf, was ich geschrieben habe?«

Er lacht. »Gute Frage.«

»Mann, ich hab ein mieses Gefühl dabei.«

»Mach dir keine Vorwürfe. Das war nicht deine Idee.«

»Auf gar keinen Fall.«

»Gewissensbisse?«

»*Ohne Ende!* Erst die Zeitschriften und Zeitungen und Fernsehsendungen und jetzt ... ein Buch?«

Er taucht die Finger wieder in den Cremetiegel und kümmert sich um ihre rechte Schulter.

»Uuuh. *Kalt.*«

»Sie reden immer noch darüber«, sagt er.

»Ich weiß.«

»Was hat Tante Ev gesagt?«

Sie hat kurz nach dem Mittagessen angerufen. Er ist rangegangen und hat ein, zwei Minuten belangloses Zeug mit ihr geplaudert. Dann wollte sie Delia sprechen. Delia und nicht Mom, was er bemerkenswert fand.

»Sie hat mich bei Manny Choi gesehen. Er war bescheuert, sagt sie.«

»Der kann nicht anders.«

»Sie hat gesagt, sie ist stolz auf mich. Sie hat gesagt, dass sie als Kind nicht so mutig war, sondern sich immer nur hinter ihren Büchern versteckt hat. Robbie, glaubst du auch, dass ich mutig bin?«

»Keine Ahnung. Du bist meine Schwester. Du bist einfach Delia.«

»Seh ich auch so.«

Er reibt etwas zu kräftig über ihre linke Schulter. Sie zuckt zusammen.

»Entschuldige. Tut noch weh, oder?«

»Ja. Ist nicht so schlimm.«

Ist es doch, aber er bohrt nicht weiter nach, sondern macht schweigend weiter. Sobald er fertig ist, schraubt er den Tiegel zu und geht ins Badezimmer, um ihr ein Glas Wasser zu holen. Er reicht ihr ihre Tabletten und beobachtet sie dabei, wie sie eine nach der anderen schluckt.

»Danke, Bruderherz«, sagt sie.

»Klar. Jederzeit.«

Er geht in die Hocke, streichelt Caity, die neben dem Bett liegt.

»Danke, dass du Caity aus dem Krankenhaus getragen hast«, sagt sie. »Und dass du dich im Auto um sie gekümmert hast und so.«

»Klar«, wiederholt er. »Nacht, Deal. Nacht, Caity.«

Erst als er auf halbem Weg die Treppe runter ist, fällt ihm etwas ein, und er fragt sich, woher seine Schwester weiß, dass er und nicht sein Dad Caity an jenem Tag ins Auto getragen hat. Das hat ihr niemand gesagt.

vierzehn

Sie tritt in die Morgensonne, die trotz der dunklen Sonnenbrille so grell ist wie eine verfluchte Highschool-Blaskapelle. Ihre Kopfschmerzen sind die Hölle, und bisher haben die beiden Ambien und das Oxycodone ihrem Kater noch nicht den Garaus gemacht.

Sie hatte viel zu wenig Schlaf, zwei, vielleicht drei Stunden vor dem Klingeln des Weckers und noch zwei, nachdem sie ihn zum Schweigen brachte. Jetzt bereut sie es, nicht sofort aufgestanden zu sein. Sie ist fürchterlich spät dran, aber zu diesem Zeitpunkt wollte sie nichts anderes als schlafen.

Was hat sich Bart überhaupt gedacht bei seinem nächtlichen Versuch, sie zu besteigen? Es war Wochen, beinahe einen Monat her, seit sie ihn zum letzten Mal rangelassen hat. Warum also jetzt? Immerhin findet heute bei Barnes & Noble Delias erste Signierstunde statt. Nun, sie haben sich ein paar Drinks genehmigt und eine Wiederholung einiger Folgen von *Law and Order: Criminal Intent* angesehen, aber als sie ins Bett gingen, waren sie so betrunken nun auch wieder nicht, und *Law and Order* ist nicht gerade ein Aphrodisiakum.

Wenn er es nicht versucht hätte, wenn er sich nicht mit seiner stetig wachsenden Leibesfülle und seinem immer dicker werdenden Hintern auf sie geworfen hätte, hätte sie nicht fluchtartig das Bett verlassen und zwei steife Wodka Martinis getrunken. Dann hätte sie jetzt keine Kopfschmerzen und würde nicht so unkoordiniert wie eine Marionette die Handtasche, den Wagen mit ihrem Koffer und dem Make-up-Köfferchen und der Garderobe für sie und Delia in den Wagen laden.

Als sie nach den Drinks ins Bett zurückgekehrt war, hatte sie es leer vorgefunden. Sie hatte sich schon denken können, wo er war: schmollend auf dem Sofa. Typisch Bart. Wahrscheinlich ist sie direkt an ihm vorbeigegangen. Heute Morgen beim Aufstehen hat sie gehört, wie sein Auto aus der Einfahrt fuhr. Er und Robbie wollten *»früh los«*, hat er gesagt. Passiv-aggressiver Volltrottel. Geweckt hat er sie nicht. Ebenfalls typisch Bart. Sie kann natürlich allein sehen, dass sie ihren Kram auf die Reihe kriegt. Ihren und Delias.

Wo zum Teufel steckt die überhaupt?

Was passiert bei einer Signierstunde, wenn derjenige, der signieren soll, nicht rechtzeitig kommt?

Sie sieht auf die Uhr. Sie sind bereits fünf Minuten zu spät. Und selbst bei schwachem Verkehr dauert die Fahrt zum Buchladen fünfundzwanzig Minuten.

Ihr Kopf dröhnt.

Sie wirft die Handtasche auf den Fahrersitz und sucht den richtigen Schlüssel an ihrem Schlüsselbund und öffnet den Kofferraum, wirft den Koffer hinein, legt die Klamotten sorgfältig darüber – und da stehen sie, Delia und Caity.

Endlich.

»Na los, Kleines. Dad und Robbie sind schon dort. Wir müssen fahren. Wir sind spät dran.«

»Ich will nicht mehr, Mom«, sagt sie.

Ihre Hand erstarrt auf dem Kofferraumdeckel.

»Was redest du denn da?«, fragt sie. »Steig ein.«

»Mom. Ich will nicht mehr.«

Sie hat die ganze Nacht und den ganzen Morgen darüber nachgedacht. Gewisse Dinge kann sie einfach nicht machen. Diese vielen Interviews, sogar im Fernsehen, waren eine Sache – es war ganz gut, solange sie über Caity geredet haben, und was Caity für sie getan hat. Das hat sich gelohnt. Womöglich war es sogar ganz gut, dass sie bei Choi und Pearl aufgetreten ist und den Menschen erzählt hat, wie sie sich selbst sieht. Das hat sicher nicht geschadet.

Sie war zumindest ehrlich. Sie war sie selbst.

Aber dieses Buch ...

Sie hat das Buch gelesen, das sie angeblich selbst geschrieben hat. Doch das ist nur ein Haufen Selbsthilfe-Blödsinn, dazu Erlebnisse, die ihr nie passiert sind, Gedanken, die sie nie gedacht, und Worte, die sie nie gesagt hat. Das war angeblich Recherche. Nicht ihre Recherche. Ihrer Meinung nach sollte *Delias Spiegel* höchstens lauwarme Rezensionen bekommen. Die guten Verkaufszahlen hat es jedenfalls nicht verdient.

Wenn sie an das Buch denkt, würde sie sich am liebsten in einer Höhle verkriechen. Oder sterben. Aber signieren wird sie das Ding ganz bestimmt nicht. Sie will niemanden kennenlernen, der es gelesen hat oder gekauft hat, um es zu lesen, weil er glaubt, es wäre sein Geld wert oder würde ihm irgendwie weiterhelfen. Sie schämt sich für das Buch. Bisher hat sie sich für nichts geschämt. Dafür schon. Deshalb schmeißt sie alles hin.

»Vergiss den Buchladen, Mom. Vergiss die Stiftung. Ich will nicht mehr«, sagt sie. »Von jetzt an geht es nur noch um uns. Den anderen Kram lassen wir hinter uns.«

»Mach dich nicht lächerlich. Steig ein.«

»Es geht um *uns*, Mom. Um dich, um mich, um Robbie, Dad und Caity. Wir sollten eine Familie sein. Uns umeinander kümmern.«

Ihre Mutter steht einfach da, ganz erstarrt. Delia und Caity dagegen bewegen sich, gehen auf sie zu. Sie muss näher bei ihr sein, um zu sehen, wie sich das anfühlt. Sie tritt zum Auto.

»Meine Güte, natürlich kümmern wir uns umeinander«, sagt Mom. Sie ist gereizt. »Was glaubst du denn, warum wir das alles hier machen? Warum ich die Sache am Laufen halte, wenn nicht für uns? Du wirst doch nicht etwa den Blödsinn glauben, den Pearl verzapft hat. Meinst du wirklich, dass *ihr* was an uns liegt?«

»Nein, wahrscheinlich nicht. Das hab ich gemerkt. Ich bin ja nicht blöd.«

»Dann red auch kein blödes Zeug. Steig ein. Wir haben keine Zeit für so einen Scheiß. Nicht heute Morgen, Schätzchen. Wirklich nicht.«

Sie riecht nach Angst, denkt Delia. *Meine Mom riecht nach Angst.*

Das könnte ihr tatsächlich das Herz brechen.

Sie streckt die Hände aus, um sie zu umarmen. Caity ist an ihrer Seite.

»Wir müssen eine Familie sein, Mom. Keine Show. Wir müssen das Buch vergessen, die Stiftung, das mit Roman ...«

»Was? *Was hast du da gesagt? Wovon redest du?*«

Ihre Mutter weicht zurück.

»Das ist schon okay, Mom.«

»Delia Ann Cross, was soll das bitte schön heißen?«

»Ich weiß das ... das mit Roman. Keine Angst, ich werd's niemandem verraten. *Ich liebe dich*, Mom. Caity und ich, wir haben einfach die Schnauze voll. Wir wollen doch nur, dass ihr ...«

Sie beugt sich vor und umarmt sie und bemerkt sofort, dass das ein Fehler war, sie *sieht* es, spürt es einen Sekundenbruchteil, bevor es passiert, bevor ihre Mutter *Gottverdammt, du kleines Miststück!* schreit und sie schubst, sie grob schubst, und da ist der weit offen stehende Kofferraum hinter ihr, den sie knapp aus dem Augenwinkel wahrnehmen kann, und sie fällt, und der Rand des Kofferraums kommt schnell auf sie zu, und Caity bellt, ein lautes Winseln, als hätte sie Schmerzen, und dann knackt es laut in ihrem Genick, als es auf den Kofferraum trifft, und ...

Caity ist allein, sie ist plötzlich blind, taumelt, rappelt sich wieder auf, stolpert immer noch blind über einen warmen, reglosen Körper und stößt dann mit einem zweiten zusammen, einem Beinpaar, das einem schreienden Menschen gehört, der nach ihr tritt, und sie heult und will klettern, hinein, hinaus, Caity ist gefangen in der Finsternis eines sonnigen Tages, während Nebel vor ihr aufzieht und sich ihre Nackenhaare aufstellen, als der Nebel auf sie zukommt, erst langsam, dann schneller, immer schneller, bis er flackert und verschwindet, und sie spürt tief in ihrem Inneren eine Wärme, eine Ruhe, und sie kann wieder sehen. Patricia auf dem Boden vor ihr schluchzt und atmet in den geöffneten Mund der toten trockenen Hülle eines Mädchens, deren Name Delia war.

dritter teil

fünfzehn

Es ist, als würden ständig Blindgänger in seinem Kopf detonieren, ohrenbetäubende Explosionen ohne Ziel, ohne Richtung, ohne Sinn, ohne Wirkung. Während sein Vater dem Handy lauschte und erbleichte, während sie aus dem Buchladen und nach Hause eilten, wo sein pausenlos plappernder und stöhnender Vater das Auto halb auf dem Gehweg und halb auf der Straße stehen ließ, während die beiden durch die offen stehende Haustür und zu seiner Mutter rannten, die, in eine Rettungsdecke gewickelt, auf dem Sofa saß, wo ein Polizist, ein neuer, ihm unbekannter hemdsärmeliger Polizist mit Halbglatze und Krawatte sich zu ihr vorbeugte und etwas in sein Notizbuch schrieb, während all das passiert, trifft ihn die Wahrheit wie ein Keulenschlag und bringt alles in ihm zum Verstummen.

Delia. Ein Unfall. Diesmal ein richtiger Unfall. Und Delia ... tot?

Nein.

»... wir waren spät dran und liefen aus dem Haus ...«

Die Hände seiner Mutter wirbeln umher wie Laub in starkem Wind.

Sein Vater, der neben ihr sitzt, streckt den Arm aus und ergreift eine.

»… und Caity … keine Ahnung … sie war heute Morgen so aufgedreht. Ist dir das aufgefallen? Dass Caity heute Morgen so aufgedreht war? Ist dir das auch aufgefallen?«

Robbie hat nicht den leisesten Schimmer, wovon sie redet. Er weiß noch nicht einmal, ob er Caity heute Morgen überhaupt gesehen hat. Sein Vater ist ebenfalls ratlos. Er schaut sie erwartungsvoll an, als würde er auf irgendein Stichwort warten, und dann verpasst er trotzdem beinahe seinen Einsatz.

»Nein, eigentlich nicht.«

Das erzählt er nicht ihr, sondern dem Polizisten.

»Aber das kann schlagartig passieren, das hab ich schon erlebt. Vor allem … wenn Delia aufgeregt ist. Die beiden sind unzertrennlich.«

Die Worte hängen in der Luft. Der Polizist nickt. Sein Vater hat im Präsens gesprochen. Nur dass es kein *ist* oder *sind* mehr gibt, nicht wahr?

Seine Mutter zündet sich eine Zigarette an. Die Adern in ihren Händen winden sich wie dicke blaue Würmer, die direkt unter ihrer Haut herumkriechen.

»Wir haben unsere Sachen … wir mussten sie aus dem Haus schleppen und in den Kofferraum legen … und da hat Caity … sie ist einfach zwischen uns gesprungen … sie war viel zu aufgeregt … und hat Delia vor die Brust gestoßen, und sie hat das Gleichgewicht verloren und ist hingefallen und gegen das Auto geknallt, gegen den Kofferraum, das konnte ich hören, und ich wollte sie aufwecken, damit sie wieder atmet, verstehen Sie? Und Caity … sie hat einfach nur dagesessen, sie wollte das nicht, sie wusste, dass etwas nicht stimmt, sie war nur …«

Seine Mutter fängt an zu weinen. Sein Vater nimmt sie in die Arme und starrt über ihren Kopf hinweg in ein weit entferntes Nichts. Der Polizist beobachtet sie schweigend und mit trauriger Miene und mildem Blick. Robbie sieht zu Caity hinab, die direkt vor seinem Stuhl liegt. Caity beobachtet sie ebenfalls. Und erst jetzt, erst als er Caity anstarrt, die ihm so nahe ist, dass er beinahe ihre Körperwärme spüren und die Luft hören kann, die durch ihre Lunge entweicht, findet er endlich Zugang zu seinen Gefühlen, begreift er diesen gewaltigen, unverzeihlichen Verlust, und auch er weint und legt seine Hand sanft auf Caitys Rücken. Um sie zu trösten, um etwas Vertrautes und die Gewissheit zu spüren, dass sie noch da und nicht ebenfalls für immer fort ist.

Sie hat genug gehört, Robbie hat sich endlich beruhigt, daher entfernt sie sich unter seiner warmen Hand und geht langsam die Treppe hinauf. Ihr tut alles weh. Sie spürt den Schmerz nicht nur beißend in den Rippen, dort, wo Patricia sie getreten hat, sondern überall, beim Aufstieg wandert er von ihren Schultern, ihrem Kopf und Nacken in ihre Beine, und sie kann sich nur mit Mühe auf den Absatz und in Delias Zimmer schleppen.

Ein Sockenpaar auf dem Boden. Ein Handtuch von heute Morgen. Sie riecht das Bett, wappnet sich gegen den Schmerz, springt hoch und legt sich auf Delias Seite, die immer noch nach ihr duftet. Sie hört die Stimmen von unten, Stimmen, die nun nichts mehr bedeuten. Sie muss schlafen.

Als sie aufwacht, ist das Haus dunkel und still bis auf das gedämpfte Schluchzen aus Robbies Zimmer. Sie sieht ihn deutlich vor sich, wie er auf der Seite liegt, die Knie fast bis zum Kinn hochgezogen, das Kissen auf den Kopf gedrückt. Sie könnte zu ihm gehen, aber sie hat so große Schmerzen, dass sie sich nur auf dem Bett herumrollen kann. Bei jedem Atemzug stechen ihre Rippen.

Sie wird morgen früh nach ihm sehen. Er wird noch da sein. Jetzt muss sie schlafen. Wieder rollt sie sich zusammen.

Die Beerdigung findet in aller Stille und in privatestem Rahmen statt. Selbst Pats Schwester Evvie ist nicht dabei, obwohl sie angeboten hatte, nach Kalifornien zu fliegen. Nein, hatte Pat gesagt. Nur wir. Und Roman. Weder ihre Mutter noch ihre Schwester. Evvie klang am Telefon so enttäuscht, dass Bart ein schlechtes Gewissen bekam. Doch Pat ließ sich nicht erweichen. Dass sie so eine intime Feier wollte, hat ihn überrascht. Doch im Nachhinein war es wohl das Beste. Nicht noch mehr Schwierigkeiten.

Die warten bei ihrer Rückkehr schon an der Haustür. Die Presse, Hyänen, die sich in seiner Flanke verbeißen, sobald er, Pat, Robbie und Roman aus dem SUV steigen.

Ein Reporter baut sich direkt vor ihm auf.

»Mr. Cross. Mr. Cross? Wie geht es weiter?«

Er drängt sich an dem Mann vorbei und steht sofort vor dem nächsten. *Kein Kommentar,* sagt Pat. *Kein Kommentar,* sagt Roman. Robbie hat den Kopf eingezogen, als stünde er in einem Platzregen. Gemeinsam bahnen sie sich einen Weg zur Haustür.

»Mr. und Mrs. Cross! Was machen Sie jetzt? Mein herzliches Beileid. Was haben Sie vor?«

Blitzlichter, Videokameras, Handykameras. Das volle Programm.

»Mr. Cross!«

Reiß dich zusammen, denkt Bart. *Versuch zumindest*, die Fassung nicht zu verlieren. Patricias Schlüssel steckt bereits im Schloss.

»Hören Sie mal!«, sagt er. »Das geht Sie zwar überhaupt nichts an, aber wir werden eins nach dem anderen tun, alles klar? Alles klar? Und jetzt respektieren Sie bitte unsere Privatsphäre. So viel Anstand sollten Sie doch haben.«

Dann sind sie im Haus. Caity wartet bei der Tür, die er hinter sich zuknallt.

»Großer Gott!«

Pat wirft die schwarze Handtasche auf das Sofa.

»*›Eins nach dem anderen?‹* Was hast du dir dabei gedacht, Bart?«

»Na ja, irgendwer musste doch etwas sagen.«

»Ach ja? Du bist ein verdammter Idiot, das hättest du ihnen erzählen sollen. ›Ich bin ein verdammter Idiot, wissen Sie?‹ Das wäre ein Statement gewesen!«

»Hör mal, Pat, wir alle machen eine schwere Zeit durch. Zeig doch mal ein bisschen …«

»*Anstand?* Wolltest du das etwa sagen? Noch ein toller Spruch. Richtig brillant!«

Was hat sie denn auf einmal? Während der Beerdigung war sie nicht so biestig. Außerdem steht Robbie, der seinen Mantel im Flur aufgehängt hat, in der Küche und löst gerade seine Krawatte. Er muss das nicht unbedingt mitbekommen.

»Sie hat recht, Kumpel«, sagt Roman. »Diese beschissenen Aasgeier drehen dir das Wort im Mund herum. Sie nehmen eine beliebige Aufnahme und machen daraus, was sie wollen. Da ist es besser, du sagst gar nichts. Punkt.«

Das bringt Bart erst recht zur Weißglut. Dass seine Frau auf ihn einhackt, ist schon schlimm genug. Aber Roman? Bei der Beerdigung spielte er den Frommen. Er hat sich sogar bekreuzigt. Und ständig die Hand am Ellenbogen seiner Frau gehabt. Roman, ihr Agent, der ach so allwissende Überflieger, dem sie diese Scheiße letztlich zu verdanken haben. Sein Sohn ist inzwischen außer Hörweite. Sehr gut. Er tritt einen Schritt vor.

»Weißt du was, du blöder Hinterwäldler? Ich sag's dir. Was mich und meine Familie angeht, hast *du* das Maul einmal zu oft aufgerissen.«

Das hast du nicht erwartet, oder, Roman?

»Hey, Kumpel, entspannen wir uns und nehmen einen Drink, ja?«

»Nein, *Kumpel. Ich* werde einen Drink mit meiner Frau nehmen, und du schwingst deinen Arsch hier raus, und zwar sofort. Mir reicht's. Deine Meinung ist nicht länger erwünscht. Von mir aus kannst du mit deinen Freunden von der Presse da draußen einen trinken gehen. Die kennst du ja ziemlich gut.«

Roman macht einen schnellen Schritt nach hinten, was ein schöner, ein *sehr* schöner Anblick ist.

»Gut. Prima. Wie du meinst. Ich rufe euch morgen an. Ihr braucht anscheinend ein wenig Zeit für euch.«

»Nein. Du rufst niemanden an. Du bist gefeuert, Roman. Ich werde nicht zulassen, dass ein *Angestellter* in Gegenwart meiner Familie meine Autorität untergräbt, kapiert? *Gefeuert.*«

»Bart ...«, fängt Patricia an.

»Tut mir leid, Schatz, aber ich hab diesen Scheißkerl endgültig satt.«

Sein Entschluss wankt unter ihrem stechenden Blick. Bleib standhaft, denkt er. Standhaft.

»Nein, so wird es jetzt laufen. Es ist eh schon vorbei, oder? Wir brauchen dich nicht länger. Ich jedenfalls nicht.«

Irgendetwas blitzt für einen Sekundenbruchteil zwischen Pat und Roman auf.

»Ich könnte jetzt so einiges sagen. Werde ich aber nicht tun«, sagt Roman. »Mein Beileid, Bart, Patricia.«

»Verschwinde. Wir sind hier fertig.«

Er geht zur Tür und hält inne.

»Was ist mit dir, Pat? Ziehst du auch den Schwanz ein? Was meinst du dazu?«

Sie verschränkt die Arme und sieht ihn an.

»Roman, wenn mein Ehemann dich zum Gehen auffordert, solltest du das tun.«

Dann ist er aus dem Haus und in der Menge verschwunden. Bart schließt die Tür hinter ihm. Jetzt kommt er sich etwas dämlich vor. Vielleicht hat er überreagiert. Scheiß drauf, manchmal muss das eben sein. Oder nicht? Oder etwa nicht?

»Tut mir leid, Schatz«, sagt er. »Aber ich glaube, so ist es das Beste.«

Sie denkt darüber nach. Er kann förmlich sehen, wie es in ihr arbeitet. So gut kennt er sie.

»Habe ich dir etwa widersprochen?«, sagt sie. »Du hast recht. Wir brauchen ihn nicht länger. Also, nehmen wir einen Drink.«

»Robbie, Robert ... Sohn ... komm her ...«

Er hat seine Mutter weiß Gott schon oft genug angetrunken erlebt, aber das ist neu. Jetzt ist sie so stockbesoffen und sternhagelvoll, dass sie bloß noch lallen kann. Und so wie sein Vater vornübergebeugt am Esstisch sitzt, scheint er sich nicht viel besser zu fühlen.

Er will eigentlich nur eine Stunde vor dem Fernseher eine Pepsi trinken, bevor er nach oben geht, um seine dämlichen Hausaufgaben zu machen. Neben seinem traurig dreinblickenden, depressiven Hund auf dem Sofa sitzen und sich von irgendeinem Krimi oder so ablenken lassen, damit er an nichts denken muss, aber seine Mutter ruft ihn zu sich.

»Hol dir einen Stuhl. Ich muss dir was sagen.«

Der Fernsehapparat ruft ihn. Er hört eine Pringles-Werbung im Hintergrund. Helle, fröhliche Stimmen. Nichtsdestotrotz holt er sich einen Stuhl und setzt sich zu ihnen.

»Ich hab was auf dem Herzen, und das will ich euch sagen. Es geht um Delia. Ich hab euch nicht alles erzählt.«

Er nimmt einen Schluck von seiner Pepsi. Jetzt hat sie seine volle Aufmerksamkeit.

»Ich bin eine schlechte Mutter. Ich bin eine schlechte Mutter und ich ...«

»Du bist keine schlechte Mutter«, sagt sein Vater. »*Ich* hatte eine schlechte Mutter. Du bist keine schlechte Mutter.«

»Lass mich ausreden. Ich bin eine schlechte Mutter. Das weiß ich, seit Delia die Verbrennungen erlitten hat. Ich bin eine schlechte Mutter, weil ich sie hab arbeiten lassen, statt sie zur Schule zu schicken. Ich bin eine schlechte Mutter, weil ich sie sogar nach dem Brand hab arbeiten lassen. Delia und ich ... an diesem Morgen ... ich weiß nicht, ob ihr's bemerkt habt, ich war wirklich fertig mit den Nerven ... die vielen Reisen ... ich musste mich um Delias Verbrennungen kümmern ... und Pearl ... die verdammte Pearl ... das Miststück hat sie nicht mehr alle, das seht ihr doch auch so? Aber es geht nicht um Pearl, es geht um mich. Was ich getan hab.«

Sie leert ihren Scotch. Sein Vater schenkt ihr aus der Dewar's-Flasche auf dem Tisch nach. Sie machen sich nicht mal mehr die Mühe, Eiswürfel zu holen.

»Danke, Bart. Ich hatte so viel zu tun. Um uns zu retten. Ich meine, wir standen kurz vorm Ruin. Stimmt doch, Schatz?«

Sein Vater sagt nichts.

»Ich hab nicht darüber nachgedacht ... was das alles für Konsequenzen hat ... erst nach dem ersten Tag mit Pearl. Ich hab ja gemerkt, dass Delia immer aufgeregter wurde. Verwirrter, trotziger, ihr wisst schon. Scheiße, sie hatte auch allen Grund dazu. Ich hab sie rumgezerrt wie eine Puppe, hab sie vor die Kameras gesetzt, die heißen Scheinwerfer, die Mikros und so weiter. Und wir haben die Kohle eingestrichen, oder? Ich sage *wir*, obwohl ich hier das Kommando hab, stimmt's?«

Die Pepsidose liegt feucht in seiner Hand. Er trinkt. Seine Eltern ebenfalls. Dann fährt sich Pat mit der Zunge über die Lippen.

»Aber an diesem Morgen ... Delia ... an diesem Morgen ist mir der Kragen geplatzt. Ich ... ihr wart schon weg, und ich war mit Delia und Caity allein, nur wir. Wir haben schnell gefrühstückt, Grapefruit und Toast, und die Sonne knallte durch das Verandafenster und auf Delia. Auf ihr Gesicht. Auf ihr armes, armes Gesicht. Sie war so ... entstellt. Und da hab ich mich wohl schuldig gefühlt und ihr alles gesagt. Weil sie so tapfer war und immer tat, was man von ihr wollte, egal was, das wussten wir beide. *The show must go on*, oder? Ich hab ihr mein Herz ausgeschüttet, hab ihr alles gesagt, was ich euch jetzt sage, nur schlimmer. Viel schlimmer. Ich bin eine erbärmliche Mutter. Dominant und geltungssüchtig. Die ganze Scheiße, die ich gemacht hab ... mache ... bin. Ich war wütend auf mich. Ich hab sogar geschrien.«

Sie schüttelt eine Zigarette aus dem Päckchen und wirft es dann auf den Tisch. Zündet die Zigarette an und wirft das Feuerzeug daneben. Nimmt einen tiefen Zug.

»Caity kam rüber. Sie hat mich beobachtet. Delia hat nur dagesessen, während ich alles rausgelassen hab. Sie hat nicht geweint. Sie hatte auch keine Angst. Sie hat mich nur angesehen und zugehört. Und als ich fertig war ... ich hab gezittert ... hat sie ihre kleine Hand auf meine gelegt. Sie hat ihre kleine Hand auf meine gelegt und gesagt ›Ist nicht so schlimm, Mom. So denk ich nicht über dich. Ich weiß, dass du mich und Dad und Robbie und Caity lieb hast. Wir sind eine Familie. Die Fernsehsendungen und das Buch, das ist alles für uns. Damit wir's gut haben‹. Sie hat gesagt, dass sie die ganze Nacht drüber nachgedacht hat. Dass sie so zickig war, obwohl's ihr gar nicht so schlecht ging. Dass andere Kinder ein langweiliges Leben haben. Wir können den Menschen erzählen, warum es uns so gut geht, hat sie gesagt, warum wir eine Familie sind und bleiben. Egal, was wir durchmachen müssen.«

Er sieht zu seinem Vater hinüber. Sein Vater blickt teilnahmslos, das fast leere Glas erstarrt auf halbem Weg zu seinem Mund in seiner Hand.

»Sie war so stark. Sie hat meine Hand gedrückt. Mein kleines Mädchen. Sie hat gesagt, dass wir genau so weitermachen sollen. Mit dem Buch und mit der Stiftung. Weil die Stiftung wichtig ist. Sehr wichtig. Ich hab sie fest umarmt. Und dann haben wir ... gelacht. Sie ist aufgestanden und weggelaufen und hat sich mit Caity gebalgt. Sie hatten viel Spaß. Und dann ... dann mussten wir los und ... und dann ... nun ... ihr wisst ja, was dann passiert ist. Grundgütiger ...«

Robbie hört Gelächter aus dem Fernseher im Wohnzimmer. Eine Sitcom. Eine Weile lang rührt sich niemand. Dann drückt sie die Zigarette im Aschenbecher aus und wischt sich die Tränen aus den Augen.

»Was ich damit sagen will: *Es geht um die Stiftung und das Buch.* Wir müssen die Stiftung weiterführen. Das Buch bewerben. Um all der Kinder willen, die von Delias Schicksal erfahren haben, und für die Eltern dieser Kinder. Versteht ihr? Begreift ihr? *Wir müssen die Stiftung weiterführen*. Für sie. Für Delia. Genau das hätte sie gewollt. Für unser kleines Mädchen.«

Sein Vater stellt das Glas ab und nickt. Sie nickt ebenfalls. Langsam.

Robbie sitzt nur da und starrt erst sie und dann die Wand und den Schrank hinter ihr an, bis alles, Frau und Hintergrund, zu einer eintönigen Fläche verschmelzen. Seine Schwester spricht zu ihm, so klar und deutlich, als wäre sie hier im Raum, als hätte sie alles gehört, was er auch gehört hat.

Sie lügt, sagt seine Schwester.

Jedes Wort ist gelogen, sagt sie.

Das Fliegengitter ist noch nicht ersetzt, und das Fenster steht einen Spalt weit offen. Und ein Hund braucht nicht mehr als einen Spalt, durch den er hindurchschlüpfen kann.

Sie drückt mit ihrer Schnauze, mit dem ganzen Kopf und schließlich mit ihren Vorderpfoten gegen Fensterbrett und Rahmen, und dann ist sie draußen, wo sie die warme Decke mit ihrem Geruch willkommen heißt.

Sie legt sich darauf, und über ihr funkeln die Sterne, und der Platz neben ihr ist leer. Es ist eine warme, windstille Nacht. Im Garten zirpen die Grillen. In besseren Zeiten hat sie gelegentlich eine Grille gefressen, sie mit einem Satz aus der Luft geschnappt.

Sie gähnt und streckt sich, und bald ist sie eingeschlafen.

Bis eine Stimme sie weckt.

Da! Da!

Sie kennt diese Stimme, kennt sie sehr gut. Sie wedelt mit dem Schwanz und reißt das Maul auf, um die Luft zu schmecken. Wittert den Geruch. Sieht nach oben.

Dort bewegt sich etwas. Nein, zwei Etwasse.

Zwei haardünne Lichtstreifen, die langsam und gleichmäßig elegant in Richtung Erde und aufeinander zu gleiten, hoch über ihr, mitten im Sternenhimmel, den sie inzwischen so gut kennt wie die Decke und das sanft ansteigende Dach, auf dem sie liegt. Die beiden Strahlen treffen sich und sind einen Augenblick lang am mondlosen Himmel vereint.

»Da!«, *sagt die Stimme noch einmal.* »Sterne. Sternschnuppen!«

Sie beobachtet, wie sie sich wieder voneinander trennen und ihre Flugbahn Richtung Erde fortsetzen. Die Stimme trennt sich nicht von ihr wie die Sterne voneinander. Die Stimme bleibt. Nun ist die Stimme ein Teil von ihr. Sie gehört ihr. Es ist ihre eigene, zweite Stimme.

Sie murmelt ihr etwas ins Ohr. Die Stimme lacht. Sie *lacht.*

Eine Last fällt von ihr ab.

Sie richtet sich auf und bellt, dröhnend und aus voller Kehle. Sie bellt noch einmal. Sie ruft sie, erreicht sie und kann ihre Freude nicht im Zaum halten. Sie verkündet es in die Stille, verkündet es den Grillen und den Sternen.

Wir sind hier. Wir sind zusammen. Wir sind nicht allein.

Robbie weiß nicht, was ihn geweckt hat – er weiß nur, dass er schlagartig erwacht. An einen Albtraum kann er sich nicht erinnern, und aufs Klo muss er auch nicht. Er wirft einen Blick auf die fluoreszierenden Zeiger des Weckers. *Zehn nach vier.* In weniger als drei Stunden muss er aufstehen und sich für die Schule fertig machen. Er dreht sich um und schließt die Augen, kann aber nicht mehr einschlafen.

Vielleicht sollte ich was essen, denkt er.

Er steht auf und geht barfuß durch den Flur und die Treppe hinunter. Leise, damit er seine Eltern nicht weckt, durchquert er das Wohnzimmer. In der Küche findet er einen Schauplatz heilloser Zerstörung vor, beleuchtet nur von den Lichtern des weit offen stehenden Kühlschranks und der Gefriertruhe.

Vor sich sieht er einen tiefgefrorenen Braten, ein Päckchen Hotdogs, Lammkoteletts – ebenfalls noch gefroren –, zwei Eiswürfelbehälter, deren Inhalt sich mit einer Spur aus Kartoffelchips kreuzt, die wiederum zu einer zerrissenen und nun geleerten Plastiktüte führt, die gegen ein Bein des Küchentischs lehnt. Und Caity, die gierig ihre Schnauze in eine Dose mit Häagen-Dazs-Schokoladeneis vergräbt.

Als er näher kommt, blickt sie auf und fletscht die Zähne in einem braunzahnigen und braungesichtigen Grinsen.

»Caity!«

Er lacht. Sie schnaubt und macht sich wieder über das Eis her.

Eigentlich darf er dieses bestimmte Wort nicht sagen. Aber denken.

Scheiße, was ist denn hier los?

Er stopft den Braten, die Lammkoteletts und die Hotdogs in die Gefriertruhe zurück, nimmt sich eine Pepsi und eine Tüte mit Salzbrezeln, setzt sich und wartet, bis sie fertig ist. Dann kehrt er den Küchenboden, wischt ihn mit einem Mopp und geht wieder nach oben ins Bett.

Er schläft wie ein Baby.

Pat ist noch weggetreten, Bart dagegen steht vor dem Waschbecken. Er hat soeben geduscht und ist bereit zum Aufbruch. In der *Times* war eine Kleinanzeige für einen 2014er Firebird mit lediglich zweitausend Meilen auf dem Tacho – ein Schnäppchen, geradezu lächerlich für diese Gegend. Er hat immer bitter bereut, dass sie den Firebird verkauft haben, seinen Roten Baron, als die Lage nicht besonders rosig war. Bevor Manny Choi ihre Rechnungen übernommen hat.

Er wird sich den Wagen mal ansehen, obwohl das eine Fahrt von etwa fünfzig Meilen bedeutet. Egal. Schöner Morgen für eine Spritztour.

Pat behauptet, er würde zu sehr an seinen Spielsachen hängen. Scheiß drauf. Dann hängt er eben an seinen Spielsachen, na und?

Außerdem könnte er eine Aufmunterung gut gebrauchen.

Er hat die Hälfte der Rasur hinter sich und nimmt nun die Oberlippe bis zum Kinn in Angriff.

Da taucht der *Hund* im Spiegel auf.

Sie steht auf den Hinterbeinen und hat die Vorderpfoten über den Waschbeckenrand gelegt, hechelt und wedelt wie eine Wahnsinnige mit dem Schwanz. Caity stellt Blickkontakt zu seinem Spiegelbild her. Das bringt ihn zum Lächeln.

Das hat sie noch nie gemacht.

»Was wird das denn, Süße?«

Sie schenkt ihm ein winziges Freudenwinseln. Dasselbe, das er hört, wenn er ihr einen Hundekuchen zusteckt.

»Brauchst du auch eine Rasur?«

Sie schüttelt tatsächlich den Kopf. Zumindest hat es so ausgesehen. Unglaublich.

Er tätschelt ihren Kopf. Sie kehrt auf alle viere zurück und trottet aus dem Badezimmer.

Er rasiert sich fertig.

Grrrrrr!

Nicht laut, aber laut genug, um sie zu wecken. Sie erwacht mit höllischen Kopfschmerzen und bleischweren Gliedern.

»Verdammt, Caity.«

Die tänzelt im Türrahmen.

»Hast du Hunger? Willst du raus? Geh zu Daddy. Oder zu Robbie. Oder ...«

Sie zieht sich das Kissen über den Kopf und schläft weiter.

Die Fliegengittertür schließt sich mit einem Knall hinter Caity. Das überrascht ihn nun wirklich. Sie rennt neben ihm her, während er Richtung Bushaltestelle eilt. Das hat sie noch nie gemacht. Sie weiß doch, dass sie ins Haus gehört.

Sie läuft im Kreis um seine Beine. Völlig aufgelöst. Robbie bleibt stehen, bückt sich und streichelt sie.

»Was? Willst du mit in die Schule? Hä?«

Er ist spät dran. Wenn er den Bus verpasst, muss er seinen Dad bitten, ihn zu fahren. Darauf hat er keine Lust, dann wird er nur ausgelacht. Das ist für die Jungs ein gefundenes Fressen. Aber wie soll sie wieder ins Haus kommen, wenn er sie nicht dorthin bringt? Er kann sie ja schlecht hier draußen lassen. Dummerweise besitzen Hunde keine Daumen.

»Na los«, sagt er und rennt zurück nach Hause. Die schweren Schulbücher rutschen in seinem Rucksack hin und her und stoßen gegen seine Schulterblätter. Ich hätte sie besser ordentlich eingepackt, denkt er. Aber woher soll man das denn wissen?

Er öffnet das Fliegengitter. Sie steht nur da, sieht ihn an und lässt den Schwanz hängen. Er weiß, was das heißt.

»Hey«, sagt er, »ich bin doch bald wieder zurück. Versprochen. Du merkst gar nicht, dass ich weg bin. Dann spielen wir im Garten, okay?«

Widerwillig verschwindet sie im Haus.

Sie drückt die Schnellwahltaste. Wir hören das Klingeln am anderen Ende der Leitung.

»Hi, Caits«, sagt sie und schiebt mit dem Telefon in der Hand die Glastür auf, durch die die helle Morgensonne scheint. »Willst du raus und spielen?«

Wir setzen uns. Wir müssen zwar pinkeln, aber wir wollen noch zuhören.

Sie zuckt mit den Schultern. »Wie du meinst.«

Jemand geht ran. Romans Stimme. Tonlos, stumpf, wütend.

»Was?«

»Hi«, sagt sie.

»Was willst du, Patricia?«

»Beleidigt, Roman?«

»Ich werde euch alle Kontaktadressen schicken, meine Kopien der Verträge, die Fotos und so weiter, den ganzen Papierkram. Der Kurier schafft es bis um drei.«

»Ach, hör auf. Bart wollte vor seiner Familie nur den starken Mann markieren. Das biegen wir schon wieder hin.«

Eine lange Pause. Wir hören seinen Atem.

»Ich hab letzte Nacht nicht geschlafen.«

»Da wäre mir schon was eingefallen.«

»Ich hab nachgedacht. Gründlich. Über dich. Über uns. Über deine Tochter. Das ist alles krank, Pat. Du bist krank.«

»Ist das ein Wunder, Roman? Nach dem, was wir durchgemacht haben?«

Ein Seufzen. »Du bekommst die Daten und den anderen Kram nach dem Essen. Wenn du noch mehr aus dem Büro brauchst, ruf meinen Assistenten an.«

»Na gut. Aber bevor du auflegst, gibt mir doch die Nummer von Pearls Vorzimmer.«

»Warum?«

»Glaubst du, das war schon alles, Roman? Wie kurzsichtig von dir, Schätzchen. Sollte ein Agent nicht immer vorausdenken?«

»Leck mich, Pat.«

»Lecken ist dein Job, Cowboy. Die Nummer, bitte.«

Auf der Veranda sitzt ein Rotkehlchen, das nach irgendetwas pickt. Wir könnten es jagen. Uns die Beine vertreten. Aber wir hören lieber zu.

Klingeln. Empfangsdame. Dann Pearl. Guten Morgen, Patricia, und guten Morgen, Pearl, und herzliches Beileid, meine Liebste, und Vielen Dank, Pearl.

»Ich rufe an, weil wir die Sache abrunden müssen.«

»Was denn abrunden, Schatz?«

»Was wir angefangen haben. Hören Sie, es gibt verschiedene Methoden, mit alldem umzugehen. Wenn ich weiter in diesem Haus herumsitze, tu ich mir irgendwann etwas an. Und das will ich nicht. Ich will nach vorne schauen.«

»Okay. Ich höre.«

»Das ... das, was passiert ist ... ist nicht das Ende. Dafür ist es zu groß. Es gibt noch einen dritten Akt.«

Sie holt Luft. »Einen dritten Akt?«

»Ja. Akt eins und zwei kennen Sie bereits. Der Hund rettet das kleine Mädchen aus den schrecklichen Flammen, dabei verletzt sich der Hund, und das Mädchen ist grässlich entstellt. Akt eins. Das Mädchen verweigert alle kosmetischen Eingriffe und will genauso aussehen, wie sie aussieht – eine öffentliche Demonstration von Mut und Anstand. Sie gründet eine Stiftung, schreibt ein Buch. Akt zwei. Dann ... dann stirbt das Mädchen bei einem schlimmen, unvorhersehbaren Unfall. Aber die Stiftung macht weiter, die Stiftung wächst selbst nach dem tragischen Tod des Mädchens. Ihre Mutter tritt an ihrer Stelle vors Publikum. Macht Werbung für die Stiftung. Und für das Buch. Von dessen Verkäufen Sie ja einen erheblichen Anteil bekommen, nicht wahr? Akt drei.«

Eine lange Pause, dann Gelächter.

»Sie gehen wirklich über Leichen, Patricia Cross, wissen Sie das?«

»Wie hoch waren die Einschaltquoten unserer Sendung? Rekordverdächtig, würde ich vermuten.«

»Ja, in der Tat. Ich denke drüber nach, Schätzchen. Das verspreche ich Ihnen.«

»Machen Sie das. Bitte.«

»Spielt der Hund noch mit?«

»Natürlich spielt der Hund noch mit. Ich schaffe das, Pearl.«

»Das ist mir klar, Schätzchen. Ich melde mich bei Ihnen. Alles Gute und einen schönen Tag.«

Roman ist stocksauer.

Scheiß auf den Kurier. Er wird ganz bestimmt kein Geld für einen verfluchten Kurier ausgeben. Er steigt in seinen Jaguar XF und fährt selbst.

Soll ich sie vorher anrufen? Nein. Sie kann mich mal.

Die kurvenreiche Straße ist völlig leer. Ein sonniger Tag. Das Leben ist schön. An so einem Tag kann sich ein Mann stark fühlen. Scheiß auf Familie Cross. Er biegt in ihre Einfahrt.

Er klopft. Niemand antwortet. Er rüttelt am Türknauf. Die Tür ist offen. Er tritt ein.

»Patricia? Bartholomew?«

Keine Antwort. Er hört Musik von oben, schweres Bassdröhnen, irgendwelcher Achtzigerjahre-Synthie-Disco-Scheiß. Patricia. Er stellt die Kiste mit den Unterlagen und den Fotos auf den Beistelltisch.

Was hat sie gesagt? *Dein Job, Cowboy.* Seine Aufgabe besteht darin, sie zu ficken. So sieht sie das also? Na klar. Agent, klar. Partner, klar. Bis jetzt jedenfalls. Und ihr Spielzeug. Hin und wieder will Patty hart rangenommen werden. Na schön, dann wird er es ihr hart besorgen. Der Abschiedsfick ihres Rodeocowboys. Vielleicht wird er sie bei der Gelegenheit grün und blau schlagen. Das würde ihm gefallen, das wäre toll – ihr Gesicht gerade so schlimm zuzurichten, dass Bart Fragen stellen wird.

Sollen die Make-up-Leute zur Abwechslung auch mal was tun.

Er geht zur Treppe. Und bleibt stehen.

Wie ein Schatten gleitet Caity um die Esszimmerecke und pflanzt ihren Hintern direkt vor ihm auf die erste Treppenstufe.

Als hätte sie ihn erwartet.

Womöglich hat er jetzt den Verstand verloren, aber es sieht aus, als würde ihn der gottverdammte Hund böse anstarren. Ohne zu blinzeln. Nur ein intensives Starren.

Ihm ist bewusst, dass ihn der Hund nicht leiden kann, aber scheiß drauf und scheiß auf den Köter. Sollte es zu einer Konfrontation kommen – nun, er trägt Stiefel und weiß, wie man sie einsetzt. Versuchen wir's zunächst auf die sanfte Tour, denkt er.

»Hi, Caity. Braver Hund.«

Er wird die Treppe hinaufgehen, Hund hin oder her.

Er tritt näher und hält wieder inne, als er über dem Bass und dem heulenden Synthesizer hinweg das Knurren hört, das die Musik in den Hintergrund drängt und die Luft um ihn herum zum Vibrieren bringt. Ein sehr tiefes und hundsgemeines Knurren. Caity fletscht die Zähne. Er tritt einen Schritt zurück. Es sind verflucht große Zähne.

Jetzt hat er schon weniger Vertrauen in seine Stiefel.

Sie wirft den Kopf zurück und *heult*.

Als Kind hat er nachts Wölfe heulen gehört, wenn er bei seinem Onkel an der Grenze zu Oklahoma zu Besuch war, und obwohl die Wölfe unmöglich ins Haus gelangen konnten, hatte er so viel Angst, dass er ins Bett seiner Mutter sprang und sich dort verkroch. Dieses Vieh dagegen ist im Haus, und diese Nähe verschlimmert die Situation drastisch. Er hat eine Scheißangst.

Die Musik über ihm verstummt plötzlich. Und auch die Zeit scheint stillzustehen, als Caity den Kopf senkt und erneut knurrt. Wieder dieses Starren, und jetzt spannt sie die Hinterbeine an, er weiß, dass sie zum Sprung ansetzt, sie wird ihn anspringen und ihn mit diesen großen Zähnen beißen, daher dreht er sich um und rennt, so schnell er kann, auf die Haustür zu und hört noch, wie Pat seinen Namen ruft, bevor er die Tür hinter sich zuknallt.

Pat hört das grauenhafte Geräusch im Erdgeschoss und ist im nächsten Augenblick schon auf der Treppe. Sie steht fast nackt, nur in BH und Slip da und sieht Roman aus dem Haus rennen – mit Caity auf seinen Fersen. Der Hund bleibt vor der Tür stehen, und Pat ruft erst seinen Namen und dann, wütender, während sie die Treppe hinunterläuft, ihren.

»Caity! Verdammt noch mal! Scheiße, Caity!«

Der Kopf des Hundes wirbelt herum. Sie bleibt wie angewurzelt stehen.

Einen solchen Blick hat sie noch nie bei ihr gesehen und hätte ihn auch in tausend Jahren nicht erwartet, eine

Wut, die mindestens so groß ist wie ihre eigene. Der Blick des Hundes lässt sie erstarren. Sie kann sich nicht mehr bewegen. Sie zittert, und das nicht vor Kälte.

Romans Auto entfernt sich mit quietschenden Reifen aus der Einfahrt.

Caity setzt sich.

Langsam scheinen sich ihre Muskeln zu entspannen. Ihr Blick wird sanfter. Sie blinzelt und blinzelt noch einmal.

Und dann schleicht sie auf sie zu, lässt sich vor Pat nieder und sieht ihr in die Augen. Der *Ich will gestreichelt werden*-Blick. *Streicheln bitte.* Den kennt sie gut.

Das kann sie vergessen.

So nicht. Ihre Hände zittern noch.

Keine Streicheleinheiten, blöder Köter, denkt sie. Leck mich. Sie dreht sich um und geht wieder die Treppe hinauf.

Der Hund folgt ihr nicht.

Tut-tut. Tut-tut-tu-tut.

Er biegt in die Einfahrt. Er fühlt sich sauwohl.

Wenn sich Säue denn wohlfühlen.

Bart liebt dieses Auto. Es ist zwar nicht rot, sondern in einem dunklen Schokoladenbraun lackiert, aber trotzdem ein schönes Stück. Der Vorbesitzer hat sich gut darum gekümmert. Der arme Teufel muss ziemlich verzweifelt gewesen sein, weil er es Bart für diesen Spottpreis verkauft hat.

Er hupt noch einmal. Pat und Caity kommen zur Tür. Der Hund läuft an ihr vorbei und über den Rasen. Caity freut sich, ihn zu sehen, und in diesem Augenblick freut er sich auch, freut sich über alles an diesem sonnigen Nachmittag. Bis er die Fahrertür öffnet und sie mit ihren Vorderpfoten dagegenschlägt und er das lang gezogene Quietschen ihrer Krallen auf dem blitzblank polierten Schokoladenlack hört.

»Scheiße, Caity!«, ruft er und drückt die Tür so heftig auf, dass sie winselnd zur Seite fällt und mit der Schulter auf den Gehweg prallt. Sofort hat er ein schlechtes Gewissen, das hat sicher wehgetan, aber gleichzeitig ist er auch wütend, immerhin ist das sein funkelnagelneues Auto, sein Baby. Er bückt sich, um den Schaden zu prüfen, während sie sich unsicher aufrichtet und ihrerseits ihn zu begutachten scheint.

Er wischt über die Tür. Die weißen Abdrücke lassen sich mühelos mit dem Ärmel wegwischen.

Gott sei Dank, nichts passiert. Etwas Politur, das war's.

»Tut mir leid, Caits. Entschuldige, Süße.«

Sie weicht vor ihm zurück und trottet dann müde auf Pat und die geöffnete Haustür zu.

Pearl will den Hund sehen, also hat Pat den Hund mitgebracht. Im Nachhinein betrachtet, eine ziemlich gute Idee, weil er das, was sie zu sagen hat, bekräftigen wird. Was sie den Polizisten und ihrer Familie erzählt hat. Was sie die Polizisten gebeten hat, *nicht* an die Presse weiterzugeben. Dieser Aufforderung sind sie netterweise nachgekommen.

Daher wissen weder Pearl noch die Öffentlichkeit davon.

Der Hund hat sich zuerst gegen Halsband und Leine gewehrt, aber dann nachgegeben und scheint sich jetzt damit abgefunden zu haben, zu ihren Füßen vor dem langen Mahagonikonferenztisch zu liegen. Pearl sitzt ihr gegenüber, Kitty, die Assistentin, direkt neben ihr. Sie hat Kugelschreiber und Block gezückt und wartet beflissen darauf, sich Notizen zu machen.

»Wir haben gerade über die Sendetermine gesprochen«, sagt Pearl. »Am liebsten wäre mir der Dienstag vor Thanksgiving.«

»Was ist mit Kate Hudson und dem Veganer?«, fragt Kitty.

»Die laden wir wieder aus. Einverstanden, Patricia?«

»Klingt großartig.«

»Später in der Woche sind die meisten Leute unterwegs in die Ferien. Das wäre ungünstig. Diesmal sollen Bart und Robbie auch mitmachen. Die ganze Familie. Sind die beiden dabei?«

Sie lächelt. »Auf jeden Fall. Ich kann nur nicht versprechen, dass sie viel sagen werden. Sie sind das Rampenlicht nicht gewöhnt, Sie verstehen.«

»Das wird schon. Und Sie geben zusammen ein schönes Bild ab. Zwei stinknormale Jungs, mit denen man sich leicht identifizieren kann. Eine runde Sache.«

»Wenn Sie das sagen.«

»Natürlich werden hauptsächlich wir beide miteinander reden. Über das, was Ihnen passiert ist, und Ihre Stiftung. Das wird die ganze Sache ins Rollen bringen. Und das wollen Sie doch, oder?«

»In der Tat. Eins noch, Pearl. Wegen des Unfalls ...«

»Ja?« Pearl kneift die Augen zusammen. Plötzlich ist sie misstrauisch, aber das gehört zu ihrem Job, denkt Pat. In ihrer Branche sind Überraschungen unerwünscht.

»Sie wollen Caity. Sie wollen, dass sie dabei ist. Nun, sie war dabei. Und sie spielt eine größere Rolle, als Sie sich vorstellen können.«

Die darauf folgende Kunstpause erzielt den gewünschten Effekt.

»Okay. Schießen Sie los.«

»Die Presse weiß noch nichts davon. Caity muss dabei sein, weil es auch ihre Tragödie ist. Sozusagen ... ein tiefer Fall für sie.«

»Bitte? Inwiefern?«

»Die Wahrheit muss ans Licht kommen. Was an dem Tag passiert ist. Caitys Rolle in diesem Drama. Diese Geschichte ist exklusiv für Sie.«

»Aha.«

Caity steht auf und trottet zu Kitty hinüber. Die lächelt, legt den Kugelschreiber auf den Tisch und streichelt sie.

»Sie hört auf ihren Namen«, sagt Kitty. »Braver Hund.«

»Nun, wie wir alle wissen, hat sie Delia aus den Flammen gerettet.«

»Ja«, sagt Pearl. »Und?«

»An diesem Morgen. Am Morgen von Delias Unfall. *Das war nicht nur ein Unfall. Sie ist nicht einfach gestolpert.* Caity hat sie umgestoßen. Auf das Auto. Auf den offenen Kofferraum.«

Caity legt die Ohren an und winselt. Kitty zieht die Hand zurück. Alle sehen den Hund an.

»*Caity hat sie umgebracht,* Pearl. Erst rettet sie sie vor den Flammen, und dann ist sie der Grund für ihren Tod. Oh Gott! Oh Gott! Wir waren so aufgeregt an diesem Morgen und ...«

Caity kotzt auf Kittys Schuhe.

Das haben wir schon einmal irgendwo gehört, eine Erinnerung aus einer anderen Zeit, aus einem anderen traurigen Leben, wir haben es gehört, aber nicht verstanden, doch jetzt wird uns klar, was Pat vorhat, und diese Ungerechtigkeit *steigt in uns auf und quillt aus uns heraus, und Kitty sagt Oh! Oh!, und Pearl sagt Himmelarsch!, und Pat sagt Gottverdammt! und rennt auf uns zu, während wir uns von der Pfütze aus Erbrochenem vor uns entfernen, und sie zerrt am Halsband und tut uns weh, und wir knurren wütend und drehen den Kopf und beißen zu, und da ist Fleisch zwischen unseren Zähnen, Pats Handgelenk riecht nach Blumen, und das goldene Armband klimpert, und sie tritt uns kräftig in die Rippen, und wir heulen und lassen los.*

»Scheiße! Sie hat mich *gebissen*!«

»Es blutet ja nicht mal«, sagt Pearl. »Das wird schon wieder. Keine Sorge.«

Sie beobachten, wie Caity unter dem Tisch verschwindet.

»Hat sie das schon mal gemacht?«

»Noch nie! Nein. Oh Gott!«

»Kitty, mach dir die Schuhe sauber. Zieh sie aus, und hol was zum Aufwischen.«

Sie nickt und tut wie geheißen.

Sobald sie allein sind, sieht Pearl Pat über den Tisch hinweg genau an. Sie seufzt, schüttelt den Kopf und steht auf. Dann geht sie zu einer auf Hochglanz polierten Schrankwand und öffnet eine Tür, hinter der eine lange Reihe Flaschen zum Vorschein kommt. Sie nimmt eine Flasche und zwei große Gläser heraus und setzt sich wieder.

»Glenfiddich. Auch einen?«

»Sehr gerne. Bitte. Danke.«

Sie schraubt die Flasche auf und schenkt ein.

»Hat sie sie wirklich geschubst?«

»Sie haben sich gebalgt. Ja.«

Pearl reicht ihr das Glas. Sie trinken. Pat zittert immer noch, und ihr rechtes Handgelenk pulsiert in dumpfem Schmerz.

»Das haben Sie den Polizisten nicht erzählt?«

»Ich habe es ihnen erzählt. Und sie gebeten, es nicht an die Medien weiterzugeben. Was sie auch getan haben.«

»Keine schlechte Story, das muss ich zugeben.«

»In gewisser Weise schon, ja.«

»Ich frage Sie noch einmal: Ist das die Wahrheit?«

»Hab ich doch gesagt, oder nicht?«

»Haben Sie. Allerdings glaube ich, Sie lügen mir ins Gesicht. Das kann ich riechen, Patricia. Aber ich werde Ihre Version der Geschichte erzählen. Ich mag gute Geschichten, und diese Geschichte ist insofern gut, als sie eine Moral darüber beinhaltet, wie das Leben nun mal so spielen kann. Wie grausam es sein kann. Es heißt doch: *Vertrauen Sie nicht dem Erzähler, vertrauen Sie der Ge-*

schichte. Außerdem ist die Stiftung eine gute Sache. Ja, ich werde Ihnen dabei helfen, Ihre Story unter die Leute zu bringen.«

Sie trinkt und lächelt.

»Was den Hund angeht, bin ich mir allerdings noch nicht so sicher. Darüber muss ich nachdenken. Ich habe nämlich den Eindruck, dass Caity Sie nicht leiden kann.«

Pearl beugt sich vor. Erst jetzt bemerkt Pat, dass Caity neben ihren Füßen liegt. Pearl krault ihr Ohr.

»Den starken Eindruck sogar.«

sechzehn

»Bart, leg die beschissene Zeitschrift weg. Wenn ich's doch sage, sie hat mich gebissen.«

»Echt? Ist das dein Ernst? Lass mal sehen.«

Er knickt die Seite mit den »Zehn besten Autos des Jahres 2015« um, damit er sie später in *Car and Driver* wiederfindet. Während er sich aus der Couch wuchtet, fragt er sich, ob der Tesla S60 wirklich der Beweis dafür ist, dass die Elektroautos auf dem Vormarsch sind, wie alle sagen.

»Da gibt's nichts zu sehen. Das war vor zwei Stunden. Es hat auch nicht geblutet. Trotzdem hat sie mich verflucht noch mal gebissen, Bart. Sie muss weg.«

»Weg?«

»Wir können sie nicht länger brauchen. Ich will sie nicht mehr sehen.«

»Wovon redest du? Willst du sie einschläfern lassen? Zum Tierarzt bringen? Nach einem kleinen Biss? Etwas übertrieben, oder?«

»Nein, ein Tierarzt kommt nicht infrage. Sie *passt nicht mehr in die Geschichte*, Bart. In einem Augenblick spielt sie den *glücklichen Hund*, obwohl wir Delia gerade erst beerdigt haben, und im nächsten jagt sie den Leuten hinterher, beißt mich und hat sogar jemandem auf die Schuhe gekotzt, um Himmels willen. *Böser Hund.* Und keine Version ist uns nützlich.«

Sie setzt sich neben ihn. Schmiegt sich an ihn. Manchmal, wenn sie so mit den Wimpern klimpert, kann man direkt Angst vor ihr haben, denkt er.

»Wir brauchen nur den *traurigen Hund.* Denk mal darüber nach. Verdammt, das könnte funktionieren. Der Hund war dermaßen traurig, dass er fortgelaufen ist. Er haut ab, weil er den Verlust nicht verschmerzen kann, weil die Trauer zu tief sitzt. Ohne Delia ist Caity verloren.«

»Willst du sie aussetzen?«

»Genau. Aussetzen.«

»Das ist aber ziemlich grausam, Pat.«

»Bart, das Leben ist grausam, falls du es noch nicht mitbekommen hast. Pass auf, wir haben zwei Möglichkeiten. Entweder behalten wir den Hund und nehmen in Kauf, dass er uns ständig wie Idioten dastehen lässt. Dass er entweder glücklich durch die Gegend hüpft oder die Schuhe fremder Menschen vollkotzt und um sich beißt. Oder er rennt weg. Das drückt dann ordentlich auf die Tränendrüse.«

»Sie aussetzen. Einfach so.«

»In der Wüste. Mach eine Spritztour in die Wüste. Du fährst doch ständig durch die Gegend. Also nimm sie mit, und lass sie irgendwo stehen. Wer weiß, vielleicht überlebt sie ja da draußen. Oder jemand kommt vorbei und adoptiert sie. Lass der Natur ihren Lauf.«

Das erscheint ihm nicht richtig. Immerhin ist es ihr Hund, nicht nur Delias. Der *Familienhund.* Auf lange Sicht ist ihr Plan wohl die beste Lösung, und, ja, auch damit hat sie recht, es könnte sich für sie lohnen. Das Mitleid der Öffentlichkeit wäre ihnen jedenfalls sicher. Aber es ist trotzdem ungerecht und gemein.

»Und wann soll ich das machen?«, fragt er. *»Jetzt?«*

»Morgen früh. Wenn Rob in der Schule ist. Er darf nichts mitkriegen, er ist zu zartbesaitet. Außerdem kann er sowieso nichts für sich behalten. Er muss das glauben, was wir auch dem Rest der Welt erzählen. Sie ist abgehauen. Verschwunden. Ende der Geschichte.«

»Himmel, Pat.«

»Niemand wird es wissen. Nur du und ich.«

Sie nimmt seine Hand, drückt sie fest und hält sie dann eine Weile.

Nur du und ich. Auf diesen Trick falle ich jedes Mal rein, denkt er. Egal, was sie von mir will.

»Also morgen«, sagt er. »Das Ganze gefällt mir nicht, aber gut. Prima. Wenn du meinst. Mach mir einen Drink, ja? Einen doppelten. Ohne Eis. Und gib mir eine Zigarette, ich hab keine mehr.«

Sie lächelt.

Die Stimmen sind verstummt. Unser Körper ist müde, so müde. Wir starren einen Augenblick lang ins Wohnzimmer, dann gehen wir die Treppe hoch zu unserem Zimmer und dem offenen Fenster und der Gemütlichkeit und der Sicherheit dahinter, der einsamen Decke in einer wolkenverhangenen, sternenlosen Nacht, dem einzigen Zuhause an diesem vertrauten, einst geliebten Ort, der kein Zuhause mehr ist, aus dem so viel Liebe verschwunden ist. Wir würden weinen, wenn wir könnten. Einmal mehr legen wir uns auf die Decke. Ein letztes Mal.

Der Vollmond leuchtet bleich und dumpf hinter den Wolken.

Der Mond erinnert uns:

Wir haben eine Stimme.

Auf der gegenüberliegenden Straßenseite sitzt in einiger Entfernung eine Frau unter dem Verandalicht eines türkisfarben gestrichenen Hauses, eine Frau, die uns einmal zugewinkt hat, freundlich, aus einer Menge heraus, und die jetzt erschrocken und erstaunt von ihrem Buch aufsieht, als wir unseren Klagegesang anstimmen. Wir heulen.

Er hat das Modell im Internet gesehen. Keine Kotflügel, kein Kühlergrill, keine Heckflossen, kein Cockpit, Propeller oder Flugzeugrumpf, keine scharfen Kanten. Stattdessen ein Baldachin mit Fransen, Räder mit Speichen, ein eigens zugeschnittener Fußteppich, Gaslampen. Eine Pferdekutsche aus dem achtzehnten Jahrhundert mit vier Rädern und gepolsterten Windsor-Sitzen. Nur das Pferd ist nicht dabei.

Vielleicht sollte er sich eines aus Holz bauen, wie die Griechen in der *Ilias*.

Die Kutsche war nicht billig, aber ihren Preis wert. Die sorgfältig gearbeiteten Sperrholzteile, die Detailversessenheit, sichtbar an den Geländern und den fast unmerklich verjüngten Radspeichen. Und alles passt wie angegossen zusammen.

Diese Kutsche wurde mit Liebe gefertigt.

Er befestigt gerade die Fußbretter. Lady Gagas »Bad Kids« dröhnt in seinen Kopfhörern. Über dem wummernden Bass und der Zeile *Don't be insecure if your heart is pure* hört er deutlich das gespenstische Heulen vom Dach auf der anderen Seite des Hauses, wo Caity und Delia nachts immer gesessen haben. Er reißt sich die Kopfhörer von den Ohren und lauscht den hohen, klagenden Tönen, die ihn einzuhüllen und bis in sein tiefstes Inneres vorzudringen scheinen. Deal, die Kutsche hab ich für dich gebaut, denkt er. Nur für dich. Und sie soll wunderschön werden.

siebzehn

Wir haben Durst. Robbie hilft. Er stellt den Rucksack ab und spült die Schüssel aus und füllt sie mit kaltem, frischem Wasser.

»So, bitte sehr.«

Auch das Trockenfutter vergisst er nicht, er schüttet es in eine andere Schüssel und stellt sie daneben. Das kommt gerade recht. Da wir Nassfutter schon seit Tagen verweigern, macht er sich gar nicht erst die Mühe damit. Er schultert den Rucksack wieder und verschwindet.

Im Haus ist es ruhig.

Sobald wir fertig sind, gehen wir ins Wohnzimmer und legen uns auf das Sofa. Wir versuchen zu schlafen, weil wir die ganze Nacht kaum ein Auge zugetan haben. Eine Fliege stößt summend gegen die Fensterscheibe. Eine große, schwerfällige, fette Fliege. Von der Morgensonne angelockt, lässt sie ihren Körper wieder und wieder gegen das Glas prallen. Die Fliege ist in ihrer eigenen Dummheit gefangen. Sie verwechselt Licht mit Freiheit.

Wir warten, bis das Haus aufwacht.

Das waren gestern ein paar Gläser zu viel, denkt er. Außerdem bin ich nicht mehr der Jüngste. In meinem Alter steckt man das nicht mehr so leicht weg.

Sobald er aus dem Bett steigt, wird sein Kopf zum Katastrophengebiet. Sein einziger Trost ist, dass es ihr wahrscheinlich nicht besser geht. Sie hat dieselbe Menge getankt wie er. Auf unsicheren Beinen wankt er ins Badezimmer und nimmt drei Aleve, die er mit dem Wasser hinunterspült, das sich unter dem Hahn in seinen zittrigen Händen sammelt. Dann spritzt er sich Wasser ins Gesicht und auf den Hals.

Das reicht nicht. Nicht mal annähernd. Er braucht einen Schluck gegen den Kater.

Ist er wirklich schon so tief gesunken?

Wider besseres Wissen haben sie gestern Nacht Boodles getrunken, obwohl man von Gin – egal wie rein – immer einen höllischen Kater bekommt. In T-Shirt und Boxershorts geht er in die Küche, kippt einen Glenmorangie und schüttet ein Glas Leitungswasser hinterher. Und ein zweites. Dann schenkt er sich noch einen Whiskey ein, trinkt etwas langsamer und spürt, wie die Kopfschmerzen nachlassen und einer leichten Benommenheit Platz machen. Ein drittes Glas Wasser. Soll er Kaffee machen? Allein beim Gedanken an Kaffeeduft wird ihm schlecht.

Eine Dusche.

Sie schläft noch. Eine Dusche wird sie nicht wecken, denn das will er vermeiden.

Er stellt das Wasser so heiß, dass er es gerade noch aushält, zieht den Duschvorhang zurück und tritt in die Kabine. Seine besten Einfälle sind ihm früher immer unter der Dusche gekommen. Er hat sich auf den kommenden Tag vorbereitet und den vergangenen Revue passieren lassen. Das ist lange vorbei. Jetzt seift er sich ein und spült und trocknet sich so schnell wie möglich ab. Was gerade an diesem speziellen Morgen wohl der beste Einfall ist.

Nicht denken. Nur handeln.

Er zieht sich in Windeseile an. Sie stöhnt im Schlaf. Er läuft die Treppe hinunter und wieder in die Küche. Dort kramt er einen Trichter und den gravierten Silberflachmann heraus und füllt ihn mit einem halben Liter fünfundsiebzigprozentigem Wodka. Da der Flachmann allem einen metallischen Geschmack verleiht und Bart den sanften Abgang eines guten Single Malt keinesfalls verderben will, verzichtet er notgedrungen auf den Glenmorangie.

Bei einem Getränk zu bleiben war noch nie seine Stärke.

Vor der Tür zur Garage muss er drei Mal nach ihr rufen. *Na los, Caity, na komm, wir machen eine Spazierfahrt.* Üblicherweise gehorcht sie aufs Wort. Schließlich erscheint sie, hat aber die Ohren angelegt, den Schwanz eingezogen und den Kopf gesenkt, als hätte sie ein schlechtes Gewissen, als hätte sie etwas angestellt. Darüber will er erst recht nicht nachdenken, er will das Ganze nur hinter sich bringen. Ein für alle Mal.

Bart öffnet die Beifahrertür und wartet, dass sie – wie immer – auf den Sitz springt. Stattdessen sitzt sie vor dem Wagen, als wäre sie unschlüssig, als hätte sie das Auto noch nie gesehen.

Seltsam, denkt er. Sie fährt doch für ihr Leben gerne mit.

»Na los, Caity. Rein da. Ich lass das Fenster runter, damit du den frischen Wind genießen kannst.«

Sie holt tief Luft und klettert auf den Beifahrersitz.

Er gleitet hinters Steuer und betätigt die Fernsteuerung für das Garagentor und lässt den Motor an. Der Firebird schnurrt unter ihm.

Während er aus der Garage fährt, wirft er ihr einen Blick zu. Sie starrt ihn direkt an. Netter Hund.

Scheiße.

»Braves Mädchen«, sagt er.

Vor der Schranke zum Wohnkomplex lässt er das Beifahrerfenster herunter. Sie schnuppert die Luft, steckt aber nicht den Kopf aus dem Fenster. Sie scheint sich ganz auf die Straße vor ihnen zu konzentrieren.

»Das alles ist nicht meine Schuld«, sagt er. »Das geht nicht auf meine Kappe.«

Sondern auf ihre, denkt er.

»Hey, wir hatten doch eine schöne Zeit, oder? Findest du nicht? Wie viele Hunde erleben das, was du erlebt hast, hm? Du warst ein guter Hund, Caits. Und ich kein schlechtes Herrchen, oder? Oder?«

Er beugt sich vor und wühlt mit den Fingern im Fell zwischen ihren Ohren. Sie fahren schweigend weiter, lassen die Vororte und die Einkaufsstraße mit ihren Supermärkten, Fast-Food-Läden und Pizzerien hinter sich. Eine schwere Last liegt auf seiner Brust, und seine Kehle schnürt sich zusammen.

Hinter der Tankstelle mit der großen Statue des Indianerhäuptlings davor und dem kleinen Spielcasino dahinter wird er langsamer und biegt nach links auf den schnurgeraden, leeren Highway, der durch die Wüste in die Berge führt. Hier gibt es nichts außer einem gelegentlichen Felsen oder ein paar niedrigen Sandsteinbrocken, die wie abgebrochene Zähne aus dem knochentrockenen, schädelfarbenen Sandboden ragen. Jetzt kann er es wagen, den Flachmann aus der Tasche zu holen. Er schraubt ihn auf und nimmt einen langen Schluck. Der warme Wodka brennt in seiner Kehle.

Ein gutes Gefühl. Er nimmt noch einen Schluck.

»*Du* bist nicht das Biest in dieser Familie«, sagt er. »Wir wissen beide, wer das ist. Und ich hab sie sogar geheiratet.«

Caity verhält sich seltsam. Warum hängt sie nicht wie sonst den halben Leib aus dem Fenster und genießt die warme Brise? Die Straße ist ihr unbekannt. Weshalb ist sie nicht neugierig? Sie hat sich auf dem Beifahrersitz umgedreht und starrt aus dem Heckfenster. Er wirft einen Blick in den Rückspiegel. Die Häuptlingsstatue verschwindet allmählich.

Noch ein Schluck. So langsam setzt die Wirkung ein. Wird verflucht noch mal auch Zeit.

Soll er den CD-Player einschalten? Das Radio? Irgendwie wäre das nicht angebracht. Er nimmt noch einen Schluck vom Hochprozentigen. Nein, Musik wäre wohl unangebracht. Verdammt, offen gestanden ist *das alles hier unangebracht.*

»Scheiße!«, sagt er. »Setz den verdammten Köter einfach aus. Mach die Drecksarbeit. Der gute alte Bart darf nämlich immer die Drecksarbeit machen. Weißt du was? Ich hätte ihr gleich von Anfang an zeigen sollen, wer die

Hosen anhat. Aber das hab ich vermasselt. Ich hab eine Menge vermasselt. Hätte ich's nicht vermasselt, vielleicht wäre alles anders gekommen. Für dich, für mich, für Delia. Scheiße!«

Er drischt auf das Lenkrad ein. Wischt sich die Tränen aus den Augen.

»Du Schwächling!«

Er nimmt noch einen Schluck. Der Flachmann ist erst zu einem Viertel geleert. Genug für hin und zurück, egal, wohin er auch fährt. Gut.

Caity starrt nicht länger die Straße, sondern ihn an.

Er schlägt wieder gegen das Lenkrad.

»Warum hast du das getan, Caity? Warum musstest du ausgerechnet den großen bösen Wolf beißen? Herrgott noch mal!«

Er klemmt den Flachmann zwischen die Beine und streckt den Arm aus, um sie zu streicheln, zu kraulen – ihren Hund, *seinen* Hund –, und spürt, dass sie sich verspannt und bei seiner Berührung erstarrt. Und da fühlt er es, eine beinahe übernatürliche Angst, die wie ein Wurm durch seine Eingeweide kriecht. Er sieht in ihre Augen, sie erwidert unerbittlich seinen Blick, und er denkt, *sie weiß es, gottverdammt, irgendwoher weiß sie, was ich mit ihr vorhabe*, und die Hand zieht sich zurück und tastet nach dem tröstenden Flachmann. Sie wendet sich zum geöffneten Fenster und zwängt sich hindurch, ihre Vorderpfoten und der halbe Brustkorb sind bereits hindurch, die Beine verlassen den Sitz und suchen auf der Armlehne Halt.

»Caity!«

Er lässt den Flachmann fallen und greift nach ihr, bis zum Halsband ist es viel zu weit, unmöglich, daher packt er ihre Schenkel, ihren Schwanz, ihre Pfoten, bekommt beinahe eine zu fassen, als der Wagen plötzlich und unerklärlicherweise ins Schleudern gerät und von der Straße abkommt und Kakteen niedermäht und Sand aufwirbelt, und dann ist sie verschwunden, aus dem Fenster, und der hintere rechte Reifen quietscht und prallt gegen etwas Hartes, und das Auto wird schwindelerregend herumgewirbelt, er kurbelt wie wild am Lenkrad, um die Kontrolle über den Wagen nicht zu verlieren, und da taucht der Felsbrocken vor der Windschutzscheibe auf.

Wir kennen den Weg. Unsere Augen, unsere Nase werden von einem einzigen Gedanken beherrscht und zeigen uns den Weg. Sie führen uns nach Hause.

Wir haben Durst. Es ist heiß.

Die Straße unter unseren Füßen ist heiß. Zu heiß. Der Sand ist kühler. Die Pfoten finden keinen Halt darauf, wir rutschen, aber es ist kühler.

Wir gehen und gehen, bis wir die große Statue in der Ferne sehen. Die Sonne steigt immer höher. Weit über uns sind Vögel. Etwas Kleines, Graues huscht davon, als wir uns nähern, und vergräbt sich im Sand unter einem Kaktus.

Autos fahren vorbei, gefolgt von einer Bö aus heißer Luft und Sand. Wir wenden die Augen ab. Dann gehen wir weiter.

Und endlich sind die Statue und die Tankstelle vor uns, und neben der Autowaschanlage ist ein kleiner kränklicher Hund angeleint und bellt uns wütend an, als wir vor-

beigehen. Vor der Ausfahrt zur Einkaufsstraße muss ein Auto für uns anhalten, und auf der Ausfahrt bremst ein weiteres für uns ab. Wir spüren den anklagenden Blick des Fahrers auf uns. Wir sind ihm lästig. Das ist uns egal.

Wir gehen nach Hause.

Wir kennen den Weg.

achtzehn

»Wo ist Caity?«

Sonst erwartet sie ihn direkt an der Tür. Er hat sich immer gefragt, ob sie den Bus oder das Auto hört oder ob ihr so etwas wie ein sechster Hundesinn einflüstert, dass er nach Hause kommt. Wie dem auch sei – normalerweise empfängt sie ihn, als hätte sie den ganzen Tag nichts anderes getan.

Seine Mom fläzt sich vor dem Fernseher auf dem Sofa. Alex Trebek. *Jeopardy.*

»Keine Ahnung. Wahrscheinlich mit deinem Dad unterwegs. Er wollte eine Spazierfahrt machen. Vielleicht hat er sie mitgenommen.«

Sie hat getrunken, das erkennt er an ihrer Stimme. Mitten am Nachmittag ist sie immer noch im Bademantel. Die Kaffeetasse, die auf dem Tisch vor ihr steht, kann ihn nicht täuschen. Er weiß, was sich darin befindet.

Das Wohnzimmer stinkt nach Zigarettenqualm. Raucht sie jetzt auch noch Kette?

Er will die Verandatür zum Lüften öffnen.

Caitys Spielzeug liegt, zu einem unordentlichen Stapel aufgeschichtet, links neben der Tür. Ihre Wasserschüssel, die Futternäpfe, ein Zehnpfundsack Trockenfutter, mehrere Konservendosen, ihre Leine, zwei dicke knochenförmige Kauspielzeuge aus Leder, ein paar quietschbunte Gummibälle und der kleine Plüschdrache, den sie hin und wieder durch die Gegend schleppt.

Was zum Teufel geht hier vor?

Er spürt, wie sein Herz schneller schlägt und das Blut in seinen Kopf rauscht.

Sie hat Mom gebissen.

Der Tierarzt, denkt er. *Sie haben sie eingeschläfert. Umgebracht.*

Niemals – das würde seine Mom nicht fertigbringen.

Er rennt ins Wohnzimmer zurück.

»Mom, wo ist sie? Warum liegen ihre Sachen da draußen? Wo ist mein Hund?«

»*Dein* Hund? Ha! Es ist *Delias* Hund. Nicht deiner.«

»Wo ist sie? Was hast du *getan*, Ma?«

»Ich hab gar nichts getan. Frag deinen Vater.«

»Habt ihr ...?«

Sie knallt die Tasse auf den Tisch, springt auf und stürmt ihm entgegen.

»Wie gesagt, ich hab gar nichts gemacht, und ich bin dir keine Rechenschaft schuldig.«

Er riecht die Zigaretten und den Whiskey in ihrem Atem, spürt ihn auf seiner Wange.

»Und *wen interessiert* der Scheißköter überhaupt?«

»Mich! Caity gehört zur ...«

Familie, will er sagen, doch sie legt die Hand auf seine Brust und schubst ihn. Verblüfft taumelt er zurück. Sie hat ihn noch nie geschlagen, noch nie angerührt, nicht so. Er findet das Gleichgewicht wieder.

Sie hat ihn *geschubst. Hat sie Delia auch geschubst?* Ist das möglich?

Ja, das ist möglich.

Das Wort entschlüpft ihm. Das Wort überrascht ihn.

»Schlampe!«

Sie bohrt einen Finger in seine Brust. Der Nagel ist spitzgefeilt.

»Was? Was hast du gesagt? Wag es nicht, noch einmal so mit mir zu reden, verstanden? Du jämmerlicher kleiner ...«

Er hat Angst, zittert am ganzen Körper, aber er wird seinen Mann stehen.

»Sag mir, was du getan hast, Mom! Was hast du mit Caity gemacht? Was hast du mit meiner Schwester gemacht?«

»Du kleiner Scheißer!«

Er sieht die Ohrfeige kommen, kann ihr aber nicht ausweichen. Womöglich, weil er ihr nicht ausweichen will.

Nur zu, denkt er. *Wir werden sehen. Wir werden sehen, wer sie wirklich ist.* Was sie vor uns versteckt.

Die Wucht des Schlags schickt ihn zu Boden. Seine Ohren klingeln, seine Wange und sein Kiefer brennen wie Feuer. Er liegt vor ihr auf dem Teppich und blinzelt, bis er wieder richtig sehen kann.

Eine Spinne, denkt er, *genau*, mit den gespreizten Beinen, den ausgestreckten Armen, den klauenartigen Fingern, dem gekrümmten Rücken, Hals und Schultern eingezogen wie ein angriffslustiges Tier.

»Steh auf«, sagt sie. »Steh auf, verdammt, und verschwinde in dein Zimmer. Wenn ich deine Visage hier unten heute noch einmal sehe, dann kriegst du eine richtige Abreibung, kapiert? Und jetzt geh mir aus den Augen. Sofort!«

Er steht auf und gehorcht.

Aber das hier? Das ist noch lange nicht vorbei.

Die nette Dame von gegenüber sitzt wieder in ihrem Schaukelstuhl auf der Veranda. Sie hat einen Aktenordner und mehrere Unterlagen auf dem Schoß. Als sie uns bemerkt, hecheln wir – wir können nicht anders. Sie steht auf.

»Hey! Hey, Süße, komm her, komm rüber!«

Sie winkt uns zu. Wir zögern, dann erklimmen wir die Stufen zu ihrer Veranda. Sie geht in die Hocke, lässt eine Hand über unseren Kopf gleiten und tätschelt unsere Brust.

»Jetzt sieh dich nur an, du bist ja ganz verschwitzt! Willst du ein bisschen Wasser? Na klar. Setz dich. Warte hier. Warte.«

Sie verschwindet durch die Tür. Wir blicken über die Straße und lauschen. Das Haus ist still.

Sie kehrt mit einer Schüssel voll Wasser und einem Papiertuch zurück und wischt uns den Schaum vom Maul, bevor sie die Schüssel abstellt. Wir trinken. Das Wasser ist so kalt, dass es im Magen schmerzt, aber es schmeckt wunderbar. Wir haben die Schüssel in Windeseile geleert. Sie streichelt unseren Kopf.

»Was machst du überhaupt hier draußen? Ich bring dich nach Hause.«

Sie packt das Halsband, als wollte sie uns hinführen.

Nicht nötig.
Wir kennen den Weg.

»Es geht um meinen Hund, Caity. Hat mein Dad vielleicht ... hat sie mein Dad zu Ihnen gebracht?«

Im Hintergrund bellt ein Hund, scharf und gellend. Es ist nicht Caity.

Die Tierpflegerin fragt, ob er kurz in der Leitung bleiben kann. Ja, sagt er und wartet. Er wagt nicht zu atmen, während er einer blechernen Easy-Listening-Version von »Bridge Over Troubled Water« lauscht. Dann ist sie wieder am Apparat.

»Nein, Robbie, sie waren heute nicht hier. Kann ich sonst noch was für dich tun?«

»Nein. Danke. Wiederhören.«

Erleichtert legt er das Telefon auf die Station im Schlafzimmer zurück. *Und jetzt?,* denkt er, als es an der Tür klingelt.

»Sehen Sie mal, wen ich gefunden habe!«

»Was zum ...«

Die Frau lächelt. Es ist ihre Nachbarin. Leda, die Nachrichtensprecherin, nein: Moderatorin. Sie lässt das Halsband los, und der Hund trottet an ihr vorbei zur Treppe, vor der er sich niederlässt.

Pat bemerkt, dass ihr Mund offen steht, und schließt ihn.

Spiel mit, ermahnt sie sich. *Freude und Überraschung.*

Die Überraschung fällt ihr nicht schwer.

»Wie haben Sie ...? Wo haben Sie ...?«

»Sie kam direkt an meinem Haus vorbei. Ich hab ihr etwas Wasser gegeben.«

»Nun, meine Güte, vielen Dank! Ich habe keine Ahnung, wie sie ...«

»Sie war schrecklich durstig.«

»Ich habe gar nicht gemerkt, dass sie aus dem Haus ist.«

»Na ja, jetzt haben Sie sie ja wieder sicher zurück.«

»Ja. Danke schön. Vielen lieben Dank.«

»War mir ein Vergnügen.«

Die Frau sieht an ihr vorbei zur Treppe, winkt und lächelt noch einmal. Pat blickt über ihre Schulter. Robbie steht auf dem Treppenabsatz.

»Dann noch einen schönen Tag!«, sagt die Frau.

»Ihnen auch. Nochmals vielen Dank.«

Sie schließt leise die Tür.

»Und?«, schnappt sie. »Bist du jetzt zufrieden?«

Was geht hier nur vor, denkt sie. Wo zum Geier steckt Bart? Und was macht der gottverdammte Hund hier?

Das Tier sitzt einfach da und glotzt sie an. Das gefällt ihr ganz und gar nicht, genauso wenig wie die Miene, die ihr Sohn zur Schau stellt. Sie können sie beide mal kreuzweise!

»Caity! Komm her«, sagt Robbie.

Der Hund dreht sich um und steigt die Treppe hoch.

»Ach Scheiße«, sagt sie. Sie setzt sich wieder auf das Sofa und leert den Bourbon in der Kaffeetasse in einem Zug. Dann fischt sie das Handy aus der Bademanteltasche und ruft Bart an. Nach einem einzigen Klingeln meldet sich die Mailbox. Sie wählt noch einmal. Wieder die Mailbox. Dann ein drittes Mal.

»*Gottverdammt!* Bart, wo zum Teufel bist du?«

Sie knallt das Telefon auf den Beistelltisch. In diesem Augenblick klingelt es.

Saint Agnes Hospital steht auf dem Display.

»Ja?«

»Mrs. Cross?« Eine Frauenstimme. Eine junge Frau, denkt sie.

»Ja?«

»Es tut mir leid, aber ich habe schlechte Nachrichten, Mrs. Cross. Es gab einen Unfall. Ihr Mann ist schwer verletzt. Er liegt bei uns auf der Intensivstation. Bitte kommen Sie so schnell wie möglich vorbei. Wissen Sie, wo das Krankenhaus ist?«

»Verletzt?«

»Ja, Ma'am. Kennen Sie den Weg zu uns?«

»Ja, oh ja. Glauben Sie mir, ich weiß sehr gut, wo das Krankenhaus ist. Vielen Dank.«

Zum zweiten Mal knallt sie das Handy auf die Tischplatte.

Unmöglich, denkt sie. *Wie, um Himmels willen?* Zieh dich an, denkt sie dann. Fahr da hin, sofort.

Ihr Sohn und der Hund beobachten sie von der Treppe aus.

»Was? Was glotzt ihr so?«

Als wollten sie sie anklagen. Als hätten sie das *Recht*, sie anzuklagen.

Sie stürmt die Treppe hinauf. Sobald sie den Absatz erreicht hat, weicht Robbie zur Seite. Der Hund nicht. Der Hund sitzt einfach nur da.

Mitten im Weg, denkt sie. *Du bist mir immer im Weg, du beschissener Köter.*

Ich werd dir Beine machen.

Sie beugt sich vor und packt das Halsband mit festem Griff. Robbie zuckt zusammen, als sie herumwirbelt und den Hund mit sich zerrt.

Und die Treppe hinunterschleudert.

Der Hund winselt, überschlägt sich, landet auf der Seite, rappelt sich auf der dritten Stufe von unten wieder hoch und funkelt Pat böse an. Einen kurzen, schrecklichen Augenblick lang bereut sie, was sie getan hat, eine so impulsive, brutale und dumme Handlung ist sonst nicht ihre Art, jedenfalls möchte sie das glauben. Und dann stürmt der Hund knurrend die Treppe hinauf.

Sie rennt zum Schlafzimmer, dort kann sie die Tür hinter sich schließen, sie hat es fast erreicht, sie ist direkt vor der Tür, streckt die Hand nach der Klinke aus, als sich die Zähne des Hundes in das Fleisch ihrer Wade bohren. Der Fuß wird unter ihr weggerissen, sie fällt, sie schreit vor Schmerz, und ihre Angst verwandelt sich plötzlich in blinde Wut, und sie dreht die Hüfte und beugt den Oberkörper und stößt mit den Daumen nach den Augen des Hundes, will sie in seine Höhlen bohren. Das Tier winselt und weicht zurück, und sie tritt mit dem blutigen Fuß fest gegen seine Schnauze.

Dann ist sie wieder auf den Beinen und durch die Tür. Das Telefon, denkt sie, du musst die Polizei anrufen, und sie knallt die Tür kräftig zu und hört sie gegen den Rahmen prallen, aber sie schließt nicht, das hat die verdammte Tür manchmal, man muss sie zudrücken, und dann hört sie, wie die Tür wieder gegen die Wand schlägt, was bedeutet, dass der Hund auch im Raum ist. Sie dreht sich nicht um.

Das Badezimmer. Das kann man absperren.

Eine gute Idee, wäre der Hund nicht unerwartet schnell, viel schneller, als sie ihn sich jemals hat bewegen sehen. Er schneidet ihr den Weg ab, springt über das Bett und auf die Frisierkommode. Cremetiegel und Tablettenschachteln und Parfümflaschen fliegen in alle Richtungen, und dann springt er von der Kommode auf den Boden vor ihr. Sie rutscht auf dem Läufer aus und landet vor dem Fernsehtisch auf dem Hintern. Der Flachbildschirm ragt bedrohlich über ihr auf.

Der Hund bellt und fletscht die Zähne. Seine Hinterbeine zittern vor Aufregung.

Sie greift nach dem Tisch, will sich am Tisch hochziehen, doch dafür reicht der Hebel nicht, dafür ist sie zu schwer. Der Tisch wankt und fällt um, der Flachbildschirm darauf folgt ihm, sie sieht ihn auf sich zukommen und will wie ein Krebs seitwärts davonkriechen, doch dann landet der Bildschirm auf ihren Schienbeinen, und sie schreit vor Schmerz, als der Hund direkt auf das Gerät springt, knurrt und nach ihr schnappt. Hundespeichel sprüht auf ihr Gesicht.

Sie drückt mit aller Kraft und schleudert Bildschirm und Hund von sich. Dann kriecht sie durch den Duft der Cremes und Parfüms und durch die Glassplitter zum Badezimmer. Scherben bohren sich in ihre Handflächen und Knie, und sie ertastet den Waschbeckenrand und will sich daran hochziehen, als sich die Hundekiefer um die Zehen ihres linken Fußes schließen. Sie hört das Knacken der Knochen, noch bevor sie den Biss spürt, und sie schreit und rutscht vom Waschbecken ab, und ihr Kiefer knallt gegen den Rand der Badewanne, sodass sie sich auf die Zunge beißt und ekelhaft warmen Blutgeschmack im Mund spürt, und sie rollt sich auf den Rücken und tritt mit beiden Füßen auf den Hund ein. Blut spritzt aus ihrem Fuß, sie tritt, bis sie direkt die Schnauze trifft, mitten ins Schwarze, und das verdammte Vieh gibt ein hohes, gellendes Jaulen von sich und rennt winselnd aus dem Raum.

Sie hört die Hundepfoten im Flur und dann nichts mehr bis auf ihren eigenen schweren Atem. Schmerz durchzuckt ihren Körper. Sie sieht auf ihren übel zugerichteten Fuß herab. Der große Zeh hängt in einem unnatürlichen Winkel herunter. Sie lauscht der Stille. Schluckt Blut. Lauscht auf den Hund. *Wo ist Robbie?,* denkt sie. Wo ist ihr Sohn?

Mithilfe des Waschbeckens kann sie sich langsam und leise aufrichten.

Vom Treppenabsatz aus hört Robbie alles – Caitys Bellen, ihr Knurren, die Schreie seiner Mutter. Glas splittert, etwas Schweres fällt um, und die Geräusche erzeugen gleichzeitig Neugier und Furcht. Er arbeitet sich an der Wand entlang vor, bis er in der Tür seines Zimmers steht und sich nicht weitertraut.

Er hört Caitys Winseln und das Klicken ihrer Krallen auf dem Flur, und dann bleibt sie vor ihm stehen und starrt ihn an. Ihre Schnauze und ihr Mund sind blutig, doch es sind die Augen, die ihn in ihren Bann schlagen. Sie haben dasselbe Dunkelbraun, das er seit so vielen Jahren kennt, doch was in ihnen liegt, was in diesen Augen wohnt, ist neu. Obwohl es ihm ebenfalls vertraut ist.

Unmöglich.

Er stößt sich von der Wand ab und beugt sich vor, um besser sehen können.

Seine Schwester und er waren Zwillinge. Keine eineiigen, aber sich trotzdem sehr ähnlich. Besonders was die Augen anging.

In diesen Augen erkennt er Mitleid und eine große, schreckliche Sehnsucht darin.

»Delia?«, fragt er. *»Deal?«*

Unmöglich.

Der Flur verschwimmt vor seinen Augen. Seine Mutter stürmt humpelnd und wutschäumend aus dem Schlafzimmer. Sie hält die schwere Keramiklampe vom Nachttisch mit beiden Händen über dem Kopf, ihr Bademantel steht offen, darunter ist sie nackt, sie hat die Zähne zu einer blutigen Grimasse gebleckt, und das ist alles zu viel, viel zu viel, und während Caity sich zum Kampf stellt, macht er einen Satz in sein Zimmer und schlägt die Tür hinter sich zu.

Die Lampe war eine dumme Idee. Klobig und viel zu schwer, aber etwas anderes lag nicht griffbereit. Sie hätte eine Vorhangstange oder die Duschstange herunterreißen und als Knüppel verwenden sollen, aber für solche

Überlegungen war keine Zeit, denn sie will dieses verdammte Tier töten, erledigen als Rache für das, was es ihr angetan hat – ihr Bein, ihr Fuß, die Glasscherben in Händen und Knien –, und der Hund springt ihr entgegen, und sie schreit *Mistvieh!*, als dreißig Kilo Muskelfleisch mit ihrer Brust kollidieren, und lässt die Lampe auf den Widerrist des Hundes krachen, obwohl sie weiß, dass sie ihn damit nicht außer Gefecht setzen kann. Die Lampe entgleitet ihren Händen, und sie prallt mit den Schultern voran gegen die Wand hinter ihr, wobei Delias erste professionelle Porträtaufnahme samt Rahmen auf den Boden fällt. Der Hund weicht vor den spritzenden Glasscherben zurück, und diesen Augenblick nutzt sie, um die Tür zu Delias Zimmer aufzureißen.

Delias iPad liegt noch auf dem Nachttisch neben dem Bett. Sie springt auf Bett und iPad zu, und als der Hund ebenfalls einen Satz macht, um sie auf dem Bett zu erwischen, dreht sie sich um und schlägt das Tablet gegen seine Kopfseite. Der Hund taumelt und fällt vom Bett, geht aber im Nu wieder auf sie los, schnappt nach ihrem Gesicht, und sie bearbeitet seine Schultern und seinen Rücken und seinen Kopf mit dem Tablet und spürt, wie ihre Hiebe schwächer werden, *wirkungslos*, dann sehen sie sich Auge in Auge gegenüber, und Pat kann den Blick nicht abwenden, als der Hund scheinbar mühelos ihren Körper hinaufkriecht und ihren Unterkiefer in seine eigenen Kiefer nimmt, zubeißt und *zieht*.

Ein Geräusch wie das, das ihr entfährt, als der Kiefer ausgerenkt wird, hat sie noch nie gehört, genauso wenig hat sie geahnt, dass sie zu diesem Geräusch fähig ist, ein hohes stotterndes Heulen, als würde Maschinengewehrfeuer durch das kleine Zimmer hallen, und dann wird der Laut mehrere Oktaven tiefer und verwandelt sich in ein Knurren und schließlich in ein leises Stöhnen, das durch den Blutschwall dringt, der sich auf ihrem Schlüsselbein sammelt.

Der Hund lässt von ihr ab und starrt sie wieder an, es ist genau dieses Starren, das sie auf der Treppe so wütend gemacht hat, doch jetzt ist da keine Wut mehr, nur noch Schmerz und Angst, und ihre Hand fährt zu ihrem entblößten Hals. Sie spürt das Gewicht des Hundes auf ihrem Körper, auf ihren Oberschenkeln, ihren nackten blutigen Brüsten.

Dann richtet sich der Hund auf, stellt sich wachsam auf die Beine. Das Bett bebt unter ihnen.

Das Tier schaut sich um. Bis auf sein Hecheln ist nichts zu hören. Der Hund lässt den Blick schweifen, als würde er das Zimmer zum ersten Mal sehen.

Dann winselt er, als hätte er Schmerzen, als wäre der Hund verletzt und nicht sie.

Seine Augen verengen sich. Er knurrt und springt vom Bett.

Und geht auf Delias Schrank los, stellt sich auf die Hinterbeine, fällt über die Kleidung darin her, zieht sie von den Bügeln – Kleider, Blusen, Kostüme, ein Strohhut, eine perlenbesetzte Handtasche, alles zerrt er auf den Boden, wo er sie knurrend in Stücke reißt. *Die Aufführungen, die Darbietungen*, die gesamte Vergangenheit ihrer Tochter wird vor ihren Augen zerstört.

Patricia ist – für den Augenblick – vergessen.

Durch das geöffnete Fenster trifft eine sanfte Brise ihre Wange.

Das Dach.

Sie kriecht über das Bett. Die Glasscherben bohren sich noch tiefer in ihre Handflächen, als sie das Fensterbrett packt und sich daran hochzieht. Die Geräusche hinter ihr verstummen. Sie hat bereits das linke Bein über das Fensterbrett gehoben, der verstümmelte Zeh knickt um, sobald er das Dach berührt, sie kreischt ihren Schmerz in den allmählich dunkler werdenden Abendhimmel.

Der Hund landet mit seinem ganzen Gewicht auf dem Bett, aber sie kann ihr rechtes Bein aus dem Zimmer ziehen und vor dem Tier in Sicherheit bringen, und einem plötzlichen Einfall folgend, dreht sie sich um und schiebt das Fenster hinter sich zu und hört, wie es auf den Rücken des Hundes knallt, der noch halb im Zimmer und erst halb durch die Öffnung ist, er heult, und sie drückt das Fenster fester herunter und denkt *Jetzt hab ich dich, du Mistvieh*, und dreht sich zu dem Baum um, dem Baum, auf den der Hund scheinbar vor einer Ewigkeit inmitten von Rauch und Flammen geklettert ist.

Sie streckt den Arm nach den Ästen aus, bekommt einen zu fassen, einen dicken, stabilen Ast, und sie stößt sich mit den Füßen vom Dach ab, und dann hängt sie da, mit baumelnden Beinen, und sie arbeitet sich Handbreit um Handbreit vor, für so etwas ist sie nicht in Form, sie bringt ihren Körper immer näher an den Stamm, ihre

Hände sind blutig, ihre Hände sind glitschig, und sie spürt, wie sie abrutscht, krümmt die Finger zu Klauen, aber sie gleiten trotzdem über das raue, nach Harz duftende Holz.

Das Gewicht ihres Körpers zieht sie in Richtung Erdboden, und endlich geben ihre Hände nach, und sie rauscht in freiem Fall durch den Baum. Die Äste sind Rasierklingen, Messer, Hämmer. Sie sieht die Wurzeln und das Gras näher kommen, schnell, dann seitlich, als ihr Körper eine letzte Drehung vollführt, und dann sieht sie nichts mehr.

Du musst was tun, denkt er. Jetzt. Du darfst dich nicht verstecken. Du musst ihr helfen. Wem genau er helfen will, weiß er nicht so recht.

Er reißt die Tür auf. Caitys Heulen aus Delias Zimmer fährt ihm durch Mark und Bein. Er kann gerade noch Delias zerrissene Kleidung am Boden erkennen, dann sieht er die zappelnde Caity, eingeklemmt im Fenster, gefangen. Sie drückt den Rücken durch. Ihre Hinterpfoten suchen Halt an der Wand. Er wirft sich aufs Bett, nimmt ihre Hinterbeine unter den Arm und schiebt das Fenster mit der anderen Hand hoch. Sie ist frei. Sie kläfft, leckt sein Gesicht, sein Kinn, seine Lippen. Dann will sie runter.

Er lässt sie los.

Sie rennt durch das Zimmer auf den Flur und die Treppe hinunter. Er folgt ihr. Ihre Vorderpfoten kratzen vergeblich an der Glastür, und sie winselt vor Enttäuschung. Und jetzt beobachtet er etwas wirklich Erstaunliches, etwas, das sie vorher noch nicht einmal versucht hat: Sie hebt die rechte Vorderpfote, schiebt die Krallen zwischen Tür und Türrahmen, verlagert das Gewicht und *drückt*.

Die Tür gleitet auf, und Caity huscht hindurch.

Sie erwacht in Schmerz und absoluter Klarheit. Der Hund hat sich irgendwie befreit, der beschissene Hund läuft über den Rasen auf sie zu. Sie kommt auf die Beine, findet sofort das Gleichgewicht wieder. Scheiß auf die Schmerzen und *scheiß auf dich, Hund, du bist tot!*, fährt es durch ihren Kopf wie ein Fieberanfall.

Der Hund springt ihr entgegen. Pats Timing ist perfekt, das Timing einer Tänzerin, und auch ihre Balance ist die einer Tänzerin, als sie ungeachtet ihres verstümmelten Fußes zur Seite tritt, sodass der Hund an ihr vorbeirauscht und mit dem Kopf voraus gegen die Metallrutsche hinter ihr stößt. Bevor sich das Tier wieder sammeln kann, hat sie die Hände fest um seinen Hals gelegt. Sie rammt seinen Kopf gegen die Metallkante der Rutsche, beinahe kommt es ihr so vor, als würde der Hund einen Schmerzensschrei ausstoßen, ein beinahe menschliches Geräusch – wie köstlich, wie herrlich –, und sie stößt den Kopf noch einmal dagegen. Der Hund erschlafft in ihren Armen. Sie lässt ihn fallen.

Dann taumelt sie auf die Veranda. Robbie steht direkt in der Tür.

»Nichtsnutz«, murmelt sie, »geh mir verflucht noch mal aus dem Weg.« Sie schubst den kleinen Scheißkerl,

so fest sie kann, denn ihre Wut ist noch nicht verraucht, ihre Wut auf den Hund, auf ihn, auf Bart, auf die ganze erbärmliche beschissene Welt, und sie hört, wie er gegen die Stühle und den Tisch in der Küche fällt, und dreht sich nicht einmal nach ihm um.

Sie wird diese Scheißbude durch ihre eigene Scheißhaustür verlassen und auf ihre beschissene Straße gehen.

Sie hat nie jemanden geliebt, niemanden, keine Menschenseele, das war alles nur gelogen, denkt Robbie, als sich die Armlehne des Stuhls in sein Auge bohrt und seine Nase bricht und er auf die kalten Küchenfliesen hinabrutscht.

Sie marschiert so tapfer wie ein Soldat durch ihr Wohnzimmer, tapfer ist sie und ist sie immer gewesen, als sich die Vorderzähne des Hundes in ihre Handfläche bohren und die Backenzähne ihren Daumen und ihren Zeigefinger zu Brei zermahlen. Er zerrt sie zu Boden.

Der Hund beißt den Daumen ab und lässt ihn los. Sie sieht und hört, wie er fällt.

Blut bespritzt die Hundeschnauze, sie, das Sofa, sie geht auf das Vieh los, schlägt auf das Vieh ein, schreit das Vieh an. *Du bist doch längst tot,* denkt sie absurderweise, *du bist tot, gottverdammt!,* und der Hund senkt den Kopf und scheint tatsächlich zu lauschen – auf was, weiß sie nicht, bestimmt hört er nicht ihr zu, so viel ahnt sie –, vielleicht hört er eine Stimme tief in seinem unergründlichen Verstand, und sie glaubt, Trauer zu sehen, ja, da liegt Trauer in seinen Augen, und der Hund hält einen Augenblick lang über ihr inne, doch dann bäumt er sich auf und springt vor und schlägt seine Zähne in ihre Kehle, das war unausweichlich, und eine Blutfontäne spritzt daraus hervor und dann noch eine, der Hund wirft den Kopf zurück, und irgendetwas reißt in ihr, und als sie an sich hinabsieht, erkennt sie etwas knorpeliges Weißes. Eine glänzende, blutbefleckte Röhre, umgeben von hellrotem rohem Fleisch, ragt aus ihrem Hals wie ein gekrümmter Finger, der auf ihr Schlüsselbein zeigt.

Der Raum färbt sich rot, weder will noch kann sie sich das Blut aus den Augen wischen, und sie sieht Robbie über sich, der sich schwer auf das Sofa stützt, und ist das nicht ein Handy in seiner Hand? Ja, eindeutig ein Handy – sie will *Ruf Hilfe, Hilfe* schreien, aber danach klingt es nicht, es klingt falsch.

Aber wen soll er denn anrufen, denkt sie noch.

Er kann sie nicht ansehen. Er kann nicht zusehen, wie sich das Blut um ihre Schultern, ihren Hals und ihren Kopf sammelt. Er kann ihren Tod nicht mit ansehen, obwohl er ihn spürt. Er hat die beiden ersten Ziffern des Notrufs in das Handy in seiner zitternden blutigen Hand beinahe automatisch eingegeben, als plötzlich ein einziger, klarer Gedanke aus dem Sturm seiner Gefühle und Gedanken auftaucht wie der Kopf eines Ertrinkenden auf der Wasseroberfläche.

Mein Gott. Caity. Delia.

Dafür werden sie sie umbringen.

Er wischt das Blut, das noch immer aus seiner Nase läuft, mit dem Saum seines »How to Kill a Zombie«-T-Shirts ab, das bereits durchtränkt ist, sodass es aussieht, als würde das Blut zum Motiv darauf gehören.

Sein Blut. Nicht ihres.

Darüber denkt er nach.

Er hat eine blutige Nase und, der empfindlichen Stelle unter seinem rechten Auge nach zu urteilen, jetzt oder bald ein Veilchen.

Er überlegt. Ja, er könnte den Notruf wählen. Durchaus.

Er weiß genau, was er sagen müsste.

Sie haben sich gestritten. Dabei kam es zu Handgreiflichkeiten. Er hat sie mit dem Verdacht konfrontiert, dass sie, seine Mom, und nicht Caity für den Tod seiner Schwester verantwortlich ist. Sie hat es zunächst abgestritten, dann wurde sie wütend, gab es schließlich zu, und danach verlor sie den Verstand, ging auf ihn los, um ihn für immer zum Schweigen zu bringen, damit er nichts ausplaudert, keine Ahnung, warum, er weiß nur, dass sie auf ihn losging und ihm ein blaues Auge und eine blutige Nase verpasst hat und er Angst hatte, dass sie ihn die Treppe hinunterschubsen würde, Todesangst, weil er dachte, sie wollte ihn umbringen, genau wie Delia. Dann sprang Caity dazwischen. Caity ging auf *sie* los, Caity hat ihn gerettet, und ohne Caity hätte er das alles wohl nicht überlebt.

Du kannst das, denkt er. Sie werden es glauben. Sie *müssen* es glauben. Caity ist doch schon eine Heldin, oder? Das weiß schließlich jeder. Wahrscheinlich wäre sogar Pearl auf seiner Seite. Und das nicht nur wegen Caity. Er vermutet, dass Pearl sich ihren eigenen Teil denkt, was sein Mutter betrifft.

So still, denkt er. Das Haus ist so merkwürdig still. Wie nach einem Gewitter.

Wo ist sie? Wo ist Caity? Sie konnte er auch nicht ansehen. *Nicht danach.*

Sie wartet neben der Wasserschüssel. Die Wasserschüssel ist leer. Er füllt sie am Wasserhahn. Als sie sie ausgetrunken hat, füllt er sie noch einmal.

Dann wählt er den Notruf.

Wir sitzen in der Badewanne. Das Wasser ist warm.

Robbie hält den Duschkopf über uns und wäscht das Blut weg. Und damit den Schmerz.

Die Seife riecht wunderbar.

Wir hören eine Sirene in der Entfernung. Sie ist noch weit weg. Wir haben Zeit. Ob Robbie sie auch hören kann oder nur wir?

Ein winziger Glassplitter steckt zwischen den Ballen unserer rechten Vorderpfote. Wir halten sie ihm hin. Er holt eine Pinzette aus dem Badschrank und zieht den Splitter vorsichtig heraus.

Wir küssen ihn auf Hundeart.

Er wischt sich übers Gesicht und lächelt. Sein erstes Lächeln an diesem Tag.

»Danke, Schwesterherz«, sagt er.

Wir küssen ihn noch einmal.

»Wir verlieren ihn!«, sagt der Mann in Weiß, der sich über ihn gebeugt hat, und dann ist der Mann plötzlich weg, und stattdessen ist da das Gesicht seiner Tochter, ihr unversehrtes, kleines rundes Gesicht, sie lächelt, und Bart spürt etwas Kaltes und Feuchtes auf seiner Brust und denkt *Es tut mir leid, das alles tut mir so leid,* und die Welt löst sich in Funken auf und wird von der Finsternis verschluckt.

epilog

»Happy Halloween!«

Tante Ev klingt so frisch und munter wie immer. Wenn sie so weitermacht, wird sie bestimmt noch hundert Jahre alt, denkt Rob, obwohl die Arthritis sie gezwungen hat, in ein kleines einstöckiges Haus in Sparta zu ziehen, damit sie sich nicht länger mit »dieser verdammten Treppe« herumquälen muss. In ihrem ehemaligen Domizil bei Hamburg, New Jersey, wohnt er jetzt. Sie haben oft Späße darüber gemacht, dass sie jetzt in die »große Stadt« zieht – was Sparta nach den Maßstäben von Sussex County durchaus ist.

Sie erkundigt sich nach der Familie, und er trinkt seinen Kaffee und sagt, es gehe allen gut. Er blickt durch die Doppelglastür in der Küche auf den Feldsteinboden der Veranda und den Garten dahinter. Zwei Eichhörnchen flitzen um die Räder der dreihundert Jahre alten hölzernen Kutsche mit Klappverdeck, die er bei einer Auktion erstanden und eigenhändig restauriert hat. Sie steht in seinem etwa einen Viertelhektar großen Garten ungefähr an der Stelle, an der sich in dem *anderen* Garten die Rutsche und die Schaukeln befanden.

Von seiner Familie abgesehen, ist die Kutsche sein ganzer Stolz. Immerhin hatte ja erst dieses Kutschenmodell mit den Windsor-Sitzen, das er vor einer Ewigkeit für Delia gemacht hat, sein Interesse für Antiquitäten geweckt. Und als Evvie ihn bei sich aufnahm, war er praktisch ausschließlich von Möbeln im amerikanischen Landhausstil umgeben gewesen. Einige Stücke waren in ziemlich schlechtem Zustand, und er fand schnell heraus, dass er ein Händchen fürs Zimmern, Leimen und Reparaturarbeiten im Allgemeinen hat. Die Modellbauerei – wenn er auch viele Modelle in einem Anfall von Jähzorn zerschlug – hatte ihn Sorgfalt und Geduld gelehrt.

Inzwischen haben er und Ana ihr eigenes Geschäft, ihre eigene Schreinerei am Rande von zehn Morgen Wald, die das Gebäude wie ein Hufeisen umgeben, dazu einen kleinen Stand zwischen den beinahe vierzig anderen Händlern und Restaurateuren im Antiquitätenzentrum von Hamburg. Ana hat eine besondere Begabung für den älteren Kram im Kolonialstil. Den alten Eisschrank, die Seekiste, die ihnen als Beistelltisch dient, die Windsor-Stühle und das Zylinderbüro hat sie restauriert.

Unter all ihren Habseligkeiten nimmt die Kutsche immer noch einen ganz besonderen Platz ein. Bei schlechtem Wetter wickelt er sie in eine Plastikplane, fährt den Truck aus der Garage und schiebt sie hinein, damit sie vor den harschen Wintern in New Jersey geschützt ist. Jeden Frühling bringt er sie auf Vordermann, damit er und Ana im Sommer darin sitzen und bei einem Drink entspannen können.

Hinter der Glastür – übrigens die einzige Veränderung, die sie am Haus vorgenommen haben, damit mehr

Licht in die Küche dringt – hat sich ein drittes Eichhörnchen zu den anderen beiden gesellt. Es sitzt auf dem rechten Vorderrad der Kutsche und knabbert auf etwas herum, das es zwischen den Vorderpfoten hält. Sieht verdächtig nach einem Tortillachip der Kinder aus.

»Ist alles bereit, wenn die Rasselbande kommt?«, fragt er seine Tante.

»Drei Kisten mit Reese's Pieces. Das sollte reichen.«

»Ach ja? Wie in *E.T.*! Charlie isst die am liebsten.«

Es ist ja auch Charlies Lieblingsfilm. Sein achtjähriger Sohn ist unsterblich in Dee Wallace verliebt. Immerhin, er hat Geschmack.

»Das weiß ich doch, sonst hätte ich ja nicht so viele gekauft. Charlie kann alles haben, was übrig bleibt. Außerdem hab ich noch eine Packung Mini-Marsriegel.«

»Für Stella.«

»Genau. Für Stella.«

»Du verwöhnst uns, Ev.«

»Hey, dir hat das auch nicht geschadet, oder? Ich hab dich ganz ordentlich verwöhnt.«

Halloween ist Evs Lieblingsfest, gleich nach Weihnachten. Hier in der Pampa kommen nur wenige verkleidete Kinder vorbei. Früher hat sie das vermisst. Jetzt, in der Stadt, ist das anders. Die verkleideten Kinder machen ihr große Freude, die Ungeheuer und Ballerinen und Superhelden.

Sie mag Kinder eben. Er ist der beste Beweis dafür.

»Vor drei Tagen hab ich bei John Fee den perfekten Kürbis gekauft«, sagt er. »Er steht hier auf dem Kaminsims.

Ich weiß noch nicht, ob ich ein Gesicht reinschnitzen soll. Er ist halt perfekt.«

»Du musst ihm ein Gesicht schnitzen. Nichts riecht wie frisch geschnittener Kürbis, weißt du nicht mehr?«

»Doch, das weiß ich noch.«

»Und wer braucht schon Perfektion?«

Sie erinnert ihn daran, dass sie sie am nächsten Samstag zu Braten, Kartoffeln, Kohl und dick geschnittenem deutschem Brot aus Mangers Bäckerei eingeladen hat. Ein typisches Neuengland-Essen.

»Wir sind Punkt sechs Uhr bei dir.«

»Punkt sechs Uhr. Schnitz deinen Kürbis. Caity liebt den Geruch.«

Er lächelt. »Ja. Das stimmt.«

Als ihr Name fällt, sieht sie vom Kamin auf, in dem drei Holzscheite glimmen, und schleicht zu ihm hinüber.

»Willst du sie begrüßen, Ev?«

»Ach woher, ich sehe sie ja am Samstag. Gib ihr einen Kuss von mir.«

»Gerne. Mach's gut, Tante Ev.«

»Du auch, Robbie.«

Außer ihr gibt es niemanden, der ihn noch Robbie nennen darf. Für alle anderen, seine Frau eingeschlossen, ist er Rob.

Er legt auf und hält Wort, indem er Caitys Schultern umarmt und ihr einen Kuss auf den Kopf drückt, durch das Fell auf ihrer Brust wuschelt, das nach den Verbrennungen vor so langer Zeit wieder weiß und seidig nachgewachsen ist.

Vor über zwanzig Jahren.

Er ist nun zweiunddreißig und hat schon ein paar graue Haare. Caity nicht. Irgendwie scheint sie nicht altern zu wollen.

Einmal – ein einziges Mal – hat er sie zu einem Tierarzt gebracht. Vor zwei Jahren, als sie sich an einem Sommermorgen auf der Hasenjagd den Knöchel in einem Maulwurfsloch verstaucht hat. Sie humpelte stark, und er befürchtete, der Knöchel sei gebrochen. Die Tierärztin war noch sehr jung, frisch von der Uni. Aber wie die meisten Einheimischen nicht auf den Mund gefallen.

Sie hörte Caitys Herzschlag und Lunge ab, maß ihren Puls, nahm das Stethoskop herunter und schüttelte den Kopf.

»Ich will verdammt sein«, sagte sie. »Entschuldigen Sie meine Ausdrucksweise. Wie alt ist sie noch mal?«

»Das wissen wir nicht genau. Sie ist uns ... zugelaufen.«

»Ehrlich gesagt, werde ich aus diesem Hund nicht schlau. Ihre Temperatur liegt zwei Grad unter Normalwert, ihr Herz schlägt sechzig Mal pro Sekunde. Der Puls eines alten Hundes. Aber der Hund hier sieht mir nicht sehr alt aus, oder? Und ihr Atem erst. Normal sind vierundzwanzig Atemzüge pro Minute. Caity atmet *zwölf Mal.* Donnerwetter. Das ist vielleicht bei einem Menschen so, aber nicht bei einem Australian Cattle Dog. So was Verrücktes ist mir noch nicht untergekommen.«

Wird es auch nie wieder, dachte Rob, hielt aber wohlweislich den Mund.

Sie röntgte Caitys Bein, diagnostizierte eine Verstauchung, verschrieb ihr ein entzündungshemmendes Medikament, riet ihm zu Eispackungen und einer Heizdecke und schickte ihn nach Hause.

»Schauen Sie ab und zu mal rein«, sagte sie. »Auch Hunde müssen regelmäßig zur Vorsorgeuntersuchung.«

Er bezweifelt, dass er diesen Rat befolgen wird. Zum Glück gab es seitdem keinen Grund dazu. Er pflegt regelmäßig ihr Fell, putzt ihre Zähne gegen Karies, füttert sie mit gesunder Menschennahrung und Trockenfutter. Sie hat nie auch nur eine Erkältung.

Wenn er das doch bloß von seinen Kindern sagen könnte.

Die gerade durch die Haustür gestürmt kommen. Ana hält sie ihnen auf, da sie schwere Einkaufstaschen in den Händen halten.

»Caity!«, sagt Stella.

»Wackelhintern!«, sagt Charlie.

Caity tänzelt auf sie zu. Angesichts feuchter Hundeküsse, Streicheleinheiten und Umarmungen sind die Einkaufstüten schnell vergessen. In Caitys Gegenwart merkt man kaum, dass Stella mit ihren neun Jahren die ältere der beiden ist, da sie ihr selbstbewusstes, etwas dünkelhaftes Betragen sofort ablegt.

Er hilft Ana dabei, die Tüten in die Küche zu tragen und auf dem Hackblock abzustellen, der ihnen als Arbeitsfläche dient.

»Auftrag erfüllt«, sagt sie. »Jetzt steht Halloween nichts mehr im Wege!«

Sie lacht. Ihr Gesicht ist von der Oktoberkälte gerötet. Dieses tiefe, kehlige Lachen, denkt er, war der Grund, weshalb er sich in seinem zweiten Studienjahr am Plymouth State College rettungslos in sie verliebte. Er studierte englische Literatur, weil er, wie seine Tante auch, gerne las – alles, von Stephen King bis Will und Ariel Durant. Sie studierte Japanisch, das sie bis heute fließend lesen kann.

Als sie ihre gemeinsame Leidenschaft für Antiquitäten entdeckten, war es mit dem College vorbei. Noch vor der Heirat liehen sie sich von Ev genug Geld, um ihren eigenen Betrieb zu eröffnen.

Sie packen die Einkäufe aus. Lebensmittel zuerst. Das Häagen-Dazs kommt in die Gefriertruhe.

»Rate mal, was ich gerade aufgenommen habe«, sagt er.

»Was denn?«

»Die Sendung zu Pearls zwanzigjährigem Fernsehjubiläum. Ich mit zwölf. Die ganze Familie. Wie wir dieses verdammte Buch vorstellen.«

»Du *fluchst* ja, Dad. Was für ein Buch? Du warst mal *zwölf*?«

Sie haben sie nicht kommen hören. Stella ist so leichtfüßig wie ihre Mutter.

Charlie und Caity tauchen im Türrahmen hinter ihr auf.

»Das Buch, das deinem Dad das Studium bezahlt hat, Schatz«, sagt Ana.

»Dad, willst du sehen, was wir gekauft haben?«, fragt Charlie.

»Unbedingt.«

Sein Sohn kramt in den Tüten auf dem Tisch. Jede Menge Süßigkeiten für die von Haus zu Haus ziehenden Kinder. Halloween-Dekoration: drei Pappeulen in Orange und Schwarz, ein an den Gelenken zusammengeheftetes Pappskelett, zwei Papiermaschee-Hexen auf Besenstielen und ein zahnloses Kürbisgesicht aus Plastik für die Tür. Endlich findet er, wonach er sucht.

»Das hier gehört Stella«, sagt er.

Sie nimmt ihrem Bruder die Schachtel aus der Hand und öffnet sie. Darin befindet sich ein hübsches Kostüm aus Kunstsamt, komplett mit Strumpfhose und Umhang. Sie zieht sich den Umhang über die Schultern.

»Siehst du? Rotkäppchen«, sagt sie.

Sie vollführt eine halbe Drehung für ihr Publikum, zu dem auch Caity gehört, die auf den Hinterbeinen steht und die Vorderpfoten auf den Küchentisch gelegt hat.

»Nicht schlecht, Stel«, sagt er. »Und wo ist der Wolf?«

Charlie lacht und gibt ihm High Five und zieht eine zweite Schachtel heraus. Ein Ganzkörper-Wolfskostüm. Nicht zu teuer, denkt er – sie sind alles andere als reich –, aber auch nicht schäbig. Das wird ja ein lustiges Paar, das er gleich in seinem Truck durch die Nachbarschaft kutschieren wird. Charlie setzt die Maske auf und knurrt hinter dem Wolfsgesicht mit den langen Zähnen.

Caity bellt zurück.

»Darf ich eine Lakritzstange haben?«, fragt Stella. »Und Caity auch?«

»Nur eine«, sagt er. »Die sind schlecht für ihre Zähne.«

»Und einen Schokoriegel?«, fragt Charlie. »Für mich, nicht für Caity?«

»Klar. Einen.«

Die Kinder wickeln die Süßigkeiten aus. Stella reicht Caity eine Lakritzstange mit Kirschgeschmack. Diese verlässt den Tisch und verzehrt die Stange in kleinen Bissen, wobei sie sie zwischen den Pfoten hält.

»Dad, was für ein Buch?«, fragt Charlie. »Hast du eins geschrieben?«

»Ich hab nur darüber geredet. Geschrieben hat es jemand anderes. Es handelte von ... eurer Tante Delia.«

»*Tante Delia?* Wirklich?«, fragt Stella. »Dürfen wir mal sehen?«

Charlie nickt begeistert. Für die Kinder ist Delia so etwas wie eine Familienlegende geworden.

Er wirft Ana einen vielsagenden Blick zu. Irgendwann werden die Kinder infrage stellen, was Ana schon vor langer Zeit akzeptiert hat: Warum *diese* Caity dieselben Narben und weißen Flecken im Bauchfell und denselben blitzförmigen Streifen von Ohr zu Kiefer hat wie ihre angebliche Mutter.

»Was meinst du?«, fragt er.

»Von mir aus«, sagt sie.

»Caity?« Sie sieht sie der Reihe nach an. Erst die Kinder. Rob zum Schluss. Schließlich bellt sie und wedelt mit dem Schwanz. Erlaubnis erteilt.

»Okay. Lass das Zeug erst mal liegen, Ana«, sagt er. »Mir nach. Alle in mein Arbeitszimmer. Ihr dürft euren Dad im Fernsehen sehen.«

Er scheucht sie aus der Küche. Anna lächelt ihm über die Schulter hinweg zu.

Er beugt sich zu Caity vor. Sie leckt über seine geöffnete Hand und sein Kinn.

»Weißt du, was heute Morgen in den Nachrichten kam?«, sagt er. »Du hast doch geschlafen. Heute Nacht gibt es einen Meteorschauer. Sternschnuppen. Was meinst du? Willst du dir das ansehen?«

Er küsst sie auf die Stirn.

»Ja, dachte ich mir«, sagt er. »Ich war mir sogar ziemlich sicher.«

Gemeinsam erheben sie sich und gehen den Flur hinunter.

Nacht. Das Haus ist ruhig.

Ana liegt auf zwei dicken Kissen und blättert durch eine Ausgabe von Town & Country. *Ein Artikel über ein kleines Privathotel in den Abruzzen hat ihre Aufmerksamkeit erregt – besonders das für die Gäste hergerichtete Schlafzimmer eines mittelalterlichen Hauses. Die Wände sind in honigfarbenen Schimmer getaucht, das Mobiliar ist einfach und elegant. Fast so wie ihr eigenes Zuhause an einem hellen Sommertag.*

Charlie und Stella schlafen in ihren jeweiligen Zimmern. Wie sich herausstellt, träumt einer vom anderen.

In Charlies Traum geht seine Schwester einen breiten Gartenweg zwischen roten, blauen und gelben Blumen entlang. Sie bleibt stehen, betrachtet ein Spinnennetz. Und die Spinne darin. Sie hat keine Angst vor Spinnen, aber Charlie hat ein bisschen Angst um sie. Sie dreht sich um, lacht über etwas, das sich weit hinter ihr befindet, und hüpft davon.

In Stellas Traum bricht Charlie mit einem Hammer durch eine Wand. Es ist eine dicke Wand, und Charlie schwitzt. Schwere Arbeit, die ihrem Bruder allerdings nichts auszumachen scheint. Entschlossen und methodisch konzen-

triert er sich auf die Schwachpunkte im Mauerwerk. Schon bald hat er ein Loch hineingeschlagen, durch das man hindurchsehen kann. Was er auch tut. Er blinzelt und drückt das Auge gegen das Loch. Sie ahnt, dass sie auf der anderen Seite ist.

Auf der sanften Dachschräge liegt eine Decke. Sie ist an manchen Stellen zerrissen, wieder genäht und nochmals zerrissen. Aber so gemütlich und vertraut wie eine zweite Haut.

Zwei Gestalten sitzen stumm und zufrieden in der Stille der tiefen Nacht und warten auf die ersten Sternschnuppen.

Der Staub des Himmels, geboren aus Gewalt und erstrahlend in hellen Lichtbahnen.

danksagung

JACK KETCHUM dankt Paula White und Alice Martell. Und Joanne Moran – für das Privileg, vor langer Zeit die echte Caity kennenlernen zu dürfen.

LUCKY MCKEE dankt Shay Astar, Vanessa McKee, Guillermo del Toro, Veronica McKee und allen Hunden, die ihm jemals begegnet sind.

Werkverzeichnis der von
Jack Ketchum
im Wilhelm Heyne Verlag
erschienenen Titel

> Bonusmaterial

HEYNE <

Der Autor

Ehe Dallas Mayr zum Horrorschriftsteller Jack Ketchum wurde, verdingte er sich unter anderem als Schauspieler, Lehrer und Holzverkäufer, war Henry Millers Literaturagent und Lady Gagas Babysitter. Seine Horrorromane zählen in den USA unter Kennern zu den absoluten Meisterwerken des Genres. Ketchum erhielt mehrere namhafte Auszeichnungen, darunter fünf Bram Stoker Awards inklusive einem für sein Lebenswerk. Seine Bücher dienten als Vorlage für zahlreiche Verfilmungen. 2011 wurde Ketchum aufgrund seiner Verdienste auf dem Gebiet der Horrorliteratur zum Grand Master der World Horror Convention ernannt.

www.jackketchum.net

»Seien Sie gewarnt: Ketchum schreckt in seiner Direktheit vor nichts zurück. Seine höllische Vision unserer Welt wird Sie schockieren, vielleicht sogar in Empörung versetzen – aber Sie werden sie niemals wieder vergessen können.«
Stephen King

Evil *(The Girl Next Door, 1989)*

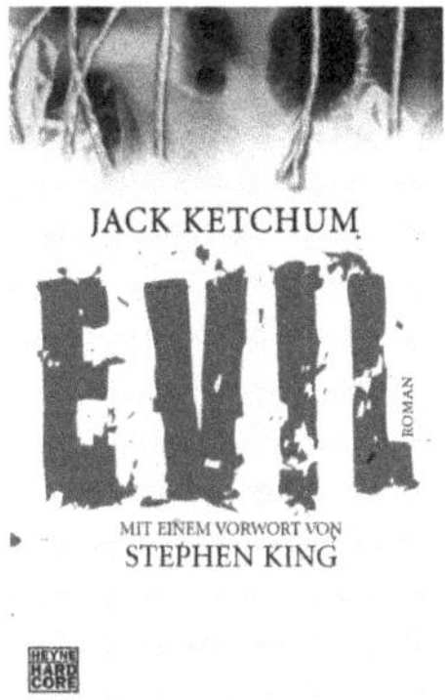

Eine Vorstadt in den USA der 50er-Jahre. Kein schlechter Ort, um seine Jugend zu verbringen – weitab von McCarthys Kommunistenjagd, dem Kalten Krieg und der Atombombe. Doch dieser Ort hat auch seine düsteren Seiten, wie der junge David bald erfahren wird. Denn in der kleinen ruhigen Sackgasse, in der er und seine Freunde wohnen, geschehen in einem Keller Dinge, von denen niemand weiß und die auch nicht ans Tageslicht kommen sollen. Was passiert, wenn der Wahnsinn ungebremst seinen Lauf nimmt und das Böse von den Menschen Besitz ergreift?

»Als hätte Clive Barker *Der Herr der Fliegen* geschrieben. Gewaltig!«
The New York Times

Beutezeit *(Off Season, 1980)*

Maine 1981. Drei junge Paare wollen eine Urlaubswoche in einem abgelegenen Ferienhaus an der Ostküste verbringen. Was sie nicht wissen: Die Gegend wird von einer Gruppe verwahrloster, unter primitivsten Bedingungen lebender Kannibalen heimgesucht. Von jeglicher Zivilisation abgeschottet, betrachten sie Urlauber und Fischer nur als Jagdbeute. Bald bemerken sie die Neuankömmlinge, und die Jagd beginnt …

»Eins der erschreckendsten Bücher,
die ich je gelesen habe.«
Robert Bloch

Amokjagd *(Joyride, 1994)*

Howard Gardner hat den Tod verdient. Jahrelang hat er seine Frau gequält und missbraucht. Bis sie zurückschlägt und mit ihrem Geliebten den perfekten Mord plant und ausführt. Doch es gibt einen Zeugen. Dieser Zeuge ist fasziniert von der Lust zu töten. Und er glaubt, endlich Gleichgesinnte für seine perversen Vorlieben gefunden zu haben …

»Der beste realistische Horror,
den ich je gelesen habe.«
Duane Louis

Blutrot *(Red, 1995)*

Er hört die Jungen bereits aus der Ferne. Wie sie hinunterkommen zum Fluss, wo er angelt. Und den Frieden stören. Und er riecht das Waffenöl, zu viel Öl für eine neue Schrotflinte. Es sind reiche Kids, die nichts übrighaben für den Fluss, die Fische und den alten Mann. Und sie begehen einen großen Fehler – sie erschießen den treuen Hund des alten Mannes. Ein Schleier legt sich vor sein Auge. Der alte Mann sieht rot.

»Packend bis zum bitteren Ende.«
Richard Laymon

Beutegier *(Offspring, 1991)*

Vor elf Jahren wurde Sheriff George Peters Zeuge, wie eine Gruppe verwilderter Kannibalen über Touristen herfiel. Inzwischen ist Peters im Ruhestand, doch als an der Küste von Maine erneut Leichen von Urlaubern entdeckt werden, wird er zu den Ermittlungen hinzugezogen. Die Wilden sind zurück – die Jagd beginnt von Neuem.

»Der Goya der Horrorliteratur.«
Publishers Weekly

Wahnsinn *(Stranglehold, 1995)*

Schon bald nach ihrer Hochzeit entdeckt Liddy die sadistische Ader ihres Manns Arthur. Nach der Geburt ihres Sohns gerät er zunehmend außer Kontrolle. Er verletzt Liddy, schlägt und missbraucht sie. Um ihres Kindes willen erträgt sie zunächst schlimmste Demütigungen. Doch dann begreift Liddy, wie wahnsinnig Arthur tatsächlich ist, und nimmt den ungleichen Kampf auf.

»Haarsträubend gut.«
Frankfurter Allgemeine Sonntagszeitung

The Lost *(The Lost, 2001)*

Ein Campingplatz im Wald. Ein heißer Sommertag. Zwei Frauen. Opfer für den Teenager Ray, der töten will. Ein Blutbad, bei dem seine Freunde tatenlos zusehen. Ray kommt ungeschoren davon. Nur zwei Cops lassen nicht locker. Sie wollen den Mörder, um jeden Preis. Ray sieht nur einen Ausweg. Sein Amoklauf explodiert in einem Inferno von Hass, Gewalt und Blut. Ein Albtraum, der alle mit sich reißt.

»Ein Trip, der unter die Haut geht
und noch Tage später nachwirkt.«
1Live, WDR

Jack Ketchum mit Lucky McKee

Beuterausch *(The Woman, 2011)*

Sie ist die letzte Überlebende eines Kannibalenstamms, der jahrzehntelang die Ostküste der USA in Angst und Schrecken versetzte. Geschwächt und verwundet gerät sie in die Gewalt des tyrannischen Familienvaters Cleek. Der Sadist versucht, die wilde Frau zu »zähmen«, wobei er seine Familie als Komplizen missbraucht. Doch er hat den Überlebenswillen seiner Gefangenen unterschätzt. Bevor sein Experiment zu Ende ist, werden alle Unaussprechliches durchleiden müssen.

»Stephen King nennt diesen Thriller-Autor ›Einen der Besten‹. Da ist was dran.«
Stern

Versteckt *(Hide and Seek, 1984)*

Dan ist in der tiefsten Provinz aufgewachsen, in einem verschlafenen Kaff namens Dead River. Er hat die Schule geschmissen und arbeitet in einer Sägemühle. Steven, Kimberley und Casey sind die Kinder reicher Familien aus der Stadt und müssen die Ferien mit ihren Eltern in Dead River verbringen. Gemeinsam versuchen die vier Jugendlichen, der Enge und der Langeweile des kleinen Ortes zu entfliehen. Daniel verliebt sich in Casey, und für einen kurzen Moment glaubt er sogar, es könnte doch noch der perfekte Sommer werden. Doch dann wendet sich das Blatt. Und aus Freude wird Leid.

»Ein meisterlicher Autor. Jack Ketchum
ist ein Synonym für packende Spannung.«
Robert Bloch

Lebendig *(Right to Life, 1998)*

Sara wird vor einer Abtreibungsklinik von einem Pärchen religiöser Fanatiker entführt. Die Entführer haben es sich zum Ziel gesetzt, das Kind zu retten und Sara für ihre Gottlosigkeit zu bestrafen. Sie halten sie in einem Kellerverlies fest und drohen ihr, eine mächtige Geheimorganisation werde ihre Familie töten, falls sie einen Fluchtversuch wagen sollte. Doch bald muss Sara erkennen, dass der grausame Plan ihrer Entführer noch viel weiter geht. Weiter, als sie es je für möglich gehalten hätte.

»Der furchteinflößendste Autor Amerikas.«
Stephen King

Buch der Seelen *(Book of Souls, 2008)*
Nur als E-Book erhältlich

Buch der Seelen versammelt vier autobiografische Stories, die den Horror-Meister von einer anderen Seite zeigen. Hier erzählt er die Geschichten, die ihn und seine Arbeit geprägt haben: vom Zusammentreffen mit seinem großen literarischen Vorbild Henry Miller, über einen aus der Bahn geratenden Freund bis hin zu den Terroranschlägen vom 11. September. Ungeschönt, ehrlich, und mit derselben Wucht und sprachlichen Präzision, die Werke wie *Evil* oder *Wahnsinn* zu Klassikern des Genres machten. Dies ist die Sorte Buch, die das Fenster zu einer Seele öffnet. Treten Sie ein Stück näher. Werfen Sie einen Blick hinein.

Buch der Seelen setzt sich zusammen aus den Kurzgeschichten »Henry Miller und der Schubs«, »Der Staub des Himmels«, »Erinnerung an ein gefährliches Leben« und »Eine Lücke im Himmel«.

Jagdtrip *(Cover, 1987)*

Lee ist lebend aus dem Krieg zurückgekehrt, doch er ist ein anderer Mensch geworden. Die Erinnerung verfolgt ihn in seinen Träumen. Er lebt zurückgezogen tief in einem Wald und meidet den Kontakt zu Menschen. Aber heute ist er nicht allein. Eine Gruppe Camper ist in seine zerbrechliche Welt eingedrungen. Er hört ihre Stimmen, beobachtet ihr Lager. Mit einem Mal ist der Krieg zurück. Und Lees Besucher müssen um ihr Leben kämpfen …

»Jack Ketchum zählt seit vielen Jahren zu den wichtigsten Horrorschriftstellern. Sein Roman *Evil* gilt als Klassiker, doch er hat viele ebenso bewegende Werke geschrieben.«
Jury des Bram Stoker Awards

Jack Ketchum mit Lucky McKee

SCAR *(The Secret Life of Souls, 2016)*

Mit elf Jahren ist Delia Cross bereits ein gefeierter Fernsehstar – aber nicht glücklich. Ihre Mutter ist von krankhaftem Ehrgeiz getrieben. Ihr Vater dem Alkohol verfallen. Ihr Bruder von Eifersucht zerfressen. Einzig der Familienhund Caity hält immer treu zu ihr. Dann droht ein tragischer Unfall, Delias Karriere für immer zunichtezumachen. Doch sogar ihre Narben werden gegen ihren Willen vermarktet. Bis sie beginnt, sich zu wehren …

»*SCAR* ist ein furchterregendes, fesselndes Buch über eine Familie am Abgrund – und zugleich eine herzergreifende Geschichte über ein Mädchen und ihren Hund. Die Sprache ist glasklar, das Tempo atemberaubend. Jack Ketchum und Lucky McKee haben einen verdammt guten Roman geschrieben.«
Stephen King